L'ÉCHANGE
DES PRINCESSES

Fiction & Cie

Chantal Thomas

L'ÉCHANGE DES PRINCESSES

Seuil
25, bd Romain-Rolland, Paris XIVe

COLLECTION
« Fiction & Cie »
fondée par Denis Roche
dirigée par Bernard Comment

© Éditions Stock, 2010 pour la phrase en page d'exergue.

ISBN 978-2-02-111913-8

© Éditions du Seuil, août 2013

Le Code de la propriété intellectuelle interdit les copies ou reproductions destinées à une utilisation collective. Toute représentation ou reproduction intégrale ou partielle faite par quelque procédé que ce soit, sans le consentement de l'auteur ou de ses ayant cause, est illicite et constitue une contrefaçon sanctionnée par les articles L 335-2 et suivants du Code de la propriété intellectuelle.

www.seuil.com
www.fictionetcie.com

Pour Alfredo Arias
en souvenir du spectacle *Les Noces de l'Enfant Roi*

« Et quelque chose me disait, et me dit encore, que les histoires dédaignées se vengent un jour ou l'autre. »

Erik Orsenna, *L'Entreprise des Indes*, Stock

I. Une excellente idée

Paris, été 1721

Dans le bain du Régent

« La gueule de bois n'a jamais empêché les bonnes idées », se dit Philippe d'Orléans en fermant les yeux dans les forts parfums de son bain. S'il les ouvrait, il aurait le regard bloqué sur ce gros corps ventru, blanchâtre, flottant dans l'eau chaude ; et cette bedaine de bête échouée, cette espèce de molle bonbonne gonflée par les nuits de débauche et de goinfrerie, sans lui gâcher complètement le plaisir de la bonne idée, l'affaiblirait. « Mes enfants sont gros et gras », déclare la princesse Palatine, sa mère, laquelle n'est pas mince. Comme penser à sa mère lui est toujours agréable, son embonpoint lui devient complètement indifférent. Mais s'il se rappelait aussi la phrase qu'elle ajoute volontiers : « Les grands et gros ne vivent pas plus longtemps que les autres », il ressentirait un affreux coup de tristesse. Sa fille aînée qu'il adorait, la duchesse de Berry, est morte dans un état physique horrifiant, une bizarre obésité redoublée, a-t-on dit, d'un début de grossesse. À la vitesse à laquelle elle avait brûlé sa jeune existence, dans sa soif de jouissance et d'extinction, dans ce délire de théâtralité et d'autodestruction où il aimait tant la rejoindre, elle ne pouvait engendrer que sa propre mort. Il sait qu'il est préférable de ne pas évoquer la duchesse de Berry. Il ne doit pas penser à elle en ces mauvaises heures plombées par l'alcool. Ne pas bouger du présent et de tout ce qui peut faire croire en un avenir… Oui, il a eu une idée de génie, se répète-t-il, en plongeant la tête sous l'eau. Il a trouvé la solution à deux problèmes qui le tourmentaient : le besoin politique de neutraliser l'Espagne et d'empêcher une nouvelle guerre ; l'envie secrète, sournoise, de retarder au maximum l'époque où le petit roi Louis XV pourrait donner naissance à un dauphin de France. Ce n'est pas pour demain puisqu'il n'a encore que onze ans et n'atteindra sa majorité qu'à treize ans révolus, et même alors… Mais il vaut mieux déjà s'en préoccuper. Si le roi meurt en ayant un fils, il va de soi que la couronne revient à celui-ci, mais s'il meurt sans héritier, alors… alors… eh bien… la couronne lui appartient, à lui Philippe d'Orléans, actuel régent, neveu du feu roi Louis XIV, qui s'était appliqué tout au long de son règne à le tenir éloigné du gouvernement, à le traiter comme un bon à rien, et cela avec d'autant plus de rigueur qu'il était conscient de ses capacités. Sauf au service du Roi-Soleil, l'intelligence n'était pas un atout à Versailles. Une réflexion qui le ramène en douceur vers la bonne idée. L'eau du bain tiédit. Le Régent, tout au bonheur de ses plans sur le futur, n'en a cure. Il est quelqu'un qui accomplit sa tâche avec un soin scrupuleux, et ce n'est pas facile avec les soupçons d'empoisonnement qui pèsent sur lui et que le parti de l'ancienne cour ne cesse de réanimer, mais, si l'occasion l'y autorisait, en toute légalité, il se verrait très bien en roi. Philippe Ier ? Le titre a déjà été pris, un roi capétien, qui s'est battu comme un chien contre Guillaume le Conquérant et s'est fait excommunier pour avoir répudié son épouse, Berthe de Hollande, choisie pour des motifs politiques… comme s'il y en avait d'autres, comme si cela se faisait d'épouser par amour, lui-même d'ailleurs… et ce point, sans être aussi douloureux que celui de la mort de sa fille, n'a rien de plaisant. Alors, Philippe II ? Pourquoi pas ? Philippe II, dit « le Débauché ». C'est naïf mais irrésistible ; une fois qu'on a goûté au pouvoir, on a du mal à s'en déprendre. On a beau être lucide, savoir que plus l'on gagne en puissance, moins l'on compte personnellement, puisque l'on n'est qu'un pion sur l'échiquier des ambitieux qui s'agitent au-dessous de vous, on s'accroche, on repousse autant que possible le moment de sortir du cercle de lumière, de son bruissement de louanges et compliments – le moment où l'on va se trouver seul dans le noir, chassé du monde, rayé des vivants. Philippe II par rapport à l'actuel roi d'Espagne, Philippe V, est-ce que ça ne serait pas compliqué ? Si, très compliqué, et pas seulement du fait qu'ils s'appellent tous les deux Philippe, le roi d'Espagne lui aussi serait sur les rangs si jamais Louis XV disparaissait. Philippe II ? Bien entendu que le titre a été pris. Philippe II, dit « le Prudent », le sombre bâtisseur de l'Escurial, un archipieux, lent et bureaucrate. Du Prudent au Débauché, toute une histoire… Les songeries du Régent achèvent de s'effilocher dans les brumes de la salle de bains. Seule persiste la question : Comment Philippe V va-t-il réagir à la bonne idée ? Le Régent se caresse vaguement. Il commence à s'endormir dans son bain. Deux femmes de chambre le rattrapent de part et d'autre. Elles se penchent sur lui, le tirent par-dessous les bras. Leurs seins tremblent dans l'air embué. Le Régent sourit, béat.

Mais plutôt qu'à sa gueule de bois, c'est peut-être au cardinal Dubois qu'il songe… Dubois, un homme qui non seulement n'a jamais empêché les bonnes idées, mais en regorge, surtout en matière de diplomatie. Et la bonne, l'excellente idée dont se félicite le Régent pourrait lui avoir été soufflée par le cardinal, son ancien gouverneur, son âme damnée, un être au dernier degré de l'avilissement et au sommet de tous les honneurs.

Avec sa rapidité et son efficacité coutumières le cardinal s'emploie à faire parvenir au roi d'Espagne, Philippe V, ancien duc d'Anjou, petit-fils du roi Louis XIV, l'essentiel de l'idée-solution permettant d'assurer une complète réconciliation et une solide union entre les deux royaumes. Et Philippe V, sous l'influence de l'ambassadeur de France à Madrid, M. de Maulévrier, fortement soutenu par son confesseur, le père Daubenton, jésuite, qui possède presque à égalité avec la reine les clefs de sa volonté, s'enthousiasme pour le projet. Pourtant Philippe V n'a pas l'enthousiasme facile. Avec son allure de vieillard délabré avant l'âge, ses genoux fléchissant, ses pieds en dedans, son teint blafard, ses yeux agrandis de cernes, il ne donne pas le sentiment d'attendre grand-chose de l'avenir. Et, en effet, il n'en attend rien. Il espère tout du Ciel, rien du Siècle. Mais à la lecture des plis venus de Paris l'épais nuage noir sous lequel il a l'habitude de se tenir s'évapore. Il relit la lettre, se la fait lire par sa femme, Élisabeth Farnèse. Quand, à son tour, il écrit au Régent, il a l'impression non pas de répondre à la proposition mais d'en être à l'origine. Il faut croire que c'est une idée vertigineuse. Un plan si parfait qu'il semble relever non d'un esprit humain, mais de la Providence.

Le duc de Saint-Simon,
« ambassadeur extraordinaire »

Sous le titre « conversation curieuse », Saint-Simon, compagnon de jeunesse de Philippe d'Orléans, nous livre l'entretien par lequel il fut instruit de la fameuse idée. Les deux hommes sont exactement contemporains. Le Régent a quarante-sept ans, Saint-Simon quarante-six. Le Régent, qui a été un beau jeune homme, est marqué par les années, les blessures de guerre, les excès nocturnes. Son teint rouge brique dénote de sérieuses menaces d'apoplexie. Une fatigue, sa vue faible, nuisent à l'éclat d'une présence dont le brillant est intermittent. Saint-Simon, nettement plus petit que le Régent et aussi grandiosement emperruqué, paraît beaucoup plus jeune et, par sa vie régulière, la chaleur de son imagination, sa passion de l'analyse, le poids entier de son existence qu'il met dans tous les instants, il est formidablement présent. Ils diffèrent profondément, mais sont unis par la durée et la sincérité de leur amitié, par le plaisir de l'intelligence, une excitation de rapidité, d'entente sur les non-dits. Cependant Saint-Simon sort rarement satisfait d'une conversation avec le Régent. Entre eux, c'est une scène toujours recommencée. Saint-Simon, débordant d'initiatives et de l'impatience qu'elles se réalisent, harcèle le Régent. Celui-ci, la mine contrite, tête basse, le subit. Non que le duc l'ennuie. Certainement pas! Ni qu'il le désapprouve. Nullement! Au contraire! Mais – et c'est là le motif de son air d'affliction – il n'a pas le courage d'aller dans le sens de la raison, c'est-à-dire, selon Saint-Simon, son propre sens. Le Régent se courbe, se tasse, s'en veut, mais n'agit pas en fonction du bon sens. À tous les coups il prend la mauvaise décision. Et pourquoi? Parce qu'il est faible, parce qu'il a déjà été embobiné par Dubois, et que le duc, malgré sa vivacité, intervient trop tard.

Durant cette conversation les choses se passent autrement. Le Régent, d'excellente humeur, est fier de la nouvelle qu'il veut confier en secret à son ami. Saint-Simon en oublie ses griefs – n'être jamais invité aux soupers du Palais-Royal dans la salle à manger rose et or, coussinée comme un écrin à bijoux (peu importe que la seule pensée de ces orgies lui soulève le cœur, surtout le fait que M. le duc d'Orléans, un petit-fils de France, se mette aux fourneaux), être peu écouté au Conseil de Régence –, sans compter les mille blessures quotidiennes endurées de la part de barbares irrespectueux de l'étiquette, et le scandale permanent de l'arrogance des bâtards de Louis XIV se haussant partout au premier rang. Saint-Simon est flatté, et touché, de la marque de confiance que lui accorde son ami. Il a plaisir à se remémorer la scène : « Étant allé, les premiers jours de juin, pour travailler avec M. le duc d'Orléans, je le trouvai qui se promenait seul dans son grand appartement. Dès qu'il me vit : "Oh ça! me dit-il, me prenant par la main, je ne puis vous faire un secret de la chose du monde que je désirais et qui m'importait le plus, et qui vous fera la même joie ; mais je vous demande le plus grand secret." Puis, se mettant à rire : "Si Monsieur de Cambrai [le cardinal Dubois, archevêque de Cambrai] savait que je vous l'ai dit, il ne me le pardonnerait pas." Tout de suite il m'apprit sa réconciliation faite avec le Roi et la Reine d'Espagne, le mariage du Roi et de l'Infante, dès qu'elle serait nubile, arrêté, et celui du prince des Asturies conclu avec Mlle de Chartres [erreur de Saint-Simon : mis pour Mlle de Montpensier]. Si ma joie fut grande, mon étonnement la surpassa. » Saint-Simon est éberlué peut-être par la différence de rangs entre les fiancés mais surtout par le caractère spectaculaire d'un renversement qui fait du fils du roi d'Espagne, à qui le Régent a deux ans plus tôt déclaré la guerre, son gendre.

À l'annonce de ces mariages entre la France et l'Espagne, entre les Bourbons de France et les Bourbons d'Espagne, bouclage d'alliances entre les deux royaumes les plus puissants et réunion d'une seule famille, autrement dit la hantise même de l'Europe, la réaction immédiate de Saint-Simon est de garder la chose secrète, afin de ne pas provoquer la fureur des autres pays. La réponse du duc d'Orléans, pour une fois dépourvu de culpabilité, est : « Vous avez bien raison, mais il n'y a pas moyen, parce qu'ils veulent en Espagne la déclaration tout à l'heure, et envoyer ici l'infante dès que la demande sera faite et le contrat de mariage signé. » Curieuse hâte, souligne Saint-Simon, on a des années devant nous, étant donné les âges de tous ces fiancés. De précoces fiancés, il faut l'avouer. Si le prince des Asturies a quatorze ans, la fille du Régent n'en a que douze. Louis XV, né le 15 février

1710, va vers ses douze ans. Quant à Anna Maria Victoria, infante d'Espagne, elle est née le 31 mars 1718. La future épouse de Louis XV et reine de France n'a pas encore quatre ans !

L'âge des fiancés ne surprend pas Saint-Simon. Comme les auteurs du pacte, il n'y attache pas une seule pensée. Ce qui l'ébaubit, c'est le coup d'audace de faire épouser une fille de la famille d'Orléans par un fils de Philippe V, véritablement pétri de haine pour cette famille et spécialement pour le Régent. Un peu plus tard, revenu de sa stupeur, Saint-Simon pense à tirer parti de ce projet. Il demande au Régent à se rendre à la cour de Madrid apporter le contrat à signer. Dans le même élan, il propose de se faire accompagner de ses deux fils, Jacques-Louis, vidame de Chartres, et Armand-Jean, afin d'obtenir pour lui-même et pour eux le titre de grand d'Espagne. Saint-Simon désire la grandesse. Le Régent a un sourire. Car si le duc de Saint-Simon n'est pas grand, Jacques-Louis, l'aîné, est encore plus petit que son père. On le surnomme « le Basset ».

Le Régent accepte. Saint-Simon sera donc « ambassadeur extraordinaire » pour un mariage peu ordinaire.

Un oui de mauvaise grâce

Début août arrive au Palais-Royal, la résidence parisienne du Régent, un messager de Philippe V porteur de dépêches confirmant que « S.M.C. pour donner à

S.A.R. des preuves indubitables de son amitié, de sa tendresse et de l'éternelle et bonne intelligence qu'elle désire entretenir avec le Roi, avec sa propre famille et avec M. le Régent, demande S.A.R. Mademoiselle de Montpensier, sa fille, en mariage pour Monseigneur le Prince des Asturies, et propose en même temps de marier l'Infante d'Espagne, fille unique de S.M.C. avec le Roi ».

Dans la proximité du duc d'Orléans la joie est totale. Que le roi d'Espagne offre son fils, le prince des Asturies, son successeur sur le trône, en mariage à une fille du Régent est en effet assez incroyable. Telle est la condition pour que l'infante soit mariée à Louis XV. Le mariage de Mlle de Montpensier, née de l'union terriblement discordante du duc d'Orléans avec Mlle de Blois, bâtarde de Louis XIV et de Mme de Montespan, fait partie du lot. Le Régent avertit en passant la gamine. Louise Élisabeth a grandi en sauvage, dans un délaissement fastueux. Elle a été retirée du couvent à l'âge de cinq ans, puis on l'a plus ou moins oubliée, comme ses sœurs. Leur mère ne s'intéresse pas à cette nombreuse et inutile progéniture féminine. Leur père, pour toute éducation, les emmène quelquefois au théâtre. Il est possible que, face à son père, Mlle de Montpensier se rebelle. Ce sera mis, comme la suite de ses faits et gestes, sur le compte de son mauvais caractère. Laide quand elle était petite, elle a embelli en grandissant, mais n'est pas devenue plus sociable. Elle est silencieuse, butée sur une sorte de mauvais vouloir chronique, d'une solitude qui détourne d'elle. En réponse au nouveau tour de sa destinée elle essaie une robe espagnole et se promène dans le palais ainsi habillée. Elle se rend chez la princesse Palatine, sa grand-mère, qui écrit : « C'est une chose étonnante comme elle a l'air espagnol : elle est très grave et ne rit quasi jamais, parle très peu. Elle est brune et a les yeux quasi noirs. Elle me vint voir il y a quelques jours en habit espagnol ; cela lui sied bien mieux que l'habillement français. » Est-ce à dire que c'est toute son existence espagnole qui va lui aller mieux que son existence française ? Sa grand-mère l'appelle en plaisanterie « la mouche espagnole ». Louise Élisabeth n'a pas envie de plaisanter, et elle n'est pas certaine que l'intention soit sympathique.

Pour l'acceptation du prince des Asturies, fils de l'épouse précédente Marie-Louise de Savoie, et mieux en âge de s'exprimer que sa fiancée, ce ne fut pas non plus un problème. Philippe V l'a convoqué. Son mariage lui a été annoncé comme un marché conclu. L'éventualité qu'il ait un avis est a priori écartée. En toute hâte on a fait venir de Paris un portrait de Mlle de Montpensier pour l'offrir au prince. Comme il a le tempérament de son père, il s'épuise à se masturber sur l'image de sa future. La fiancée, avec de beaux yeux, la bouche charnue, le nez fort, a le visage maculé de sperme. Le tableau est enlevé de la chambre du prince Luis.

Il y a, en revanche, un avis indispensable : celui de Louis XV. Qu'il n'ait que onze ans n'autorise en rien à négliger son opinion. Ce devrait être facile de faire céder un enfant de cet âge. Mais le Régent n'est pas certain d'y réussir. Or, sans l'assentiment de Louis XV tous les calculs s'écroulent. Le Régent est angoissé à la perspective de parler mariage au roi, garçonnet inquiet, mélancolique et suspicieux. Le roi redoute les surprises :

il n'en attend que des catastrophes. Encore tout enfant, pris d'un malaise, il a crié à sa maman Ventadour : « Je suis mort » ; plus tard, à sa première éjaculation, il consulte son valet de chambre, car il est persuadé d'être souffrant. Grandi dans la solitude d'un orphelin et tôt assombri par la succession de morts dont fut marquée sa petite enfance et par les rumeurs maléfiques qu'elle nourrissait, il commence par se méfier. D'autant qu'il ne cesse de lire dans les yeux de son entourage et, tout près de lui, dans ceux du vieux maréchal de Villeroy, son gouverneur, choisi par Louis XIV, la crainte qu'il ne périsse de même. Le maréchal de Villeroy ne le quitte ni le jour ni la nuit. Il dort à côté de son lit, ne permet à personne d'autre de lui tendre un mouchoir. À table il surveille le moindre geste du roi et vers le roi, porte la clef du réceptacle du beurre à lui destiné et sous la torture même n'accepterait jamais de s'en démettre. Et lui, l'enfant qui, à cinq ans, embrassant sur son lit d'agonie son arrière-grand-père, s'est entendu prédire par l'auguste aïeul « Mignon, vous allez être un grand roi… », utilise ce souvenir comme un fétiche capable de faire reculer l'emprise de la Faucheuse. C'est soudaine et violente que la mort lui fait peur. Transmuée en rite religieux, il lui rend hommage sans difficulté et même, au fond, l'aime bien. Élevé en roi très chrétien, il accepte comme une chose aussi naturelle que d'ouvrir les yeux au réveil et de laisser entrer les premiers courtisans admis à son petit lever l'obligation quotidienne d'assister à au moins une messe. Mais le plus souvent, dans les temps forts des fêtes qui reviennent continûment, et selon son histoire lourdement endeuillée, d'autres services religieux s'y ajoutent. Sa vie est ponctuée de messes de *Requiem* pour les défunts. Son anniversaire est pris entre les anniversaires des morts de son père et de sa mère les 12 et 18 février. Le 14 avril il assiste à la messe de *Requiem* pour la mort du Grand Dauphin, son grand-père, le 30 juillet pour la mort de son arrière-grand-mère, Marie-Thérèse d'Autriche, le 1er septembre pour celle de Louis XIV. La mort ainsi embaumée, inscrite dans le quadrillage d'un calendrier sacré et d'une suite de cérémonies dont il maîtrise révérences et génuflexions, bénédictions, psaumes, cantiques et oraisons, n'a plus rien de commun avec une catastrophe. Cet enfant, note chacun avec admiration, est né pour les cérémonies. Il y fait montre d'une application et d'une endurance exceptionnelles pour son âge. On le compare à Louis XIV pour qui chaque minute de son règne devait appartenir à une forme de rituel. L'étiquette est une messe, l'enfant l'a compris d'instinct.

Mais Louis XV a cette histoire qui n'est qu'à lui et qu'il préserve comme la seule manière de maintenir le contact avec sa famille : de *Te Deum* en *Te Deum* il est rappelé que ses parents, grands-parents, arrière-grands-parents ont bien existé et qu'entre le paradis où ils séjournent et la cour de France sur laquelle il règne, le passage est constant.

Après avoir plusieurs fois, pendant plus d'un mois, remis à plus tard, le Régent se décide pour un jour de Conseil de Régence, afin de pouvoir, si Louis XV prononce le oui escompté, en faire aussitôt la déclaration aux membres du Conseil. Dans la matinée du 14 septembre, non sans avoir un moment hésité et tourné sur lui-même dans l'antichambre, il pénètre dans la chambre du roi aux Tuileries. Il a avec lui, pour se donner du courage et mieux l'impressionner, le cardinal Dubois, M. le Duc, le maréchal de Villeroy et l'évêque de Fréjus. Saint-Simon, avec d'autres courtisans, mais encore plus impatient parce que davantage concerné, attend à l'extérieur des appartements royaux. N'y tenant plus, ils abandonnent l'antichambre : « Le dos du Roi, écrit Saint-Simon, était vers la porte par où nous entrions ; M. le duc d'Orléans en face, plus rouge qu'à son ordinaire, M. le Duc [Henri de Bourbon-Condé, surintendant de l'éducation de Louis XV] auprès de lui, tous deux la mine allongée ; le cardinal Dubois et le maréchal de Villeroy en biais, et M. de Fréjus tout près du Roi, un peu de côté, en sorte que je le voyais de profil d'un air qui me parut embarrassé. Nous demeurâmes comme nous étions entrés, derrière le Roi, moi tout à fait derrière. Je m'avançai la tête un instant pour tâcher de le voir de côté, et je la retirai bien vite, parce que je le vis rouge, et les yeux, au moins celui que je pus voir, plein de larmes. » Peu après, entre deux portes, le Régent confie à Saint-Simon que le roi, à la nouvelle de son mariage, a fondu en larmes, et « qu'ils avaient eu toutes les peines du monde, M. le Duc, Fréjus et lui, d'en tirer un oui, et après cela qu'ils avaient trouvé la même répugnance à aller au Conseil de Régence ». Ce sont des hommes habitués à vaincre. Princes, diplomates, généraux d'armée, ils cernent l'enfant. Ils déploient révérences et formules ampoulées, mais sont sûrs de l'amener à céder. Le rapport de force est trop inégal. Cependant, malgré ses onze ans, il est le Roi, eux ne sont que ses sujets ; demeure donc la possibilité, infime mais réelle, que Sa Majesté dise non, ou que, c'est déjà dans ses habitudes, Sa Majesté se réfugie dans le silence, se mure dans une bouderie sans appel, impose muettement son refus. Le gouverneur, bien qu'il désapprouve l'opération, insiste : « Allons, mon maître, il faut faire la chose de bonne grâce. » L'enfant roi murmure un oui désemparé, un oui de mauvaise grâce. Pour le mariage et pour l'annonce en plein Conseil de ce mariage. Le cercle des puissants soupire, soulagé. L'enfant se remet à pleurer. Et pas que d'un œil, des deux, et de tout son cœur. Quand, mal remis, il apparaît au Conseil de Régence, on remarque ses yeux gonflés. Le Régent lui demandant s'il « trouve bon » qu'il rende son mariage public auprès du Conseil, l'enfant fait oui de la tête. « Voilà donc, Sire, votre mariage approuvé et passé, et une grande et heureuse affaire faite. »

Après le Conseil le roi se réfugie dans sa chambre. Il sanglote, pelotonné dans un fauteuil. M. de Villeroy ne le quitte pas pour autant, mais, comme tout à l'heure le duc de Saint-Simon, il est gêné de voir pleurer son roi. Il a le sentiment de commettre un sacrilège. Alors, tout comme le duc, il détourne le regard. Il fixe un point dans la chambre. Longtemps, debout et immobile, figé dans le bruit des sanglots exprimés.

Au même moment, dans son cabinet, le cardinal Dubois se félicite de l'acceptation de Louis XV. Il dicte aussitôt à l'adresse de Philippe V, au nom du garçonnet en pleurs, la lettre suivante :

« Je ne puis assez marquer à Votre Majesté avec quelle joie et quelle reconnaissance j'accepte une proposition qui me prévient sur tout ce que j'avais le plus à désirer. Ce qui augmente encore le plaisir que j'en ressens, c'est qu'elle soit si conforme aux sentiments du Roi mon bisaïeul, dont l'exemple et les intentions seront toujours la règle de ma conduite. La connaissance de ses vertus et le respect pour sa mémoire sont la plus considérable partie de l'éducation que je reçois ; et tout plein que j'en suis, il me semble que je le vois ordonner cette union qui resserre les liens du sang déjà si étroits entre nous. Les tendres sentiments d'amitié et de considération que je vous dois comme à mon oncle seront encore fortifiés par ceux que je vous devrai comme à mon beau-père. Je regarderai l'Infante d'Espagne comme une princesse destinée à faire le bonheur de ma vie, et je me tiendrai heureux moi-même de pouvoir contribuer au sien, et c'est par cette attention que je me promets de marquer à Votre Majesté la sincère reconnaissance que je lui dois.

Louis »

Le cardinal exulte. Il ajoute un mot personnel pour Élisabeth Farnèse :

« L'Infante sera adorée en France. Elle sera élevée comme le Roi Catholique l'a été ; et on sait si bon gré à la Reine d'Espagne du sacrifice qu'elle fait de la charmante Princesse qui est l'objet de sa prédilection, qu'elle sera Reine en France avant elle et avec elle. »

Il pose la plume, se congratule, fait venir sa maîtresse. Bref intermède après quoi il se remet au travail. Comme dans tout échange commercial le problème du transport est fondamental. Dans le cas des princesses, de la catégorie des marchandises fragiles, la situation est préoccupante. La grande route de Paris vers l'Espagne, la route de la poste, n'a pas suffisamment de gîtes convenables et est impraticable pour des voitures ordinaires. Elle n'est pavée qu'en partie. Le temps manque pour la refaire. On mettra des pierres dans les trous les plus profonds et, au long de la route, les intendants prendront soin de placer des ouvriers munis de chevaux pour secourir les équipages. Des chevaux, des bœufs, des mulets de renfort pour les sortir des mauvais pas.

Il faut les imaginer avec leurs belles robes et leurs cheveux bouclés, leurs boîtes à musique et leurs poupées, leurs jeux de cartes, leurs osselets, régulièrement extirpées de fossés boueux par des ouvriers qui ne cessent de pester contre la corvée. Comme ils causent patois, ils ne mâchent pas leurs mots sur cette saloperie de boulot, ce putain de passage de princesses (ou, en d'autres termes, plus choisis, ceux d'un collègue de l'intendant de Tourny à Bordeaux : « La maudite besogne que les passages ! »). Ils attrapent des pneumonies, glissent avec leurs animaux, passent sous les roues du carrosse, et elles, les petites princesses, s'amusent d'être précipitées dans une marche aussi chaotique et dévisagent avec ébahissement le faciès crasseux de tous ces malheureux plantés là pour leur sauvegarde.

Le cardinal n'imagine rien de cela. Il est un esprit politique. Qui veut la fin veut les moyens. Il dirige et planifie très au-dessus de l'aventure des corps – des corps de fillettes qui plus est! Donc, en pleine nuit, il trempe sa plume dans l'encrier et poursuit : quant aux honneurs à rendre aux échangées, Mlle de Montpensier doit être traitée en fille de France et future reine d'Espagne et l'infante en reine de France. Enfin, conclut-il, M. Desgranges, maître des cérémonies, possède « toutes les instructions et tous les ordres nécessaires pour régler ce qui doit être fait ».

Oui, une idée brillante – et d'une symétrie sans défaut.

Madrid, septembre 1721

« Moi, je suis reine de France »
(Anna Maria Victoria)

    Un messager parti du Palais-Royal galope jour et nuit et, le 21 septembre, il arrive à Madrid sonné par la chaleur et l'effort surhumain de son voyage. Il descend de cheval en titubant. On lui arrache des mains les dépêches qui apportent la nouvelle que les deux propositions de mariage sont acceptées, l'union entre le prince des Asturies et Mlle de Montpensier, et surtout celle qui « se doit accomplir entre très haut, très excellent, et très puissant prince Louis XV par la grâce de Dieu Roi de France et de Navarre et très haute, très puissante princesse Doña Anna Maria Victoria, Infante d'Espagne… » Philippe V et Élisabeth Farnèse en ont des larmes de joie. Ils lisent et relisent ce beau portrait écrit de Mlle de Montpensier, impunément concocté par Dubois : « Toutes les inclinations de Mlle de Montpensier tendent au bien, à l'honneur, à la dignité, à la piété, et il semble qu'elle soit née pour vivre auprès de Leurs Majestés Catholiques ; en sorte qu'on ne peut s'empêcher de reconnaître que la même Providence qui a formé cette princesse, a inspiré au Roi Catholique le dessein de la choisir pour le rang qui lui est destiné. » Ils attendent, pour une annonce officielle à la Cour et au peuple, la venue de l'ambassadeur extraordinaire du roi de France, le duc de Saint-Simon.

Reste quand même, en tant que reine de France, une personne à informer : l'infante « très haute, très puissante princesse Doña Anna Maria Victoria ». Normalement, les infants sont amenés le matin par leurs gouverneurs et gouvernantes à la toilette de la reine. Ils ont droit, en fin d'après-midi, au retour de chasse du roi et de la reine, à une seconde entrevue, de cinq à dix minutes. Aujourd'hui, peu après son réveil, l'infante est conduite seule par la duchesse de Montellano, sa gouvernante, dans le salon des Miroirs, attenant à la chambre royale. Elle a dû lâcher brusquement Poupée-Carmen. Un peu plus et elle se cassait le nez ! Anna Maria Victoria en est toute chavirée. Elle se retourne plusieurs fois sur Poupée-Carmen, donne des ordres pour qu'on en prenne soin. Être appelée seule et si tôt… La petite fille se demande si elle a commis une bêtise, si elle risque une pénitence. Ce doit être une faute grave, elle aura au moins le fouet ! Elle fait tellement vite sa révérence qu'elle n'a pas le loisir d'examiner les visages de ses parents pour voir s'ils ont l'air sévère. Elle est encore à leurs pieds lorsqu'elle entend, proférés d'une voix brouillée par l'émotion, ces mots historiques : « Je ne veux pas que vous appreniez par un autre que par moi-même, ma très chère fille, que vous êtes reine de France. J'ai cru ne pouvoir mieux vous placer que dans cette même maison et dans un si beau royaume. Je crois que vous en serez contente. Pour moi, je suis si transporté de joie de voir cette grande affaire conclue que je ne puis vous l'exprimer, vous aimant avec toute la tendresse que vous ne sauriez imaginer. Donnez à vos frères cette bonne nouvelle, et embrassez-les bien pour moi. Je vous embrasse aussi de tout mon cœur », dit-il sans ébaucher un geste.

Est-ce qu'il lui est annoncé tout de suite qu'elle ira vivre en France pour recevoir une éducation française ? Sans doute pas. C'est secondaire. Anna Maria Victoria ne comprend pas bien le discours de son père. Sinon qu'il n'est pas fâché et qu'il lui accorde un intérêt nouveau. Lui si avare de ses paroles, il lui parle à elle, à elle toute seule. Elle est sa *très chère fille*. Et quand elle a osé relever la tête et poser le regard sur ses parents, elle a été bouleversée par une expression qu'elle ne leur avait jamais connue ! Ils se tenaient la main, sa mère comme toujours au côté gauche de son père, et leurs visages rayonnaient de respect. Leur très chère fille, leur unique fille, leur Mariannina, Sa Majesté la reine de France, en est confuse. Elle fait une nouvelle révérence, se recule, Mme de Montellano la prend dans ses bras. Son père et sa mère se sont encore rapprochés l'un de l'autre, ils ont repris l'ordinaire de leurs messes basses. Anna Maria Victoria, reposée au sol, a hâte de retourner auprès de sa poupée favorite. Mais Mme de Montellano la mène dans une autre direction. Elle lui souffle : « Comme Sa Majesté votre père vous l'a dit, il vous revient d'annoncer la bonne nouvelle à vos frères. » Alors Anna Maria Victoria, qui est minuscule, blonde et pâle, toute claire dans sa large robe du matin, fait quelques pas dans le salon où don Carlos, âgé de cinq ans, est en train de prendre sa leçon de violon sous la direction du maître vénitien Giacomo Facco. Il cesse de jouer, prêt à se moquer. Anna Maria Victoria lui lance de sa petite voix aiguë, et dans sa diction très nette : « Moi, je suis reine de France », puis elle s'échappe, laissant don Carlos à son étonnement. Elle se rend dans la chambre où dort le dernier infant, don Felipe, qui a à peine plus d'un an. Elle se penche sur son lit et lui crie aux oreilles : « La reine de France ! »

« *Tous* vos frères », précise la gouvernante.

Anna Maria Victoria, influencée par sa mère, ne considère vraiment comme ses frères que les enfants nés de celle-ci. Les demi-frères, ceux nés de Marie-Louise de Savoie, la première épouse, sont éduqués avec froideur et relégués, autant que possible, à l'état d'étrangers. Le chagrin sans fin d'avoir perdu une mère unanimement adorée est encore rendu plus pénible par la mesquinerie vipérine d'Élisabeth Farnèse à leur endroit.

Se dirigeant vers leurs appartements, Anna Maria Victoria a l'impression que le jour s'inverse et qu'elle s'avance vers la nuit. Des couloirs exigus. Des portes closes. Aucun son. D'ailleurs la porte de don Luis ne s'ouvre pas. On fait dire que le prince est sorti. Quant à don Fernando, âgé de huit ans, le plus durement traité par sa marâtre, il se lève de son petit bureau qu'éclaire en plein jour une bougie et exécute un salut sec. Don Fernando est encore endeuillé, en plus de la mort de sa mère, de celle, récente, de son aîné d'un an, son cher don Felipe. Philippe V aussi en souffre, mais d'une souffrance qu'il s'impose de taire. Don Felipe, fils de Marie-Louise, est mort, mais don Felipe, fils d'Élisabeth, est vivant.

Dans sa chambre, Anna Maria Victoria trouve Poupée-Carmen enturbannée de pansements, l'air dolent, mais avec une couronne sur la tête. Elle la berce, la console, joue avec sa couronne. Poupée-Carmen se remet, reprend des couleurs. Elle bouge ses lèvres rouges et c'est elle maintenant qui chante pour l'infante. Elle chante ses trois prénoms. « Victoria » se détache joyeusement.

Paris, automne 1721

Des réjouissances à l'horizon

Louis XV va et vient dans les salles du palais des Tuileries, resté à peu près dans l'état où son aïeul Louis XIV l'avait abandonné à son départ pour Versailles. Il caresse ses chats, regarde le parc, pêche dans son étang, participe à une chasse à courre en miniature organisée juste pour lui, joue seul à la guerre. Il essaie d'éviter la pensée de cette résolution de mariage. On lui a retiré la chance de rêver son avenir. On en a décidé à sa place. Mais pourquoi n'aimerait-il pas l'infante d'Espagne ? Pourquoi pas, après tout ? Il pourrait commencer d'aimer Anna Maria Victoria comme sa petite sœur, ou sa cousine (ce qu'elle est, cousine germaine, puisqu'ils sont tous deux les arrière-petits-enfants de Louis XIV ; Dieu merci, le pape a signé la dispense de parenté) et, dans des années et des années, neuf ans pour être précis, l'aimer comme son épouse. Il pourrait aussi bien se désintéresser de l'affaire. Un mariage ? Quelle importance ! C'est l'attitude de son meilleur ami, le duc de Boufflers, que l'on vient de marier. « J'ai aussi présentement une femme, mais je ne pourrai coucher de longtemps avec elle », a-t-il dit au roi, sans s'émouvoir autrement. Pour le moment, celui-ci ne voit que la honte d'avoir pour femme un bébé. Il boude. Il ne parle à personne sauf à celle qu'il appelle « maman Ventadour », sa gouvernante, de la compagnie de laquelle on l'a privé à l'âge de sept ans, quand il est « passé aux hommes ». Cependant il dîne une fois par semaine dans ses appartements et elle continue d'être sa maman. Avec elle, comme avec tout le monde, il est le plus souvent silencieux, mais, dans son bouleversement, il lui confie le motif de son chagrin. Mme de Ventadour, au lieu de réagir avec son affection habituelle, semble sans empathie, comme mal à l'aise. L'enfant la quitte happé par un intense sentiment de solitude, miné d'une fureur rentrée. Et lorsque le duc d'Ossone, ambassadeur extraordinaire du roi d'Espagne, a une audience particulière avec lui, il n'a pas un sourire, pas un mot. On lui tend le portrait au pastel de l'infante, il détourne les yeux. En réalité comme en image, il n'éprouve pas de plaisir à regarder les filles, grandes ou petites. Et celle-là, avec laquelle il est voué à cohabiter jusqu'à la fin de ses jours, encore moins qu'une autre.

Par politique, le Régent a voulu que les deux mariages ne soient pas publiés simultanément. On annonce d'abord celui du roi, puis celui de Mlle de Montpensier, quoique dans les faits l'ordre soit inverse. Les ennemis du Régent enragent. Les Parisiens plaisantent. Il y a des réjouissances à l'horizon, ce sera une éclaircie dans la dureté du temps. Mais, en cet automne, le grand événement pour Paris et pour toute la France, c'est l'arrestation de Cartouche.

Les mariages espagnols relèvent de tractations entre les Cours, ils ne concernent pas vraiment le peuple, tandis que l'incroyable audace de Cartouche, l'armée de hors-la-loi qu'il a mise sur pied, ce pouvoir de l'ombre qui sape l'officiel, cela certes le concerne, et l'enflamme. Le peuple a suivi de près les exploits de Cartouche. À travers lui, les Français prenaient leur revanche sur leur vie d'humiliés. Pourtant, à son arrestation, ils manifestent leur contentement. Publiquement, au nom du bien, en toute bonne conscience, ils souhaitent la mort de leur héros. En aparté, ils continuent de se raconter ses hauts faits, rêvent son évasion, sont certains que ses hommes vont prendre le relais et que cette redoutable armée de coupe-gorge n'a pas fini d'agir. C'est toujours une fête de voir châtier, et Cartouche, par son envergure, aura, c'est sûr, un traitement d'exception – car il est exceptionnel. Il n'y a pas que le peuple qui soit fasciné. Des écrivains, des grandes dames viennent le visiter à la Conciergerie. Cartouche, les jambes chargées de chaînes (qu'il nomme ses «jarretières»), rit de tout, chante à tue-tête des chansons obscènes dont il apprend les paroles à ses gardes. Sa gaieté sidère. Autant que ses exploits de brigand, elle stupéfie tout le monde. Que sont les réjouissances qu'apporteront les mariages espagnols, que sont-elles comparées à la secousse procurée par le supplice d'un pareil criminel ? Des jeux d'enfants à côté du sang qui coule.

Des jeux d'enfants… Les Parisiens ont le mot juste. Ces mariages sont des jeux d'enfants, mais organisés par les adultes. Les enfants sauront-ils y faire passer leur souffle de vie et les animer de leur fantaisie ? Ont-ils même une enfance à sauver, ces enfants-là ? Mais qui, à cette époque, a une enfance à revendiquer ? Certainement pas les enfants du peuple, mis au travail dès qu'ils peuvent se tenir debout ! Mais les enfants de roi bénéficient-ils, en plus du luxe où ils grandissent, de ce don d'un temps d'avant les soucis et les responsabilités de l'âge adulte ? Un temps pour jouer et s'adonner de toutes ses forces à l'exploration du monde et de ses sensations ? Actuellement, marionnettes miniatures peintes de couleurs vives, les petits mariés s'efforcent seulement d'exécuter correctement les figures. Pour eux les réjouissances prennent d'abord la forme de cérémonies religieuses. Elles se succèdent à un rythme serré. À Paris, Mlle de Montpensier, à peine baptisée, fait sa confirmation dans l'église du monastère royal du Val-de-Grâce par les mains du cardinal de Noailles, archevêque de Paris ; puis, quelques jours avant son mariage, son confesseur, le curé de Saint-Eustache, lui donne sa première communion. Confirmation, première communion, mariage. Les sacrements sont dispensés en urgence. À Madrid, l'infante est baptisée. La suite sera-t-elle pour elle aussi : confirmation, première communion, mariage ? Anna Maria Victoria est jugée trop immature pour la confirmation et la première communion. On saute directement au mariage. La jeune mariée et tout juste baptisée est adorable dans ses dentelles blanches. Elle frissonne sous les gouttes d'eau bénite.

La veille du jour de la signature du contrat de mariage entre Mlle de Montpensier et le prince des Asturies, le roi accompagné du comte de Clermont et du duc de Villeroy va dans l'après-midi chasser au château de la Muette. La chasse, un entourage masculin, le rendent joyeux. L'air sent les champignons et le bois mouillé. Il a envie de rire et de continuer d'aller au hasard, à travers champs et forêts.

Le 16 novembre les deux contrats sont signés. Madame, qui célèbre ce jour-là le cinquantième anniversaire de son malheureux mariage avec Monsieur, frère de Louis XIV, représente la petite infante, tandis que le duc d'Ossone, ambassadeur extraordinaire d'Espagne, remplace don Luis. Le roi ne cache pas son chagrin mais une mine triste n'a jamais fait obstacle au bon déroulement d'une cérémonie. Quant à Mlle de Montpensier, quelle que soit sa terrible mauvaise humeur et même l'horreur secrète de ce qui l'attend, le cérémonial est assez éclatant pour effacer toute fausse note qui viendrait d'une aussi petite personne. Dans la soirée le roi ouvre le bal avec elle. Savent-ils qu'il a été question de les marier ? Mais il a été aussi envisagé que le roi épouse sa petite sœur, Philippine Élisabeth, Mlle de Beaujolais, âgée de sept ans. Ce sont des machinations qui les dépassent. Ils ne sont au courant d'aucun projet les concernant. D'ailleurs, ce n'était pas sérieux. Il ne s'agissait que de faux bruits destinés à mettre en colère le roi d'Espagne et à le rendre encore plus désireux que ce soit sa propre fille et non une fille de cette famille honnie, les Orléans, qui devienne reine de France. Un hameçon auquel il a mordu. Le roi et sa cousine dansent sans échanger un mot. Mlle de Montpensier a, par instants, des lueurs bizarres dans son regard sombre. Une foule de masques leur fait une haie. Ils sont impatients que la fête commence, et de pouvoir *vraiment* s'amuser – c'est-à-dire dès que les enfants en épousailles auront débarrassé le parquet.

Le Régent se réjouit du succès de ses plans. Il participe à ce bal en triomphateur, du moins les premières heures. Au bout d'un moment, nauséeux, il quitte la salle et finit la nuit dans les spasmes et les vomissements.

Le soir, après la signature des contrats, le bal, le devoir assumé de faire compagnie à sa cousine et future reine d'Espagne aussi peu ravie de sa destinée qu'il l'est lui-même de la sienne, le roi assiste au Palais-Royal à *Phaéton* de Lully, c'est son baptême d'opéra. Devant les décors magnifiques, les costumes brillants, la scène somptueusement éclairée, le choc des voix, il est saisi d'une griserie qui retombe au dernier acte en un abattement total. Il est frappé de la révélation inverse d'un mélomane. Il découvre l'ennui sans fond que lui procure la musique. À travers *Phaéton* se profilent les innombrables corvées d'opéra qu'il va lui falloir subir. Il croise les bras, s'endort la joue contre les fils d'or de son habit.

Sans adieu

Deux jours après, dans l'indifférence générale, Louise Élisabeth s'en va. Sa mère la regarde à peine. Sa grand-mère, la princesse Palatine, a ce commentaire : « On ne peut dire que Mlle de Montpensier soit laide, mais c'est bien l'enfant la plus désagréable qu'on puisse voir, dans sa façon de manger, de boire, de parler. Elle vous impatiente bien ; aussi n'ai-je pas versé de larmes, ni elle non plus, quand nous nous sommes dit adieu. » Le roi a prononcé la formule fatidique : *À Madrid* et est rentré aux Tuileries. Le Régent, selon l'étiquette, accompagne sa fille jusqu'à Bourg-la-Reine. Mlle de Montpensier partage son carrosse avec son père et son frère qui vont bientôt la quitter, sa gouvernante, l'affreuse Mme de Cheverny, toute couperosée et déformée de scorbut, laquelle la laissera à la frontière, et la duchesse de Ventadour, future gouvernante de l'infante qui, elle non plus, ne passera pas en Espagne. Mme de Ventadour est sans doute la plus partante dans cette histoire. Elle est à la fois flattée de cette nomination et troublée, compte tenu de sa dévotion pour son roi. Il l'a embrassée froidement ce matin et ça lui a un peu gâché son départ, mais elle est tranquille, au fond. Nul danger pour elle de revivre avec l'infante les transes d'amour maternel qu'elle a éprouvées pour le petit roi. Et, d'ailleurs, n'est-il pas orphelin ? Rien de tel avec l'infante. Celle-ci a bien une mère, et une mère qui ne se laisse pas effacer ; de plus, songe-t-elle, les larmes aux yeux, pourrait-il exister un enfant plus beau que son roi ? L'infante n'a aucune chance de lui faire ombre. « Maman Ventadour », encore belle, se sent forte et rajeunie, elle s'installe dans le carrosse et s'abandonne aux vanités du paraître. Elle a été nommée « maîtresse du voyage ». Elle roule dans un riche équipage, escorté de quatre-vingts gardes du corps splendidement vêtus. Mais ils sont ternes à côté des cent cinquante gardes conduits par le prince de Rohan-Soubise qui ferment la marche. Mlle de Montpensier a le visage renfrogné. Elle marmonne que son corset la serre, qu'il fait un froid de gueux dans cette voiture. Son père reste calme. Sous sa gentillesse affichée, son impatience est perceptible. Il voudrait en avoir fini avec la comédie des adieux. Mlle de Montpensier se conduit bien, s'il repense aux crises et menaces de suicide de sa sœur, Mlle de Valois, mariée un an plus tôt. Davantage que des menaces. Elle était prête à tout pour ne pas rejoindre son mari, le duc de Modène. Elle était allée exprès au couvent de Chelles au prétexte de saluer sa sœur l'abbesse, en réalité parce qu'elle savait qu'il y avait une épidémie. « N'y allez pas, lui avait-on dit, vous risquez d'y attraper la petite vérole. – C'est ce que je cherche. » Elle n'avait attrapé qu'une rougeole. C'était toujours du temps de gagné. Elle ne se nourrissait plus, pleurait sans arrêt. Le jour de ses fiançailles, on avait remarqué son visage bouffi, son accablement. Elle ne pouvait articuler un seul mot tant elle pleurait.

Heureusement que Mlle de Valois est à Modène, elle aurait été capable de communiquer à sa sœur son esprit de révolte. Ce n'est pas que Mlle de Montpensier soit docile, mais elle ignore encore le désir et que ses impératifs n'ont rien à voir avec la politique. Mlle de Valois, elle, le sait. Le duc de Richelieu a été son premier maître en libertinage. Le duc de Richelieu, ce fat, ce pervers, ce destructeur acharné de la paix des familles et des États, ce fléau, ce génial fouteur de merde... *génial*, le terme est un peu outré, se corrige le Régent, mais un fléau oui. Charlotte Aglaé est à Modène, mais elle essaie de revenir. Elle écrit lettre sur lettre pour se plaindre de sa belle-famille, et, aux dernières nouvelles, exige l'annulation de son mariage pour impuissance. Son beau-père a fait construire un mur entre ses appartements et ceux de ses autres belles-filles. Mais elle ne capitule pas... Elle n'est pas spécialement belle, la duchesse de Modène, avec ses vilaines dents et son gros nez déjà abîmé par le tabac, mais elle a du caractère et le goût de se battre... Plus que des menaces de suicide ? Lui revient cet « accident », peu avant son départ. Mlle de Valois s'était élancée au galop dans une petite porte. Elle ne s'était pas baissée et s'était cogné la tête avec une telle force qu'elle avait été projetée sur la croupe du cheval.

Mlle de Montpensier dit qu'elle a trop chaud, elle ouvre sa fenêtre, penche sa tête au-dehors. La pluie détruit sa coiffure et lui dégouline dans le cou.

C'est avec soulagement que le Régent atteint Bourg-la-Reine. Il embrasse sa fille, lui pince gentiment la joue, saute de voiture.

Espagne, hiver 1721

Les trois révérences du duc de Saint-Simon

La capitale espagnole respire un air d'attente et d'excitation. Depuis trois mois se propagent des rumeurs autour d'un mariage entre l'infante Anna Maria Victoria et le roi de France et aussi à propos d'autres unions princières. Dans les rues, sur les places de marché, dans les tavernes, les églises, on discourt, espère, suppose. Pour connaître la vérité il faudrait pénétrer dans l'Alcazar, immense bâtisse de pierre blanche, aux fenêtres étroites et aux pièces enchevêtrées, et, à l'intérieur du palais, avoir accès à la chambre royale. C'est là que le roi, malgré son antipathie pour cette demeure, passe l'essentiel de sa vie, aux côtés de la reine, *collé à elle*. Le peuple abhorre l'Italienne et continue d'aimer sa première épouse, l'adorable et courageuse Marie-Louise de Savoie, « la Savoyarde », « la Savoyana ». Actuellement encore, quand le roi et la reine se déplacent dans Madrid, la foule crie au passage de leur carrosse « *Viva la Savoyana!* » Élisabeth Farnèse en est blessée, mais sans gravité. Elle a vécu une enfance et une adolescence où l'affection ne tenait aucune place.

Un père mort dans son jeune âge. Une mère, vindicative et altière, résolue à briser le caractère de sa fille, en fait peu différent du sien. Elle n'avait avec Élisabeth que des contacts rares et l'avait reléguée, ignorée de la Cour, quasi-prisonnière, dans des pièces mansardées en haut de l'énorme palais ducal de Parme. Élisabeth n'était visitée que par des professeurs, des prêtres, et, en cas de besoin, des médecins. À ce régime la jeune fille, loin de s'assouplir, s'était endurcie. Elle avait fait le choix des études, et, si un mariage se présentait, de le réussir à tout prix. L'amour n'entrait pas dans ses rêveries. D'ailleurs elle n'était pas rêveuse. Dans sa relation avec le roi d'Espagne elle a compris qu'elle devait, de toutes les ressources de sa personnalité et de son corps, non pas chercher à éliminer le fantôme de Marie-Louise de Savoie mais y faire écran, contrecarrer ses apparitions. Elle ne s'écarte pas de son plan. Le roi lui est attaché. Sur un mode excessif, et elle souhaiterait quelques parenthèses d'indépendance, mais puisque c'est impossible, elle fait tout pour renforcer le besoin d'elle du roi, pour que leur union soit encore plus étroite, moite, irrespirable – un nœud d'étreintes. Le roi et la reine forment une entité indivisible.

Les rideaux de brocart orné de nacre, d'argent et d'or sont tirés, ceux du lit à baldaquin comme ceux des fenêtres. Philippe V et Élisabeth Farnèse semblent agités de sentiments contraires. Tantôt ils sourient et savourent à l'avance l'heureux événement du mariage de leur fille, tantôt ils interprètent comme un mauvais présage le retard de l'ambassadeur extraordinaire. Le roi tend au pessimisme, mais sa femme le rassure. Ils font leurs prières. On apporte au monarque son breuvage matinal, ce qui lui tient lieu de petit déjeuner : un liquide blanc et chaud, mélange de bouillon, de lait, de vin, de jaunes d'œufs, de girofle et de cannelle. La reine prend sa tapisserie, à portée de main sur une petite table. Elle suit de près la conversation lorsque le roi travaille avec son ministre d'État, le marquis de Grimaldi. Elle participe et décide sans lâcher les fils de son ouvrage. Son intérêt est en fait plus actif que celui du roi, la plupart du temps silencieux et morose, manifestement tourmenté quand il s'agit de traiter des affaires politiques. Entre la façon dont il parle avec le ministre d'État et celle dont il mouline ses prières, il n'y a pas de différence.

La reine, au lit, n'est jamais longtemps occupée à sa tapisserie. Le roi, généralement morne et éteint, ne l'est plus du tout dès que lui vient l'envie de faire l'amour. Alors il se montre ardent et véhément. Il se jette sur elle. Son tempérament amoureux fait jaser domestiques et courtisans. On dit que lorsque la reine se refuse, il y a chahut et charivari dans la chambre royale. Le roi crie et menace. La reine crie et se plaint. Elle appelle au secours, pleure. On se doute bien que personne n'accourt… Quand, enfin, elle se donne, la jouissance du roi est encore plus intense et il lui accorde tout ce qu'elle désire.

Mais aujourd'hui, dans le soleil d'hiver de ce matin limpide, songeant à la merveille de ce rapprochement avec le royaume de France, elle n'a aucune raison de se refuser. Elle pose sa tapisserie, caresse le roi. « Comme vous êtes beau », murmure-t-elle au visage disgracieux penché sur elle. Sur quoi, sans interrompre sa chevauchée, le roi grogne : « Mais enfin pourquoi le duc de Saint-Simon n'est-il pas encore arrivé? Il est parti depuis un mois, me trompé-je?»

Philippe V ne fait pas erreur. La lubricité n'entame pas son jugement. L'ambassadeur extraordinaire a pris du retard. D'abord sur sa date de départ, à cause du diabolique Dubois qui s'est ingénié à lui multiplier les difficultés. De sorte que le duc de Saint-Simon a fait ses préparatifs de voyage à la hâte, ce qui évidemment lui a coûté bien plus cher. Le même Dubois lui a imposé une suite et un accompagnement militaire ruineux. Puis, durant le trajet en France, la conjugaison du mauvais temps et d'une abondance de réceptions a notablement ralenti sa marche. Ensuite, à la frontière, la troupe des Français a été fouillée de fond en comble. La peste continuant de ravager Marseille, ils ont dû défaire tous les paquets. Chaque personne venant de France représente un risque de contagion. Le duc de Saint-Simon soupçonné d'apporter la peste dans ses bagages! C'en est trop! Il s'indigne, tempête, mais est bien forcé de s'exécuter. Enfin, pour clore la somme des soucis, à Burgos son fils aîné est tombé malade, victime de la petite vérole, le fléau qui décime les gens par milliers, surtout les enfants. Il doit le laisser derrière lui. Il laisse également ses compagnons de voyage, son second fils, son frère l'abbé de Saint-Simon, des amis comme le comte de Lorges et le comte de Céreste, et plusieurs domestiques, qui vont poursuivre en voiture, tandis que lui, pour répondre à l'impatience du couple royal, continue à cheval. Inquiet de la maladie de son fils, rendu nerveux par le grand nombre de messagers dont le roi et la reine d'Espagne l'obsèdent, il presse sa monture.

À la fin du mois de novembre, tard dans la nuit, Saint-Simon entre à Madrid. Il ne s'est quasiment pas couché depuis Burgos. Physiquement et moralement M. l'ambassadeur est en mauvais état.

Il comprend mal l'espagnol. Une langue qui lui déplaît, une langue brutale, bruyante, dont les sons lui font l'effet d'éternuements. Un idiome en accord avec le peuple de pouilleux qui le parle. S'il n'y avait que la langue qu'ils parlent, mais en plus les Espagnols chantent, et ce chant bizarre, indéfinissable, lui porte directement sur les nerfs. Partout où il s'est arrêté, dans le hameau le plus perdu, en pleine campagne – et la campagne sur les étendues venteuses de la Castille n'a rien à voir avec les riants bosquets de la douce France –, là où on aurait cru qu'il n'y aurait personne, s'élevait un chant à vous rendre fou, souvent accompagné d'une guitare. La plupart du temps, il ne voyait pas le chanteur, mais surgissait toujours, à un moment ou à un autre, cette mélopée qui ne ressemble à rien. Des sons entre le miaulement et les cris de l'hystérique. Et lorsque, de surcroît, les affres du chanteur s'expriment dans une odeur d'huile d'olive, il y a de quoi rendre tripes et boyaux ! Il pourrait classer par ordre de répulsion ce qui dans ce voyage lui est le plus pénible : dans ce cas il faut commencer par l'*huile d'olive*. Un vomitif qui rend impossible à avaler une cuisine en elle-même grossière. Le duc de Saint-Simon en cette nuit où il pose le pied dans la capitale d'Espagne, encore moins éclairée que Paris, est barbouillé. Et à la suite de ses guides qui, heureux d'être arrivés, crient encore plus que de coutume leurs ignobles vocables, il a le moral bas.

Le duc de Saint-Simon croit avant tout en la hiérarchie, au rite sacré de l'étiquette. Il est pointilleux sur les questions d'honneur et de politesse. L'Espagne, ses chemins de terre, ses plaines arides balayées par un vent glacé, avec çà et là des groupes de paysans bruns de crasse et de soleil et des mendiants haillonneux, lui fait l'effet d'un voyage sur une autre planète. Cette disparate de misère, de superstition, d'envie de chanter dépasse son entendement. Certes il désirait pour lui et ses fils le titre de grand d'Espagne, mais si son aîné doit périr à Burgos de la petite vérole, et son autre fils défaillir comme lui d'une maladie du foie causée par abus d'huile rancie et de troubles nerveux dus à une intolérance musicale, ce titre si doux à se murmurer à soi-même, si affolant quand on l'imagine amplifié en échos de salle en salle et de palais en palais, n'est-ce pas le payer trop cher?

Nenni, se dit Saint-Simon quand il se trouve enfin dans l'appartement qu'on lui a préparé, devant un bon feu de bois, assis à une table sur laquelle il étale les précieux documents dont il est porteur : un portrait du roi Louis XV, le contrat de mariage rédigé en espagnol. La version française, qu'il ne cesse de réclamer à l'infernal Dubois, il ne l'a toujours pas. Il en ressent une crispation. Pour se détendre il va à la fenêtre et constate qu'un carrosse du roi est mis à sa disposition à toute heure du jour et de la nuit. Voilà qui satisfait son sens de la respectabilité. D'où, alors qu'il commençait à se sentir mieux, cette question épineuse : à quelle heure peut-il se présenter au roi et à la reine ? *Le plus tôt possible*, ont-ils plusieurs fois souligné dans leurs innombrables messages. Mais qu'est-ce que cela veut dire *le plus tôt possible* pour un roi et une reine d'Espagne ? À Versailles il se présenterait sans hésiter au petit lever, mais ici que faire avec Leurs Majestés renfermées dans leur intimité, et à qui il arrive même, d'après les rumeurs, de se remettre au lit dans la journée ?

Ce qu'il a appris des mœurs de Philippe V et de son épouse l'effare. Voici, lui a-t-on dit, leur emploi du temps : ils se font réveiller à huit heures, restent au lit ensemble, disent leurs prières ensemble, s'habillent et vont à la messe ensemble, après la messe ils jouent au billard puis font quelque pieuse lecture ensemble. Ils dînent, après dîner ils jouent au piquet, aux cartes, aux échecs, vont se promener ou à la chasse (une activité moyennement risquée, puisqu'elle consiste pour les deux souverains à s'asseoir dans un bosquet en forme de loge et de là, sans bouger d'un pouce, à tirer sur tous les animaux que les paysans à l'entour rabattent dans leur direction). Ils reviennent au palais lire ensemble et s'occuper ensemble d'affaires politiques et de bonnes œuvres. Puis ils soupent ensemble, prient ensemble et retournent au lit. Quand ils marchent, ils marchent exactement côte à côte. Si par hasard ils se trouvent décalés, parce qu'ils sont avec d'autres personnes et que la reine, prise par une conversation, traîne, le roi s'arrête et l'attend. Il n'y a qu'aux moments où elle met ses chaussures, au saut du lit, et pour se confesser que la reine est séparée du roi, mais si elle s'attarde à chuchoter auprès de son confesseur il vient la chercher. Il va de soi que leurs chaises percées se touchent, et qu'en aucun cas, maladies ou accouchements de son épouse, le roi ne fait lit à part. Une atmosphère inquiétante. L'unique élément rassurant, à savoir que ce couple, sorte de monstre à deux têtes, parle français, ne suffit pas à dissiper son appréhension.

Saint-Simon se prend la perruque entre les mains. Dans l'ignorance d'une heure fixée par l'étiquette, comment savoir quelle est la bonne? Pourquoi ne pas se précipiter tout de suite? De plus, devra-t-il revêtir le grand habit de Cour avec toutes ses décorations ou le simple habit de Cour? Sur ce point, avec cette question finale, M. l'ambassadeur extraordinaire s'est condamné à l'insomnie. À la sale clarté du jour, dans l'incertitude, il se décide pour huit heures et demie du matin et pour le grand habit de Cour.

Et si c'était une gaffe, s'il était à jamais déconsidéré par son arrivée intempestive? Il faut l'avouer le grand habit de Cour, par sa rigidité, le poids de son tissu, de ses brocarts et broderies, ne facilite pas la démarche. Et Saint-Simon a dû mal se faire comprendre et être déposé à une entrée annexe. Une entrée pour fournisseurs, pense horrifié l'envoyé de France. L'ambassadeur extraordinaire avance le long de couloirs marronnasses, striés d'éraflures et abîmés par endroits de traces d'inondation. Des couloirs malades, se dit-il au moment où, avant même qu'il ait pu en nommer l'origine, le reprennent, aussi fortes que dans les pires cantines d'auberges de toutes ces haltes qui ont ponctué son voyage, les nausées. Aussi incroyable que cela paraisse, l'Alcazar empeste l'huile d'olive. Derrière les portes où grésillent d'ignobles fritures, il entend des voix jactant l'idiome espagnol. « Dieu de Dieu, où suis-je? » gémit Saint-Simon. Il a tourné et retourné, emprunté d'autres couloirs, croisé des domestiques qui, dès qu'il s'adressait à eux en français, s'enfuyaient en crachant par terre, traversé des antichambres aussi attirantes que des débarras. Cela lui a quand même permis de s'asseoir et de se remettre un peu. L'odeur a presque disparu. Il respire mieux et serait prêt à se sentir d'attaque de nouveau – à se sentir celui pour lequel a été taillé ce bel habit de cérémonie – s'il n'avait l'impression de regards qui l'observent. Saint-Simon épie dans leur direction et découvre un groupe de nains, extrêmement parés, les cheveux jusqu'aux pieds. Des créatures qui n'ont aucune sorte de considération pour un duc et pair de France. Ils agitent leurs gros visages vers lui, et produisent des mimiques dont l'intention moqueuse le transperce. Un peu plus il s'effondrerait ! Mais soudain, selon ces renversements de fortune auxquels un désespéré n'arrive plus à croire, l'introducteur des ambassadeurs se trouve devant lui. Il lui parle français, exhale un parfum de mimosa, et lui explique, avec force excuses de l'avoir manqué à sa sortie de carrosse, qu'il s'est égaré dans la Maison espagnole, la *Casa española*, mais que sa bonne étoile lui a fait rejoindre la Maison française, la *Casa francesa*, deux mondes ennemis, une guerre qui dure depuis les débuts du règne de Philippe V et ne se contente pas d'un virulent combat d'officine entre cuisine à l'huile d'olive et cuisine au beurre. L'introducteur aurait beaucoup à dire mais ils sont arrivés. Saint-Simon, comme par magie, est dans la chambre royale. Leurs Majestés au lit dans une posture décente lui font bon accueil. Le roi porte un bonnet de nuit, une veste de satin blanc, la reine une chemise de dentelle très décolletée. Tous deux le reçoivent avec joie. Un peu plus tard dans la même journée, en représentation officielle, c'est-à-dire non plus couchés mais assis et face à un public plus large, le roi et la reine affichent à son égard la même mansuétude. De son côté, la chance lui sourit. Saint-Simon réussit impeccablement ses trois révérences. Il a le temps, avant le départ des souverains, de regagner le seuil du salon des Miroirs, somptueux mais étroit et profond (le roi et la reine entrent et sortent à l'extrémité opposée), tout en saluant une à une les dames alignées dos au mur – et cela sans courir. Il a un aparté avec Philippe V. Enfin, la reine, en marque de sympathie, lui montre l'infant don Carlos. On le fait marcher et tourner devant lui. Il le fait très bien. Il n'est ni torse ni bancal – pas plus que son autre frère, don Fernando. Et l'infante future reine de France ? Très haute et puissante Anna Maria Victoria est endormie.

Elle dort de son sommeil tout sourire et contentement,
De sa parfaite confiance,
De sa complète innocence,
Elle dort de son sommeil d'ange.
Le lit est posé sur un nuage.

Le doux balancement que lui imprime Doña Maria Nieves, sa « remueuse » bien-aimée, sa berceuse de la première heure, accorde l'infante au rythme d'un paradis.

Le parfum des dames du palais

Le lendemain, jour de la signature du contrat de mariage, Saint-Simon, encore radieux de son succès, s'apprête avec un soin extrême ; comme il ne peut faire moins que la veille, il endosse à nouveau son grand habit de Cour.

Anna Maria Victoria est réveillée, et bien réveillée. Juchée sur une petite estrade incrustée de pierres précieuses, elle se tient très droite dans sa crinoline. Elle est belle en effet, quoique vraiment petite, pâle, l'air fragile. Mais elle a un regard bleu vif, volontiers impérieux, et un maniement sans réplique de l'éventail. L'intime musique qui lui chante victoire ne l'a pas quittée. Elle reçoit Son Excellence l'Ambassadeur extraordinaire avec cette hauteur naturelle qui bientôt va enchanter les Français. Saint-Simon s'incline. Il juge l'infante « charmante avec un petit air raisonnable et point embarrassé ». Quant à elle, ses yeux ne s'arrêtent pas sur l'ambassadeur.

Saint-Simon voit aussi don Luis prince des Asturies, maigre mais bien fait et élégant. Le jeune homme n'en peut plus d'attendre sa fiancée. Anna Maria Victoria, elle, est tranquille. Elle a saisi qu'elle allait devenir reine de France et, d'ailleurs, ses frères désormais lui accordent partout la préséance, mais elle ne comprend pas exactement quand cela doit se produire ni comment.

Ce même soir, ou un autre, on montre à l'infante, peut-être pour qu'elle perçoive mieux sa destinée, le portrait de Maria Teresa infante d'Espagne peint par Vélasquez. « Elle était la fille de Philippe IV et d'Isabelle de Bourbon. Elle a épousé son cousin germain, Louis XIV, votre arrière-grand-père. Elle est devenue reine de France, ainsi que vous le deviendrez vous-même par votre mariage avec votre cousin germain, Louis XV. »

Anna Maria Victoria considère Maria Teresa. Elle détaille les joues rouges, le nez pomme-de-terre, la lèvre inférieure gonflée, l'épaisse perruque fil de fer piquée de papillons d'argent. «*Muy fea!* [très laide!]» décrète l'enfant, et elle se masque les yeux. Elle est réprimandée. Elle doit présenter des excuses à son arrière-grand-mère et reine de France. Elle s'exécute tout en louchant vers le tableau d'à côté. Elle voulait seulement ne plus voir la laide infante mais elle est captivée par ce qu'elle découvre : une mignonne infante blonde à crinoline blanc moiré, qui pose à côté de sa naine, l'observe d'un regard fier. «L'infante Margarita», lui dit-on en ébauchant une légère révérence. «Ce n'est pas vrai, décrète Anna Maria Victoria. Ici, c'est moi.»

La signature du contrat a lieu dans le salon des Grands. À sa lecture à haute voix l'infante a un éclair d'intelligence : elle va épouser le roi de France. Sa mère lui tient la main pour qu'elle signe, Anna Maria Victoria s'applique de toutes ses forces, elle se penche tellement que sa joue, et presque ses lèvres, frôle le papier, comme un premier baiser à son petit mari et grand roi.

Chacun est étonné de la patience de la fiancée durant la séance, à la différence de la reine qui, à un moment, interroge : «Il y en a encore pour longtemps?» Lorsqu'on lui offre le portrait de Louis XV entouré de diamants, l'infante le reçoit comme une récompense. Elle demande si elle a le droit de le garder. «Bien sûr, il vous appartient, c'est le portrait de votre mari, il s'est fait un bonheur de vous l'envoyer.» En entendant ces mots le prince des Asturies se permet de protester. Il a été privé du portrait de sa future épouse, il réclame qu'il lui soit rendu. «Non», dit seulement Élisabeth, sa marâtre. Il se peut qu'il pense à sa propre mère alors, à la douleur de l'avoir perdue, qu'il ressente avec un poids accru le malheur d'être si seul entre cette Italienne rusée et manipulatrice et ce père mélancolique, et que, non seulement par frustration sexuelle mais aussi avec une candeur désespérée, il ait envie que Mlle de Montpensier lui soit une compagne à aimer.

« Où est-elle ? demande-t-il, où en est-elle, la princesse, de son voyage ? »

Le roi et la reine offrent, le soir, dans une immense salle étincelante de bougies et miroitante d'or, de bronze et de marbres, un bal magnifique. Eux-mêmes se tiennent à un bout de la salle, face à l'entrée, l'infante à leurs côtés. Ils sont assis sur de hauts fauteuils dorés, derrière lesquels on a placé pour les personnages importants des tabourets de velours rouge. Le long d'un mur, d'autres tabourets et des coussins sont occupés par les épouses des grands d'Espagne et leurs fils aînés, tandis que les jeunes filles sont sur le sol, à même les tapis qui couvrent tout le salon. De l'autre côté, en face de ces femmes et jeunes gens, il y a des courtisans, debout, contre les fenêtres. Dans une pièce attenante le vin coule à profusion et les tables servent de support aux plus extravagantes pièces montées et pâtisseries de toutes sortes. Chacun se parle, rit, échange des gestes de courtoisie aussi sensuels que des caresses. La joie est comme un serpentin ondoyant dont l'origine est dans les mains du couple royal et de leur fille. Et c'est à l'instant où ce ruban vient à toucher Saint-Simon que, lui qui jusqu'alors a été vif et vaillant, et comme possédé par sa mission, se sent crouler.

Il est desséché, fiévreux mais n'a pas la force de se lever pour aller boire du vin dans la pièce où il ruisselle en fontaines. Cependant il est content : la fête est aussi en son honneur, puisqu'elle célèbre le mariage de l'infante. Il reste donc assis, en sueur, un peu malade, mais réellement satisfait. Le roi et la reine dansent. Il les admire de bon cœur, et songe à prendre congé, quand il est repéré par une ancienne connaissance de Paris, une femme de plus de cinquante ans, laquelle, non, ce n'est pas possible !, s'est piquée de l'idée perverse de danser avec lui. Panique ! Saint-Simon se cache derrière une colonne, sa persécutrice le rattrape, le traîne devant le roi et la reine, et c'est d'eux-mêmes, de Leurs Majestés qu'il reçoit l'*ordre* de danser. Il a beau argumenter sa fatigue, son âge, sa nullité en l'affaire, ça produit l'effet inverse. Le duc s'exécute. Menuets, contredanses, chacones, rien ne lui est épargné. Il sent qu'il va mourir, mourir en dansant le menuet. Il faut le faire reposer, l'éventer, lui faire boire un verre de vin, et le porter à son carrosse. Le bal s'en moque et continue sans lui. Le roi, la reine, le prince des Asturies, toute la Cour, jeunes et vieux, dansent jusqu'au jour.

L'infante a été priée de rester sage au bal. Elle est épouse et reine, oui, mais trop petite pour ne pas être bousculée par les danseurs. Elle est, comme partout, accompagnée de sa gouvernante, Mme de Montellano, qui se tient derrière elle, sur un tabouret de velours rouge, et la surveille. L'infante, malgré ses remontrances, tape le rythme si fort avec les pieds qu'on la descend de son haut fauteuil à franges d'or et bois doré et l'autorise à danser avec son frère, don Carlos. Le bal s'arrête pour regarder le frère et la sœur si gracieux et joyeux qui sautillent en cadence. Tandis qu'on les reconduit à leurs chambres, ils peuvent admirer les feux et illuminations dans tout Madrid. Ils se sont glissés derrière des rideaux. Ils se tiennent main dans la main, le nez sur la fenêtre. C'est un de leurs jeux, se cacher derrière des rideaux, se coller le nez contre la vitre et le bouger pour faire des dessins sur la buée.

Elle est encore plus belle que la petite fille en blanc du tableau de Vélasquez au soir de la fin novembre où ses parents se rendent avec elle, en grand cortège, à Notre-Dame d'Atocha. Beaucoup plus belle dans sa crinoline or et lilas. Non grâce à la crinoline mais par l'excitation dont elle frémit, pour ce présent démesuré, inouï, de voir la ville de Madrid, sa ville, mise en fête pour elle : les rues par où ils passent sont ornées de riches tapis aux fenêtres, et à leur retour toute la Plaza Mayor est illuminée. Et, pour une fois, elle n'entend pas : *« Viva la Savoyana ! Viva la Savoyana ! »*, des mots qui lui font de la peine. Le peuple les salue de l'acclamation : *« Viva Anna Maria Victoria ! Viva la reina de Francia ! »*

L'infante a une passion pour les dames du palais. Celles-ci portent des robes aussi multicolores que des plumes de perroquet et font encore plus de bruit que ces oiseaux. Assises, jambes repliées sur des tapis, leurs jupes s'étalant autour d'elles, elles embrassent l'infante et se la passent de l'une à l'autre. La petite fille, ivre de ce tournoiement, les caresse, les respire, s'accroche à un collier, garde une fleur, suce un chocolat. Elles sentent l'ambre, l'orange. L'infante s'imprègne de leurs parfums, de leur chaleur. Elle a le goût des senteurs capiteuses, des baisers qui claquent, des chansons à pleine voix. Ce soir-là, elles l'embrassent encore plus serré que d'habitude, la prennent et la font sauter dans leurs danses. Anna Maria Victoria crie de peur et de plaisir. Elle veut sans cesse recommencer. Elles sont pareilles les dames du palais, toujours prêtes à recommencer. Et, à la nuit, quand on leur dit que c'est fini, qu'il faut laisser partir l'infante, tombe une chape de plomb sur leur assemblée volatile. Elles font silence, s'allongent sur leurs tapis, allument des bougies. Elles disent au revoir en agitant leurs éventails. L'infante les voit disparaître dans un flamboiement.

Lenteurs de Lerma

Le départ vers la France s'effectue en deux fois. L'infante quitte d'abord Madrid pour Lerma, où ses parents font régulièrement des séjours dans le château construit par le duc de Lerma, favori de Philippe III, près du rio Arlanzon. Un voyage qu'elle a déjà fait souvent, sauf pour la quantité de ses bagages et sa nombreuse suite. Mais elle ne différencie pas ce qui fait partie de la suite royale et relève de la sienne. Le départ lui a semblé précipité. Elle n'a pas eu le droit de dire au revoir à don Fernando, malade de la rougeole, ni à don Carlos, qui à son tour en présentait les symptômes.

La première nuit l'impressionnant cortège va coucher à Alcala de Henares, c'est-à-dire juste à côté de Madrid.

Le rythme du voyage est donné : une lenteur invraisemblable. On frôle le surplace. Pour aller de Madrid à Lerma la Cour mettra quinze jours – quinze jours pour parcourir environ cinquante lieues, soit une moyenne d'à peine trois lieues et demie par jour. Le temps pour une des plus belles dames d'honneur de la reine de mourir. Elle s'appelait la marquise de Crèvecœur et avait vingt-cinq ans.

Maria Anna Victoria est particulièrement chérie. La petite fille est au centre de l'attention. Elle en trépigne mais parfois, sans raison, se met à pleurer, le visage contre la poitrine de Maria Nieves.

À Lerma la Cour adopte un rythme un peu plus vivant – à peine, car le roi est en pleine crise de mélancolie et la présence constante d'Élisabeth Farnèse pas plus que les chants du castrat Valeriano Pellegrini ne parviennent à le tirer de l'abîme de néant où il gît. Consciente que quelque chose de grave se prépare, l'infante ne souffre pas une seconde d'être séparée de Maria Nieves. Cette jeune femme brune et rose, pleine de santé, est pour elle un condensé à la fois de son obscure mémoire de nourrisson comblé et du corps multiple et souple, chaud, lumineux, parfumé de ses chères dames du palais.

Aux icônes devant lesquelles elle fait ses prières est joint le portrait de Louis XV qui étincelle dans son cadre de diamants. Anna Maria Victoria le prie avec ardeur et commence de vivre dans son regard. Ses parents lui prodiguent toutes sortes d'égards. Dans ses déplacements, son frère, le prince des Asturies, prend bien soin de s'écarter afin que partout elle le précède. M. de

Popoli, gouverneur du prince, lui a rendu le portrait de Mlle de Montpensier, le teint clair, les cheveux noirs, les yeux bien fendus, les lèvres qui ne sourient pas. Elle est attirante. Si c'était une fleur ce serait une pervenche, se dit le prince en glissant la main dans sa culotte. Il exerce sa volonté. Il ne se masturbe qu'après ses prières dites. Il parle souvent d'elle à son frère et même à sa belle-mère. À nouveau il demande : « Où est-elle, Mlle de Montpensier ?

Où en est-elle, la princesse, de son voyage ? »

Bazas, 22 décembre 1721

Missive hagarde

Elle-même n'en sait rien.
Louise Élisabeth, en route depuis un mois, n'a guère idée d'où elle se trouve. Dans le carrosse à huit chevaux qu'elle ne quitte pas souvent, elle joue aux cartes, se dispute avec sa gouvernante, a des colères absurdes, boude des journées entières, obtient d'aller faire des tours sous la pluie, prend froid, fait comme si de rien n'était, jusqu'à un certain point – exactement jusqu'à la traversée de Blaye à Bordeaux, où sur le « Palais naval » construit pour sa venue la fillette paraît bien blême et flageolante en dépit du calme de la surface des eaux.
Ainsi Mlle de Montpensier est dans le Bordelais. Une région de vignes et de douces collines. Des ciels bas, les eaux beiges de la Garonne, les pierres blanches et les tuiles rouges des maisons bourgeoises seraient son paysage si elle levait les yeux du noir intérieur qui la dévore. Elle est trop jeune et trop chaotique pour en faire un programme d'existence, mais elle se livre sans résister à ses humeurs ténébreuses, comme à une boussole de

désespérance. À l'opposé d'une Élisabeth Farnèse qui, durant les trois mois qu'il lui a fallu pour aller de Parme à Madrid, empêchée par les tempêtes de voyager par mer, a redéfini son plan de conquête du roi son époux et du pouvoir, et a fourbi ses armes, Louise Élisabeth, nullement sensible à ce grand destin supposé l'attendre, est la débâcle incarnée. Une débâcle furieuse.

Pour satisfaire les souverains espagnols, ses beaux-parents, on ne cesse de réduire les pauses. Les étapes sont de plus en plus longues. Les gardes du roi caracolent. Les soldats de l'armée du prince de Rohan-Soubise ne fléchissent pas leur belle allure. Le prince lui-même est magnifique. La vitesse, les bons vins des côtes de Graves et de Sauternes font plaisir à ces fringants chevaliers. Mais pour elle, Mlle de Montpensier, devenue princesse des Asturies et qui sera plus tard reine d'Espagne, pour cette fillette de douze ans proprement déboussolée et dont la famille s'est débarrassée sans forme d'amitié, ce trajet à bride abattue est une épreuve.

Fringante, ce n'est pas son style, mais là, après tous ces jours éreintants, elle se sent franchement mal. Elle a été extraite du malaise diffus auquel elle est habituée – la haine qui soude ses parents, l'égarement original par lequel se signale chacune de ses sœurs, l'odieux garçon qu'est son frère, les scènes de beuverie, gloutonnerie, coucherie qui forment le kaléidoscope de sa courte mémoire – son atmosphère naturelle, en somme. Et au lieu de se sentir mieux, elle est perdue. À Bordeaux on ne l'a pas laissée sortir de son hôtel à cause d'un risque d'épidémie de variole. À Bazas, où elle vient d'arriver, c'est elle qui n'a pas envie de sortir. Les vignobles ont été remplacés par la forêt landaise, sorte de désert dans lequel on ne s'aventure pas de gaieté de cœur. De plus, elle va tomber malade. L'est déjà. Elle souffre des oreilles, a du mal à avaler. Grelottante, elle essaie de venir à bout d'une lettre à son père. Elle hasarde, en gros caractères vilains, suite de bâtons plus ou moins tordus :

« À Basase, ce 22 décembre, Permete, mon cher papa, que jais lhonnoeur en vous souhaitant davence une bonne ane, de prendre encore conge de vous et de vous assurer, nuls terme ne pouvant esprimer ma vive reconnoissance de toust ce que vous avez fait pour moi, que je vous la marquerez toute ma vie par ma bonne conduite et mon aplication à vous playre. Trouve bon aussi que, rendent justice à la maison du roy, je m'en loue infiniment. M. de la Bilarderie ma empesché de brusler… »

Louise Élisabeth a les doigts pleins d'encre, elle les essuie sur sa robe et sonne pour qu'on lui en change. Elle l'a échappé belle, pas de doute. À Chinay, le feu a pris dans la maison où elle logeait, on l'a sauvée de justesse. Le lendemain, à Brioux, c'est sa garde-robe qui s'enflamme. Enfin, en traversant un bois, la troupe de son cortège s'est révélée être gangrenée par des membres de l'armée de Cartouche. Un groupe de brigands s'est enfui en volant une quantité de plats d'argent et trois malles riches de présents pour les Espagnols. Elle se demande quels autres désagréments lui réserve la suite. Il en est un dont elle a déjà quelque intuition – un méchant désagrément, se dit-elle en avalant douloureusement, c'est la figure de don Luis ! Aïe ! Aïe ! Est-ce qu'il va falloir qu'elle se couche nue contre lui, qu'elle se laisse toucher ? Qu'elle se couche tout contre lui également nu ? Et soudain l'expression *nu comme un ver* la traverse et la révulse.

Derrière la muraille de poupées, décembre 1721

L'arrachement

De tout cela : le feu, les voleurs, les maux de la promise, personne dans l'entourage du prince n'est au courant. Ne sont propagées, et avec difficulté vu le temps, que des nouvelles positives. C'est-à-dire, pour l'essentiel, que Mlle de Montpensier se rapproche de lui, du jour béni de leur mariage. Don Luis est ému. Il reprend la contemplation du portrait. À y regarder de plus près, les lèvres de la jeune fille esquissent un sourire... Don Luis est fou de chasse et il ne doute pas que sa future épouse ne partage sa passion. Il a en secret passé commande au meilleur armurier d'Espagne de deux fusils de chasse en présents pour Louise Élisabeth.

Cependant le grand événement est le départ de la reine de France pour «son» pays. Les messes, les concerts, les bals, la grandiose hospitalité du duc de Lerma réjouissent Anna Maria Victoria dans le moment même, mais dès qu'elle est couchée, elle ne parvient pas à s'endormir. Elle pleure, appelle. Elle entend des bruits de pas dans l'obscurité. Sa mère, pour la préparer à sa nouvelle vie, ne s'adresse à elle qu'en français – dans un joli français d'origine livresque qu'elle musicalise de son accent italien. En cet état d'excitation et d'anxiété qui est le sien, il lui faut pour la comprendre faire un effort. Elle répond en espagnol, la langue la plus étrangère à l'oreille maternelle.

À l'heure des adieux, la petite fille est menée auprès de ses parents. La mère essuie quelques larmes, le père égraine son chapelet. Ils lui confient chacun un message qu'elle ne doit à aucun prix oublier. Pour celui d'Élisabeth Farnèse, ce n'est pas simple car il s'agit justement d'oubli, mais d'un oubli partiel. La reine lui dit : « Devenez entièrement française, ma fille, oubliez vos années espagnoles. Toutefois, n'oubliez jamais vos parents, ni vos frères, ni ce que ce grand établissement dans le plus beau des royaumes doit à notre bonté. » Elle lui tient les mains. Anna Maria Victoria voudrait retirer ses mains de l'étau de celles de sa mère. Elle voudrait aussi que le regard de sa mère soit plus doux. Il l'oblige à baisser les yeux et elle sent que ce serait bien qu'elle puisse, de son côté, la regarder. Mais elle n'ose pas. Elle est trop tremblante, troublée. « Ne pas oublier d'oublier. » La reine lui répète le message en français et en italien. Anna Maria Victoria, assise de guingois sur les genoux de la duchesse de Montellano, se sent glisser. Elle a envie que cet entretien s'arrête, cette gravité, cette émotion. Sous l'amas de médailles protectrices dont elle est couverte son petit cœur bat la chamade. Maintenant, c'est au tour de son père. À la différence de la reine, il parle les yeux baissés, mais cela ne l'autorise pas davantage à lever les yeux sur lui. « Votre mariage avec la Maison de France est une grande joie pour moi », chuchote-t-il d'un air catastrophé. L'infante voudrait vraiment tomber maintenant, et qu'on la console parce qu'elle se serait fait mal dans sa chute. Le roi lui explique, à elle ou à un invisible confesseur, que par cette union va s'expier le crime des treize années de guerre de succession, crime dont il est lui, Philippe V, né duc d'Anjou, responsable devant le Seigneur. Le roi se met à genoux et prie pour le pardon de ses péchés. La reine, la duchesse de Montellano, chargée de l'infante devenue une chose toute molle, le Grand Inquisiteur, un groupe de courtisans, une ribambelle d'abbés et religieuses, quelques nains incrustés dans l'ombre, l'imitent. Anna Maria Victoria a la tentation de se réfugier dans leur coin. Elle n'en a pas le temps. Elle est mise debout, dirigée sans plus tarder vers l'Inconnu. Le roi et la reine lui font un accompagnement d'honneur et ne la quittent qu'au pied de l'escalier. Ils succombent sous la peine et sont, diront-ils plus tard, sur le point de s'évanouir. Ensemble.

Pourquoi une telle urgence à expédier en plein hiver, et pour un voyage qui a toute chance de la tuer, une petite fille qu'ils prétendent chérir ? Ce mariage n'est-il qu'un mirage vers lequel il faut s'empresser de courir avant qu'il ne s'efface ? Anna Maria Victoria, elle, s'est effacée de leur champ de vision. Et qu'elle meure ou parvienne à sa destination, ils ne la reverront pas. Ils ont dit adieu à une enfant désormais morte à leurs yeux, sinon par le truchement de portraits plus ou moins fiables.

Quand est-ce qu'on arrive ?

Au long de la route, dans le froid et les cahotements, l'infante construit entre elle et le paysage une muraille de poupées placées à la verticale les unes sur les autres, et solidement enchevêtrées. Dans les deux recommandations : devenir *entièrement* française et racheter les péchés de son père, il n'y a rien de spécifié sur la durée du voyage. Elle part, c'est sûr, mais pour combien de temps et pour aller où ?

À la messe de Noël, dans le petit village où le cortège a fait halte, le fauteuil de l'infante a été mis si près de la crèche qu'à cause des pressions de la foule ayant envahi la modeste église Anna Maria Victoria est passée sur la paille. Elle serait allée plus loin si l'âne ne l'avait arrêtée. Les cadeaux offerts par les paysans, elle les ouvre le lendemain dans le carrosse. Ceux qui s'y prêtent, poupées, poupons, polichinelles, elle les insère dans la muraille. Elle réclame des mouchoirs, des châles, pour combler les trous.

Elle ne pleure pas trop, ne se plaint pas. Quand même, il lui arrive de pousser des cris stridents sans motif apparent.

Elle se réveille chaque matin dans une chambre différente. Elle qui, à l'Alcazar ou au Buen Retiro, avait tant de plaisir à se nicher dans son lit et à faire sonner les clochettes suspendues à ses côtés (pour se préserver des menaces d'orage, dont elle a terreur), à jouer avec la lune et les étoiles accrochées en arc au-dessus de sa tête, elle qui ne s'endormait pas sans avoir veillé au coucher de Poupée-Carmen, ses longs cheveux bruns étalés sur un oreiller de dentelle rose, identique au sien en plus petit, ne reconnaît rien. Elle serre Poupée-Carmen sur sa poitrine, s'endort en lui parlant.

L'infante a en horreur les cochons noirs. Elle les croit porteurs du mauvais œil. Dans les villages qu'elle traverse il y en a plein, énormes et puants, ils encombrent le chemin. Plus le voyage avance, plus les cochons noirs se multiplient. Des cochons, des prêtres, des vieilles femmes. Et des jeunes aussi qu'elle entrevoit dans des intérieurs noirs comme les cochons. L'infante voyage cachée derrière son mur de poupées. Si par malheur elle ouvre les yeux sur le monde extérieur, elle fait aussitôt le geste de se les voiler avec les mains. Le monde est trop laid.

L'infante, fatiguée de se cacher les yeux avec les mains, demande qu'on lui mette un bandeau. Et, durant les haltes, ça l'amuse de garder son bandeau. Maria Nieves la guide. Finalement, de jouer à l'aveugle la distrait une bonne partie du parcours.

L'infante a mal aux dents. Elle s'interdit de pleurer. Elle est celle par qui va s'expier le crime d'une guerre longue et meurtrière. Toutes ses souffrances, elle les offrira à Dieu. Il fera le compte et versera l'effet bénéfique sur l'âme du roi coupable. Elle ne pleure pas, dépose son mal de dents en offrande sur l'autel des remords de son père.

Elle écoute le bruit de la pluie contre le toit du carrosse. Tu es partie loin, très loin, lui dit le bruit de la pluie. Loin des dames du palais, des bons parfums, des baisers. Elle pose des questions. Sur ses parents, ses frères, ses chiens. En guise de réponse, on lui offre un bonbon. L'infante assourdit l'entourage de ses cris. Il y a les crises de rage de l'infante. Il y a l'eau qui s'infiltre à travers les portières, il y a les cahots, la boue, le froid, la peur de se trouver en pleine zone d'épidémie : c'est un privilège de faire partie de la suite de l'infante ; ce n'est pas un agrément. Seule Maria Nieves trouve l'équipée délicieuse. Elle prend l'enfant dans ses bras, a des réponses pour toutes ses questions.

« Quand est-ce qu'on arrive ?
– Aux beaux jours.
– Où va-t-on ?
– On va en France, votre royaume. Mais d'abord on va à l'île des Faisans.
– Oh ! Une île habitée de faisans. Ils sont prévenus ? Ils m'attendent ?
– Bien sûr, ils vous ont préparé une surprise. »

Maria Nieves, Mme de Montellano racontent n'importe quoi sur les faisans, croyant acquérir la tranquillité. C'est tout le contraire. L'infante est insatiable sur les faisans.

Les chemins ne s'arrangent pas. Dans la longue lignée de véhicules, des carrosses s'enfoncent dans la boue, versent dans les fossés, cassent un essieu. Alors le cortège s'immobilise, c'est l'aubaine pour les cochons noirs.

Les chemins se perdent, l'horizon n'indique aucune issue, mais en une nuit, miracle, la pluie s'est changée en neige. Le soleil éblouit. Les arbres sont doublés de blancheur. Les présences noires se sont carapatées. L'infante ouvre grands les yeux. Elle creuse une ouverture dans la muraille de jouets. Dans un hameau, quelque part au pied de la montagne, les paysans, en l'honneur extraordinaire de sa venue, lui offrent, reproduits à son intention, sculptés dans la glace, la chapelle couronnée d'oiseaux, l'ensemble de leurs pauvres masures, les troupeaux de moutons, la volaille, le four à pain. L'infante se penche sur la chapelle, réchauffe un oiseau dans sa main. Elle recommence à rire.

Il neige de plus en plus dru. Les chemins montent, très raides. Un matin on l'a sortie empaquetée dans un édredon brodé de fleurs. Elle s'amuse à les cueillir pour les offrir une à une à sa remueuse et chanteuse, la douce Maria. «Maria Nieves, c'est toi qui neiges», chuchote l'infante.

Un autre jour, elle est déposée non dans son carrosse mais dans une chaise à porteurs. Il n'y a plus de chemins. Seulement des sentiers escarpés à flanc de roche.

Les carrosses sont menés à vide. Sa suite continue sur des mulets, ou à pied. Mme de Montellano est sur une litière. Elle panique. La sueur, à travers l'épaisseur de ses gants, humecte son rosaire. Maria Nieves, devenue l'amie des chevriers, trace la voie.

Les porteurs de l'infante sont enchantés d'un fardeau si léger. Ils pourraient courir dans la montée. Elle sent leur jeunesse, le plaisir qu'elle leur fait et, toute rose dans son édredon, elle applaudit aux précipices.

Paris, janvier 1722

Charlotte et Pasca

Le petit roi s'intéresse à la géographie. La carte du voyage de l'infante est grande et pleine de couleurs. Il aime bien la regarder. Il apprend des noms de villes d'Espagne, de fleuves, de montagnes. Il les retient sans mal mais ne les reconnaît pas lorsque l'ambassadeur d'Espagne, le duc d'Ossone, lui donne lecture d'un article de la *Gazette*, dans son accent qui transforme les *u* en *ou* et fait de tous les *r* des bruits de pierres qui roulent au fond d'un torrent. D'ailleurs, il cesse bientôt d'écouter. Il peigne ses deux chattes angoras, Charlotte et Pasca, tandis que l'ambassadeur énonce dans le vide : « De Lerma, le 26 décembre 1721. Le 14 de ce mois à midi, l'Infante d'Espagne après avoir pris congé du Roy, de la Reine et du Prince des Asturies, monta en carrosse pour prendre la route de France. Elle avait à ses côtés la Duchesse de Montellano Camarera Major. Le Marquis de Castel-Rodrigo son Grand Écuyer, le Prince Pio et plusieurs autres Seigneurs qui vont au-devant d'Elle étaient dans le troisième carrosse et dans les carrosses de suite. Deux cents Gardes du corps marchaient sur les ailes et derrière le carrosse de l'Infante, qui coucha le même jour à Gogollos, le 15 à Gamonal, le 16 à Quintanapalla, où elle séjourna le 19 pour célébrer l'Anniversaire de la naissance du Roy qui est entré ce jour dans sa trente-neuvième année. Comme on apprit que la petite vérole régnait dans plusieurs endroits de la route, le Marquis de Santa Cruz Majordome Major de la Reine, qui est chargé de la conduite de l'Infante, fera passer cette princesse par les lieux où le mauvais air ne sera pas à craindre. On a reçu avis que Mademoiselle de Montpensier approchait de la frontière et Leurs Majestés et le Prince des Asturies qui l'attendent ici, prennent les après-midi le divertissement de la chasse dans les environs de la Ville. Le 19, jour de l'anniversaire de la naissance du Roy, il y eut fête à la Cour, et le Prince des Asturies donna le soir un bal qui dura jusqu'à trois heures du matin. »

Louis XV coiffe de bonnets de dentelle les têtes jolies de Charlotte et Pasca. Ses deux petites chattes lui sont une compagnie parfaite. Pourquoi ce monstrueux embarras de transport d'infante ?

Bayonne, janvier 1722

Fusils de fiançailles

Mlle de Montpensier est reçue par la reine douairière d'Espagne, Marie Anne de Neubourg, deuxième épouse de Charles II d'Autriche, dit «*el Hechizado*», «l'Ensorcelé». Louise Élisabeth est toute blanche, l'œil pleurant, les cheveux pas lavés. Un bouton de fièvre à la commissure des lèvres lui déforme la bouche. La reine douairière la fait asseoir en face d'elle *dans un fauteuil semblable au sien*. Étonnant honneur et marque suprême de courtoisie. Les témoins commentent à qui mieux mieux. Louise Élisabeth devrait être flattée. Elle se demande seulement comment avaler sans défaillir quelques gorgées du chocolat chaud posé devant elle.

Les yeux de la fillette vont de la vieille dame exilée, pétrie de ressentiment, à l'énorme tasse de l'épais breuvage. Le chocolat la dégoûte. La vieille dame ne lui plaît pas. Elle voit en elle une femme d'une autre espèce. La vieille espèce. Reine douairière. Un être, croit-elle, sans le moindre rapport avec elle, ni avec sa destinée. Elle subit sa triste compagnie.

Elle rejoint son hôtel. On lui fait porter les deux fusils, cadeau du prince des Asturies. Des objets magnifiques, délicatement ouvrés, des œuvres d'art, et bien sûr d'excellentes armes.

« Ils sont pour moi ? Vraiment ? » La princesse déteste la chasse et n'a pas le moindre intérêt pour les armes. Elle passe une partie de la nuit à faire des crêpes avec ses dames.

La reine douairière, qui se déclare ravie de sa conversation, vient en personne lui offrir des présents. Pour Louise Élisabeth : une bague, un étui, une montre et une tabatière d'or et de diamants avec le portrait de doña Maria de Neubourg ; pour le prince : une épée, une canne garnie de diamants, une autre canne de porcelaine blanche enrichie d'or, sans ruban, afin que la princesse choisisse elle-même la couleur. Tous ces cadeaux seront empaquetés avec les fusils de fiançailles.

L'île des Faisans, 9 janvier 1722

«Quand est-ce qu'on arrive? Et les faisans, ils sont encore loin? Quelle surprise ils m'ont préparée?»
Le cortège a passé les Pyrénées. Il ne neige plus. Sur les dernières lieues avant d'atteindre la rivière-frontière, la Bidassoa, on progresse au milieu de danses bondissantes. L'infante a reçu un petit tambourin avec des rubans de toutes les couleurs. Elle frappe au rythme des trompettes, tambours, tambourins, violes et flûtes qui lui jouent une sauvage musique de bienvenue.
«Quand est-ce qu'on arrive? Et les faisans?»
Après les cahots, la pluie, la boue, la neige, les Pyrénées, les crises de rage et les débordements de ses contentements, le tambourin achève les dames de compagnie.
Quand le cortège s'immobilise, elles réclament des sels et gémissent sur les maux de leur corps. Les Basques accélèrent musique et danse. «Ce sont des diables», murmurent les dames et elles se signent, au bord du malaise. L'infante court vers la Bidassoa, son tambourin à bout de bras, elle le brandit bien haut en répétant «Bidassoa! Bidassoa!», un mot qui la ravit. La rivière grossie par la neige a la violence d'un torrent. «Et les faisans?»

Ils préparent la grande cérémonie de l'échange des princesses.

Au soir, Anna Maria Victoria a tellement chanté, couru, été fêtée, qu'elle s'endort sans qu'il soit nécessaire de lui conter une histoire. Dans son sommeil, elle ne lâche pas le tambourin. Il bruisse en tintements légers.
Non loin, de l'autre côté de la rivière-frontière, Mlle de Montpensier envoie à la figure d'une femme de chambre la décoction pour gargarisme qu'on lui a prescrite.

Au matin du 9 janvier pour les deux princesses la journée débute à l'obscur. Dans cette aube d'hiver on les a sorties de leur lit et de leurs rêves, on les habille, les coiffe, les maquille. L'infante a froid, est un peu grognon. Mlle de Montpensier brûle de fièvre, souffre la torture d'un mal de tête ravageur. Elles sont conduites de part et d'autre des rives de la Bidassoa sur l'île des Faisans. Celle-ci est située au milieu de la rivière. On a construit au cœur de l'île un élégant pavillon. Deux ailes égales, l'une côté France, l'autre côté Espagne, se rejoignent en un salon central décoré de tentures et de toiles peintes spécialement pour cette occasion. Des meubles d'un goût exquis, des chefs-d'œuvre de l'ébénisterie, ont été fabriqués à Saint-Jean-de-Luz, à Paris, ou bien prêtés par le garde-meuble du château de Versailles. On accède à ce pavillon féerique, dont l'unique fonction est d'être traversé, par des ponts de bateaux.
Sur chaque rive la foule s'est massée.
Une pause pour les remaquiller : quatre lunules de rouge sur leurs petites joues froides et la cérémonie de

l'échange dirigée par le marquis de Santa Cruz quant à l'Espagne, et par le prince de Rohan-Soubise quant à la France, va commencer. On a divisé le salon d'une ligne médiane, symbolique de la frontière que les deux princesses doivent franchir. Il est midi, c'est l'heure.

L'infante venant d'Espagne, Mlle de Montpensier venant de France, s'engagent en même temps sur le pont flottant. Louise Élisabeth blanchâtre et les jambes faibles. Anna Maria Victoria aux aguets : elle cherche les faisans.

Elles s'avancent l'une vers l'autre. La future reine de France d'un air décidé, accompagnée de Mme de Montellano, encore malade de ses frayeurs, et de Maria Nieves, simplement parée de quelques fleurs de soie piquées dans sa chevelure. La future reine d'Espagne, d'un air mauvais, accompagnée par Mme de Ventadour, rutilante. Leurs pieds s'enfoncent dans l'épais tapis brodé aux armes des Bourbons d'Espagne et de France. L'infante s'en amuse et ça lui fait oublier la question des faisans. Elle s'approche donc, affable, de Mlle de Montpensier, laquelle s'efforce de faire bonne contenance.

Elles ont atteint la ligne de partage.

Elles s'étreignent, se donnent des marques de tendresse.

Elles vont traverser la ligne, se retrouver l'une en Espagne, l'autre en France, coupées de leurs origines, séparées de leurs servantes et dames d'accompagnement, coupées de tout ce qui pourrait les rattacher à leurs parents, pure princesse française, pure princesse espagnole. Sur l'autre rive une vie nouvelle les attend. Leur passé est un pays étranger. Le prince de Rohan-Soubise et le marquis de Santa Cruz déroulent leurs discours pompeux. Selon les directives, elles se sourient et sourient à leurs deux destinées identiques : une princesse française qui va épouser le prince don Luis, une princesse espagnole qui va épouser le roi Louis. Peut-on rêver symétrie plus parfaite ? Mlle de Montpensier dit adieu à la Maison française, on éloigne l'infante de la Maison espagnole. Elle sera accueillie par la Maison française, Mlle de Montpensier par la Maison espagnole. Le rituel se déroule, aussi impeccable que sur le papier. Mais à l'instant d'être séparée de Maria Nieves, l'infante éclate en hurlements, a des spasmes, perd la respiration. Elle se tord sur le sol, en plein sur la ligne de partage. Elle reprend un peu souffle, hurle à nouveau.

L'assistance considère sans oser y toucher cette boule de rage et de désespoir. L'infante va mourir. Elle en est capable. Alors, entre la mort de l'infante et un accroc au protocole, les chefs de cérémonie pourtant viscéralement attachés au maintien du rite se résignent à sauver l'infante, autrement dit à lui céder.

L'infante gardera Maria Nieves avec elle. Elle passera en France, elle franchira la ligne, main dans la main avec sa douce berceuse, sa belle remueuse, la magnifique jeune femme brune dont, dans l'agitation, le chignon fleuri s'est défait. L'infante veut fortement ce qu'elle veut, constate Mme de Ventadour, tandis que l'assistance ne quitte pas des yeux la nourrice.

Plusieurs pilastres cannelés d'or sont répartis dans le salon. Elles se tiennent devant l'un d'eux, déjà assez avancées sur le tapis-territoire de France ; le visage de l'infante dégouline de grosses larmes mais elle irradie la joie.

Un complet silence plane sur le salon. Le public d'un seul mouvement fait une profonde révérence.

La petite fille remercie, comme elle a vu sa mère le faire, avec une bienveillance qui ne diminue pas la distance entre la reine et ses sujets, et elle présente son être vital : Maria Nieves. « Marie Neige », traduit celle-ci à l'adresse des Français en train de fondre de désir.

Le rituel est rétabli, la symétrie a repris ses droits : les princesses échangées se retournent l'une vers l'autre et se font un dernier salut.

Puis elles foulent bravement la moitié tapis-territoire de France pour l'infante, la moitié tapis-territoire d'Espagne pour Louise Élisabeth.

Elles prennent en sens inverse les ponts flottants. Il fait beau maintenant. On remercie la Providence. Les princesses échangées brillent dans le soleil. Face à face dans la froidure émanée de la rivière torrentielle, leurs peuples les acclament. Des mains se tendent pour pouvoir toucher leurs habits, comme on touche des reliques de saintes.

II. Les premiers pas sur un sol étranger

Lerma-Madrid, janvier-février 1722

Les trois rots de la princesse des Asturies

Les gens de Mlle de Montpensier s'en retournent vers Paris. Le cortège va se reformer à l'identique, sauf que l'infante occupe désormais sa place. Mlle de Montpensier prend la route à la tête de ce qui était le cortège de l'infante. Elle est exclusivement entourée de courtisans, hommes d'armes et serviteurs espagnols. Que son monde la quitte ne produit en elle qu'une faible réaction. Sa gorge est une plaie vive, les tempes lui battent. Elle s'allonge sur la banquette du carrosse, avale pour toute nourriture des quartiers d'orange. On pourrait lui procurer quelques étapes supplémentaires qui lui faciliteraient le reste du voyage. C'est l'inverse, pour hâter les choses on saute des haltes prévues. Elle fait en dix jours le trajet que l'infante a mis trente-cinq jours à parcourir.

Les zones où sévit la petite vérole se sont étendues. Il serait prudent de procéder comme pour l'infante, en les contournant. Pas du tout! Puisque la princesse est déjà malade, autant foncer dans l'épidémie. Qu'importent ceux du cortège qui y risquent leur peau ! De toute façon on ne ruse pas avec la volonté de Dieu.

Si ce voyage était harassant à l'aller, il a son pesant de cauchemars au retour. Quelle fâcheuse importunité ! se récrient les dames d'honneur en repassant les Pyrénées, leurs pieds enveloppés dans des chiffons de couverture comme les dernières des pauvresses. Heureusement ces chemins d'adversité n'iront pas au-delà du palais de Lerma où les festivités, bals, chasses et grand-messes n'ont pas cessé depuis le départ de l'infante.

Mlle de Montpensier était plutôt jolie à son départ, elle l'est beaucoup moins à son arrivée. Elle a des boutons, a vomi tout au long des dernières lieues, et ses lèvres n'esquissent ni mot ni sourire. Le prince semble ne rien noter. Il l'accueille dans la joie, de même pour le roi et la reine. Il n'y a que Saint-Simon, tout juste remis de sa petite vérole mais le jugement toujours aussi aiguisé, qui constate la gravité de la situation. Louise Élisabeth, dolente au dernier degré, exhale l'envie de détruire : elle serait renvoyée à Paris, et alors ? Elle ne peut qu'y gagner ! La rencontre avec son fiancé a confirmé ses appréhensions. Le prince des Asturies lui a fait l'effet d'une chauve-souris. Sa maigreur filiforme, son long visage au teint terreux, ses lèvres absentes, son regard gris, tout lui déplaît. Une chauve-souris enfant car la mauvaise surprise, en surcroît d'un lot déjà bien fourni, est que don Luis est petit. On offre à Mlle de Montpensier du vin doux de Malaga, des gâteaux aux amandes, des corbeilles de pâte de coings et d'angélique, des galettes fourrées, des crèmes plus sucrées que le sucre. Elle n'a qu'un désir : qu'on la laisse en paix. Elle dit non aux sucreries et aux festivités. Le roi et la reine font la moue et se détournent. Don Luis contemple sa promise, les larmes aux yeux. Saint-Simon est conscient du danger : Louise Élisabeth peut aller loin dans le refus, très loin. « Cette sale gamine est un démon du négatif », se dit-il en ordonnant pour elle un breuvage chaud citronné. La suite de cette union est d'une importance capitale. Il lui semble de son devoir d'intervenir. Et l'ambassadeur intervient de manière catégorique, par une idée de mise en scène qui lui vient de sa pratique de la cour de Versailles. Afin que le mariage soit considéré comme accompli, afin que cette union soit considérée comme irrémédiable, tout de suite après la cérémonie religieuse on enjoint aux mariés de se coucher ensemble sur un lit de parade, ils sont tous deux adossés à des oreillers et se tiennent la main, et la Cour, toute la Cour, défile devant eux. Lentement, dans leurs grands habits, ils processionnent devant le lit conjugal du futur roi d'Espagne et de son épouse. La princesse des Asturies, qui tremble de tout son corps, a les yeux exorbités. Elle assiste, incrédule, au défilé des momies. Ce cortège de courtisans, dont les hommes sont tout de noir vêtus selon la coutume du pays, qui viennent l'un après l'autre faire la révérence devant le lit royal, ressemble à s'y méprendre à une cérémonie de condoléances.

Après le passage des derniers témoins, le prince veut profiter de la situation ; son gouverneur, le duc de Popoli, lui retire l'épouse des mains comme il avait retiré son portrait, et l'oblige à sortir du lit. Le prince ne retient pas ses larmes. Il lui est sévèrement rappelé par la voix de son père, lequel n'a jamais patienté plus d'un quart d'heure pour se satisfaire, qu'il ne consommera qu'en 1723. Encore une année, par conséquent, à se ronger, et auprès d'une fille qui n'inspire pas les privautés prénuptiales.

La *Gazette* offre, elle, un son de cloche beaucoup plus harmonieux : « Le 20, la Princesse d'Orléans arriva au Palais sur les deux heures de l'après-midi. Le Roi, la Reine et le Prince des Asturies qui dînaient, quittèrent la table et allèrent au-devant de la Princesse jusqu'à la porte de la Cour du Palais : Leurs Majestés Catholiques la conduisirent dans l'appartement qui lui avait été préparé, et après y avoir pris quelques heures de repos, elle fut conduite avec le Prince des Asturies dans une salle où l'on avait dressé un autel. Le cardinal Borgia y reçut avec les cérémonies accoutumées leurs promesses mutuelles et leur donna la Bénédiction Nuptiale. Le soir il y eut un souper magnifique, et après le souper un bal dans la salle duquel on avait placé quatre tabourets : l'un pour le Nonce du Pape, l'autre pour le duc de Saint-Simon, un autre pour le marquis de Maulévrier, et le dernier pour le Vidame de Chartres qui relève de maladie. Après le bal on déshabilla le Prince des Asturies à la porte de la chambre où la Princesse fut déshabillée en présence de la Reine. Lorsque la Princesse fut au lit, le prince des Asturies y fut conduit par la Reine : le duc de Popoli se plaça du côté du Prince, et la duchesse de Montellano du côté de la Princesse : alors on ouvrit les portes de la chambre et les seigneurs et les dames de la cour eurent la permission d'y entrer. »

Au moins pour leur contenu les messages de la princesse successivement échangée, mariée, déshabillée, exposée, suivent le son de cloche officiel. Elle a été reconduite dans son appartement non seulement souffrante, mais choquée.

Restons auprès d'elle tandis qu'elle écrit à son père, bataillant avec l'orthographe et avec la maladie :

« Avant iere le roy, la Raine et le prince me vinre voire je n'etoie pas encore arivée ici ; le ledemein ji arriver et je fut marié le même jour, cepandant, ili a eu aujourduit encore des ceremonie à faire. Le Roy et la Reine me troite fort bien, pour le prince vous en avés acé oui dire. Je suis avec un tré profond respec Votre trè heumble et trè obissante file Louise Élisabeth. »

Restons auprès d'elle par une gentillesse à quoi elle n'est pas habituée, par sympathie pour sa jeunesse et sa solitude en son entrée dans le règne du désastre.

Le lendemain, il y a chasse et grand bal. La princesse ne se montre pas. Elle refuse d'apparaître au bal donné en son honneur. Ses maux empirent. Les ganglions grossissent. Le trajet Lerma-Madrid est une reprise du calvaire Bayonne-Lerma.

À Madrid, elle fera comme à Lerma, les bals en son honneur, elle s'y soustrait. Elle dit non, non, et non. « *No !* » Elle refuse, elle s'oppose. Elle se met la tête sous les couvertures. Elle se mure dans le mutisme. La vérité aussi est qu'elle est malade comme une bête ; même si elle le voulait, elle serait incapable de bouger de son lit. Elle ne se montrera pas, elle ne dansera pas. Le prince est affreusement déçu. Ce refus d'assister au bal lui est une chose épouvantable. Pour des raisons d'étiquette il n'a jamais dansé qu'avec sa belle-mère, Élisabeth Farnèse, la seule femme compatible avec son rang, et il n'y a que son épouse qui puisse le libérer de cette fatale partenaire. Le roi et la reine ne cachent pas leur dépit. Ils songent à briser le mariage. On a découvert que la princesse des Asturies avait au cou deux glandes très enflammées, sa gorge est enflée, sa fièvre ne baisse pas, ses boutons se multiplient. Elle a hérité du sang pourri de son père, disent les beaux-parents. Ils n'ont qu'une envie : rejeter la créature avariée, la créature de la Honte. Pourrie d'une maladie vénérienne. Ils ont été trompés sur la marchandise. Élisabeth Farnèse appelle sa belle-fille « la *Gavacha* », « la Goitreuse ».

Saint-Simon se félicite d'autant mieux de sa trouvaille de cérémonie nuptiale, comment il a cadenassé le mariage par un coucher public. Il a réussi sa mission. Le roi et la reine lui prêtent volontiers attention, il a devant lui la perspective de son retour en France, il anticipe les bénéfices de son ambassade. Il s'exprime amplement sur la beauté de l'événement : la réunion des deux rameaux de la maison de Bourbon, un thème qui l'inspire. Il ramifie. Lui-même ne se fait pas d'illusions sur la princesse des Asturies. Cette fillette de douze ans et demi, mais fille de France et un jour reine d'Espagne, le crispe. Un être juste capable de « l'humeur maussade et sombre d'un plat et sot enfant ». Il n'en peut croire ses oreilles à sa première remarque sur les mœurs de la cour espagnole : un des privilèges des grands d'Espagne est de pouvoir rester avec le chapeau sur la tête en présence d'une personne royale. Un grand d'Espagne ne se découvre pas. Qui ignorerait une telle chose ? Or, à l'occasion du *Te Deum* donné pour elle à son arrivée sur le sol d'Espagne la princesse des Asturies a posé cette question : « Est-ce qu'il pleut, que ces messieurs n'enlèvent pas leur chapeau ? » Honte ! Quelle honte ! Mais le « plat et sot enfant » est capable de beaucoup plus fort !

Peu avant de regagner la France, Saint-Simon prie la princesse de bien vouloir accepter ses salutations. Il transmettra à ses parents les messages de sa part. Celle-ci le reçoit dans une belle salle, selon le décorum approprié. Elle se tient debout sous un dais, les dames d'un côté, les grands de l'autre. Les plaques rouges sur son visage maladivement enflé sont accentuées par une couche de maquillage. Elle s'est posé elle-même en guise de coiffure une grosse étoile en diamant d'où jaillit une plume. Elle laisse Saint-Simon avancer son compliment. Il se lance.

« Je fis mes trois révérences, puis mon compliment. Je me tus ensuite, mais vainement ; car elle ne me répondit pas un seul mot. Après quelques moments de silence, je voulus lui fournir de quoi répondre, et je lui demandai ses ordres pour le Roi, pour l'Infante et pour Madame, M. le duc et Mme la duchesse d'Orléans. Elle me regarda, et me lâcha un rot à faire retentir la chambre. Ma surprise fut telle que je demeurai confondu. Un second partit aussi bruyant que le premier. J'en perdis contenance et tout moyen de m'empêcher de rire et, jetant les yeux à droite et à gauche, je les vis tous leurs mains sur leur bouche, et leurs épaules qui allaient ; enfin un troisième, plus fort encore que les deux premiers, mit tous les assistants en désarroi, et moi en fuite avec tout ce qui m'accompagnait, avec des éclats de rire d'autant plus grands qu'ils forcèrent les barrières que chacun avait tâché d'y mettre. Toute la gravité espagnole fut déconcertée, tout fut dérangé, nulle révérence, chacun pâmant de rire se sauva comme il put, sans que la Princesse en perdît son sérieux, qui ne s'expliqua point avec moi d'autre façon. »

En quoi aurait-elle besoin de s'expliquer ? La princesse lui a roté à la gueule le puissant renvoi de son mariage.

Une traversée euphorique de la France, janvier-février 1722

La reine de France, bercée par Marie Neige, adulée par Mme de Ventadour, et entourée de sa cour de poupées, marionnettes et polichinelles, commence un voyage triomphal. L'infante-reine en fait, car à la suite d'un pointilleux travail sur le protocole dont il est sorti la brochure, *Mémoire sur l'appellation de Dauphine donnée à l'Infante*, il a été statué que si pour les Espagnols l'infante était la « reine de France », pour les Français elle serait l'« infante-reine », un titre qu'elle inaugure. Dans l'optimisme du moment personne ne prête attention à ce qui semble n'être qu'une nuance ; d'autant que, le plus souvent en France, on continuera de lui donner le titre de reine – et c'est bien comme telle qu'à chaque étape elle est traitée.

Son âge accroît l'enthousiasme. Comme si les gens, insensibles au ridicule ou à l'absurde de l'histoire, ne voyaient que le merveilleux d'avoir pour reine une enfant. Anna Maria Victoria, Marie Anne Victoire, Mariana, Mariannina, Mariannine, évolue à l'aise dans ce délire collectif. Elle plaît à l'unanimité. Elle séduit chacun sur son passage avec cette coquetterie innée des petites filles, ce pressentiment naturel des choses du désir, et cette manière irrésistible, et bien à elle, de jouer pour de vrai à la reine. Au lendemain de la cérémonie de l'échange, le prince de Rohan-Soubise est impressionné : « L'Infante est infiniment jolie, l'air fort haut et fort décidé. » M. de Lambert, un noble de la Maison française, admire : « Tout est aimable en elle, jusqu'à sa bouderie. » Mais c'est Mme de Ventadour qui se trouve littéralement captivée par la petite reine de charme et d'intelligence dont elle a la garde : « Elle est pétrie de grâces et de bonté pour moi... », « Il y a à craindre qu'elle ne nous tourne la tête à tous à force de l'admirer ». Les lettres qu'elle va écrire au roi et à la reine d'Espagne disent et redisent son ravissement. Elle aime l'infante à la manger de baisers, à la presser de caresses. Si elle écrit si souvent, c'est autant pour donner des nouvelles que pour épancher ses sentiments. Ses missives, émaillées de frêles anecdotes et d'innocents détails quotidiens, doivent être lues à la flamme d'une tendresse. Comment dort l'infante, comment elle mange, comment elle a des « transports de joie qui lui durent tout au long du chemin », comment elle écourte une revue de milice pour rejoindre son théâtre de marionnettes, rien ne laisse la duchesse indifférente.

« Ce 10 janvier de St-Jean-de-Luz
Notre reine a dormi comme une merveille. Nous en sommes tous enchantés. De temps en temps elle demande sa mie et quelques fois pleure mais cela passe en un moment. Je laisse sa remueuse lui donner tout ce qui lui faut pour la laisser accoutumer. Ce qu'elle

fera bientôt. Elle a baisé ce matin le portrait du roi et le vôtre Madame en m'ordonnant de vous faire bien des compliments. »

« Ce 31 de Bordeaux
Je n'ai que de bonnes nouvelles à mander à Votre Majesté de sa chère petite rayne. Elle a encore eu une fois mal aux dents la nuit mais elle a une raison charmante car elle n'a voulu manger aucune confiture depuis trois jours. Elle dort ses neuf heures de suite d'une gaieté sans pareille [...]. Il n'y a sorte de plaisir qu'on ne lui imagine et la ville de Bordeaux s'est surpassée en magnificence pour la recevoir et pour la voir on nous étouffe mais il faut bien leur laisser la satisfaction de voir puisqu'il leur en coûte tant. Le roi mon maître me mande qu'il a peur que je l'aime plus que lui mais pourtant qu'il n'en est pas fâché. [...] Je ne doute pas que la princesse des Asturies ne réussisse à merveille ayant beaucoup d'esprit mais enfin, Madame, nous ne perdons pas au change. »

Ou bien :
« ... pour la rassurer de la bonne santé de notre petite rayne qui soutient le voyage à merveille tout le monde en est enchanté elle pleure quelquefois après doña Louisa mais nous la menons dans le carrosse du corps, elle la fait manger et elle trouve bon que j'en partage l'honneur avec doña Louisa... »

« Elle n'a pas même de cornette la nuit elle n'aime pas qu'on la peigne. Je ne la frise pas encore. Ses pauvres cheveux ont pâti dans le chemin par devant... »

Ou encore :
« Quand je la veux faire boire il faut que ce soit à la santé de roi papa et de maman. »
Elle boit à la santé de ses parents, du roi de France, à la sienne.
La ritournelle n'est plus : « Quand est-ce qu'on arrive ? » mais : « Le roi mon mari, il jouera avec moi ? »

Après Bordeaux (où elle est passée sous un arc de triomphe représentant la duchesse de Ventadour sous les traits de la Vertu et le maréchal de Villeroy sous ceux de Mentor), elle poursuit par Blaye, Ville-Dieu qui lui plaît beaucoup (« D'abord elle dit puisque c'est la maison de Dieu nous y serons bien, puis elle ordonna à son aumônier de faire le soir de longues prières et que la messe soit plus longue qu'à l'ordinaire, le tout avec des grâces qui ne sont qu'à elle », note Mme de Ventadour), Châtellerault, Tours-au-Château, Clermont, Montlhéry, Notre-Dame-de-Cléry, Orléans, Chartres… Les chemins sont encore plus défoncés qu'au passage de Mlle de Montpensier. « L'Infante continue son voyage avec une parfaite santé et fait de plus fréquents séjours que ceux indiqués sur la route, à cause des mauvais chemins et de la rigueur de la saison », informe la *Gazette*. Il faut aussi prendre des trajets différents de ceux du cortège de Mlle de Montpensier parce qu'il a été laissé beaucoup d'impayés ! Mais Marie Anne Victoire surmonte fatigue et frimas. Un miracle, dit-on, surpris de son endurance. Ce « miracle » est rendu possible par l'euphorie continuelle de son voyage, par une auréole dorée qui vient se poser partout où elle apparaît sur ses cheveux blonds desséchés par le chemin, son front pâle, sa silhouette nerveuse. Les arcs de triomphe, les banderoles qui s'envolent dans le vent, les fanfares, les acclamations lui insufflent une énergie incroyable. Elle s'habitue à cette existence nomade. Elle ne se sent plus perdue la nuit, elle a appris à se reconstituer chaque soir une chambre à sa mesure, elle fait disposer des repères dans les immensités où elle dort, des bougies, une chaise, un parapluie ouvert, des tableaux de ses parents. Où qu'elle dorme elle fait suspendre le portrait de Louis XV au montant du lit. Son dernier regard est pour lui. Poupée-Carmen, insomniaque, tendue, de grands yeux roux à la transparence de bille de verre, et Poupée-Rita, ronde, joufflue, la perruque en laine tressée, une poupée de confiance, sont postées en vigiles. L'infante cerne ainsi des espaces au-delà desquels ce n'est plus chez elle. Mais en deçà, et c'est ce qui l'intéresse, tout relève de son contrôle. «Chez moi!» dit-elle après avoir parcouru des couloirs de son imagination et enjambé des seuils visibles seulement à ses yeux. Elle s'invente autant de nids que sa migration comporte de pauses. Mme de Ventadour demeure à côté d'elle, dans la même chambre, et sa remueuse, la fraîche et pulpeuse, et de joyeuse humeur, Marie Neige à portée de voix. Elle dort «d'une gaieté sans pareille», comme l'écrit sa gouvernante. Elle dort et s'éveille de même.

Couchée, ou debout, l'infante continue de sentir dans son corps le balancement du carrosse, un tangage qui ne s'arrête pas et la fait vivre dans un léger tournis.

Ce « miracle » a lieu parce que pour l'infante-reine l'élan de son peuple, l'extraordinaire éclat festif de cette traversée de la France, rayonne comme une amplification du nouveau foyer d'affection, passionnée, inconditionnelle, que lui offre sa gouvernante. Au gré du voyage, celle-ci lui désigne le ciel, une mouette, des bateaux, une maison, la route, des vaches, un dindon, un moulin… Elle les lui nomme en français. Elle dit son propre nom, « Ventadour ». L'infante le répète, enchantée. Elle l'entend comme la promesse d'un séjour de magie, tout ouvert au vent d'amour : « Je serai bien obéissante a maman de ventadour. Elle m'aime beaucoup, et je l'aime fort aussi je vous remercie des jolis éventails et du chapelet. Je vous envoie des sachets. ma santé est très bonne. »

Un esprit chagrin pourrait relever quelques accrocs : à Bordeaux son carrosse emboutit le portail d'entrée de l'hôtel de ville (un choc largement compensé par la visite à Château-Trompette, le feu d'artifice sur la Garonne, des feux de joie dans toutes les rues, et le précieux « Palais naval » en miniature offert par les Bordelais ; c'est à Bordeaux aussi qu'elle voit des huîtres pour la première fois, et leur parle puisqu'elles sont vivantes. Mais la conversation entamée, plus question d'en avaler une !), à Chartres elle ne peut se retenir de s'exclamer d'horreur face à la laideur de l'évêque, mais c'est surtout à Étampes que les choses ne se passent pas vraiment bien. Ce qui est relaté dans un compte rendu détaillé du « passage de l'Infante-Reine ». Elle est logée à l'hôtellerie des Trois Rois et les rues ont été pavées et sablées pour son entrée. Desgranges, maître des cérémonies, fait arrêter le carrosse où elle est avec Mmes de Ventadour et de Soubise. Le maire, en compagnie de tout le corps de la bourgeoisie, des anciens échevins et officiers en robe, manteau et rabat, fait sa harangue :

« "Madame, Celui qui tient les jours des rois et des reines entre ses mains nous procure aujourd'hui l'avantage de vous assurer de nos respects les plus humbles et de rendre à Votre Majesté nos hommages ; souffrez donc qu'au même moment nous lui disions que les siècles les plus reculés nous apprennent que plusieurs personnes de votre rang destinées à la couronne dans un âge aussi tendre que le vôtre ont fait le bonheur de leurs peuples ; nous espérons que vous ferez le nôtre : je m'aperçois que nous tremblons à la vue d'une reine dont l'âge est si peu avancé parce que nous croyons notre bonheur très éloigné, mais rassurons-nous et soyons persuadés que le seul sourire d'une reine pour ainsi dire encore dans le berceau, portée entre les bras de sa gouvernante, a plus de force sur l'esprit d'un roi que les discours les plus polis et les plus énergiques. Nous supplions Votre Majesté de vouloir bien accepter le présent que nous lui offrons, seule marque de notre soumission entière."

Après quoi Messieurs de ville présentèrent leur présent qui était une grande manne d'osier en forme de brancard couvert de tapis et papier doré [...] au milieu duquel était une pâtisserie en pyramide de quatre dauphins, une couronne dessus avec les armes de France et d'Espagne en peinture dorée ; autour de cette pyramide étaient gâteaux, tourtes de différentes manières, confitures sèches et liquides, cotignac, massepain, biscuits, dragées de différentes sortes, oranges, citrons, fruits de toutes espèces et des plus exquis, liqueurs aussi de différentes façons, et généralement tout ce qui se pouvait présenter à une reine, le tout bien arrangé et symétrisé dans le brancard, le tout venant de Paris. Il se présenta aussi des truites, des brochets vifs et des écrevisses séparément du présent.

Ce présent fut mis à terre par ordre de l'Infante qui, après l'avoir bien examiné et trouvé très beau, aussi bien que toute la cour, prit la couronne et la voulant passer dans son bras la laissa tomber à terre qui se cassa en plusieurs morceaux ; et ensuite prit aussi les petits étendards qui ornaient le brancard, les donna à plusieurs personnes et dit que c'était pour la guerre. »

Outre quelques faux mouvements et initiatives discutables, il faut aussi faire leur part aux rhumes, aux maux de dents, à un enchaînement de cérémonies épuisant. Mais rien de dramatique, la trajectoire jubilatoire absorbe tous les incidents. Plus de cochons noirs sur le chemin et, à l'arrivée, son roi de diamant qui l'attend.

Madrid, février 1722

Le sang pourri des Orléans

Louise Élisabeth va mieux. Sa maladie est innocente. On recommence à exiger qu'elle soit présente aux bals, aux chasses, aux soupers. Elle continue de tout refuser. Elle dit qu'elle aime se coucher et se lever tôt, ce qui la décale des activités de la Cour et même du pays. Pour les repas, elle prétexte systématiquement avoir déjà mangé, et ce n'est pas faux car elle a ce travers, trait de famille spécialement éclatant et répugnant chez sa mère, de manger n'importe quand, n'importe où, de manger pour se rendre malade. Sa sœur aînée, la duchesse de Berry, était championne dans ce domaine. Elles « lampent » et « bâfrent », selon les termes de la princesse Palatine. Celle-ci, très attentive à l'apparat et au respect des formes, raconte que la duchesse de Berry, au lendemain de son mariage, lors d'un souper à Versailles en son honneur, « lampe » et « bâfre » à un tel rythme et en telle quantité qu'elle doit quitter la table de Louis XIV pour courir vomir dans l'antichambre. Peu après, toujours d'après la Palatine, la fille de Philippe d'Orléans est victime d'un malaise : « La duchesse de Berry soudain tomba en syncope ; nous crûmes que c'était une attaque d'apoplexie, mais après que la duchesse de Bourgogne lui eut aspergé la figure de vinaigre, elle revint à elle, et d'affreux vomissements la prirent. Il n'y a rien d'étonnant à cela : pendant deux heures à la comédie, elle n'a fait que manger toute sorte d'horreurs, des pêches au caramel, des marrons, de la pâte de groseilles vertes et autres, des cerises sèches avec beaucoup de limon dessus puis à table elle a mangé du poisson et bu entre-temps […]. Aujourd'hui elle est à nouveau alerte et bien portante mais avec sa gloutonnerie elle se rendra bien malade. » Une manie de gloutonnerie qui ne consiste pas simplement à faire des excès, mais à se goinfrer dans le besoin morbide de tout rendre – à bâfrer à en crever.

Maintenant que l'on est rassuré sur la santé de Louise Élisabeth on lui passe ses caprices. Elle ne veut pas paraître à table ni au bal, ce n'est pas grave. Elle est fort distraite à la messe et n'entretient pas les meilleurs rapports avec son confesseur, pourtant l'homme le plus charitable, c'est plus grave mais encore tolérable. Pour l'essentiel, à savoir qu'*elle n'est pas vérolée*, le roi et la reine sont immensément soulagés. Le prince son époux, l'enfant chauve-souris, encore plus. La peur des beaux-parents que par elle un « sang pourri » infecte leur descendance s'est apaisée. Depuis son arrivée à l'Alcazar, elle ne s'est quasiment pas levée. Retranchée dans la sombre profondeur d'un appartement qu'elle n'a pas encore parcouru en détail, elle se sert aussi longtemps que possible de son mal pour interdire à son époux de lui rendre visite – et encore plus au roi et à la reine. Afin que son attitude soit bien claire elle fait dire à sa nouvelle famille, par un de ses médecins, que ce n'est pas qu'elle craigne de leur communiquer ses boutons mais qu'*ils lui donnent des boutons*. « Voyez l'état où ils m'ont mise. » Elle relève sa chemise et expose son corps gracile encore constellé de traces, encore « enrougi ». Le médecin n'ose transmettre le message. Comme tout le monde il tremble devant l'impérieuse Élisabeth Farnèse. Mais des personnes bien intentionnées s'en chargent. Élisabeth Farnèse redouble de malveillance contre « la Goitreuse ».

Louise Élisabeth s'est liée d'amitié avec des femmes de service. C'est elles qu'elle sonne pour ses ménages nocturnes : crises au cours desquelles elle jette par la fenêtre les fioles de ses médicaments et ce qui, dans sa chambre, lui déplaît. Ça fait un bruit d'enfer en s'écrasant sur les pavés de la cour ; sous elle, à l'étage inférieur, on rentre la tête dans les épaules et on replonge dans le sommeil. La consigne « Il faut que cela se passe bien avec la princesse des Asturies » n'est pas remise en question. La princesse a atteint la convalescence, repris de l'appétit. Le roi et la reine, après une chasse où ils ont tué toute une famille de sangliers, parents et enfants, font accommoder des morceaux pour la convalescente. Louise Élisabeth reçoit une estouffade de marcassin. Le dégoût, et non plus ses glandes gonflées, lui bloque la déglutition : le sang noir de la bête ne passe pas sa gorge – il passera bientôt la fenêtre. Le prince a voulu accompagner le mets royal d'un présent de sa part : un troisième fusil. Il est venu le porter lui-même de sorte que Louise Élisabeth a cru qu'il était prêt à tirer pour l'obliger à s'avouer guérie.

Paris, mars 1722

« Je l'aime de toute mon âme »
(Marie Anne Victoire)

Le dimanche 1ᵉʳ mars, à l'issue de plus de deux mois de voyage, le cortège de l'infante arrive à destination. Avant Paris une nuitée est prévue à Berny, où l'attendent le Régent et le duc de Chartres, son fils. C'est un mauvais jour. Il pleut et vente. Des gerbes d'eau boueuse giclent contre les vitres du carrosse. À l'intérieur, Marie Anne Victoire, entortillée dans un châle de laine, hurle. Elle souffre des dents, trop pour être capable d'héroïsme et faire don de sa souffrance à son père. On la sort et la présente au Régent. Il se réjouit qu'elle soit parvenue à bon port. N'accorde pas un regard à la petite chose qui se démène. Il voit de plus en plus mal de toute façon, un problème qui lui rend toute lecture difficile et lui fait appréhender de devenir aveugle. Il fait une révérence dans la direction des cris et enjoint à son fils de prononcer quelques mots d'accueil. Le dadais articule deux ou trois banalités sur son accord avec l'émotion paternelle et la joie unanime de la France à découvrir Sa

Majesté. Il parle d'une médaille gravée en son honneur et celui du roi, il récite la devise, en latin, qu'est-ce que ça peut foutre, songe le garçon, il pourrait aussi bien la dire en chinois, mais, soudain, la petite fille taraudée depuis des jours par une dent cariée ne sent plus sa douleur. Elle se calme, sourit, éclate de rire. Le duc de Chartres, âgé de dix-neuf ans, a la particularité d'être doté d'une voix instable, qui saute d'un ton grave à un ton aigrelet, de l'aigu au rocailleux, comme si coexistaient en lui un homme mûr, une fille pépiante, un vieillard atone. Ce n'est pas le phénomène normal de la mue (qui serait plutôt prolongé vu son âge), mais quelqu'un de divisé en plusieurs personnes. Ces voix disparates se déclenchent selon une mécanique qui échappe à celui qu'elles parasitent. Les mauvaises langues avancent que la cause de cette facétie de la nature est dans la précocité du garçon en matière de maladies vénériennes. Le Régent ne se soucie pas d'une explication. Comme il a l'oreille musicale, la voix composite de son fils l'exaspère. Il en conçoit une aversion accrue à son égard. Sur la petite fille, en revanche, l'effet est magique. « Encore ! » demande-t-elle pour que le duc de Chartres continue de lui causer avec ces voix qui se bousculent en lui.

Le duc de Chartres préférerait se taire. Pas question, réplique Mme de Ventadour – fermement, quoique respectueusement. Elle a trouvé un moyen de calmer l'infante, l'équivalent sur elle de sa fascination pour les Trufaldines – la troupe des comédiens italiens logés à deux pas de l'Alcazar –, elle ne va pas s'en priver. Mme de Ventadour, soutenue par le Régent, obtient que le duc de Chartres s'installe au chevet de l'infante et lui débite tout ce qui lui passe par la tête. « Encore, encore ! » quémande l'infante. Son rire traverse la grande maison.

Le lendemain, après avoir baisé son portrait, l'infante va à la rencontre de son roi. L'entrevue a lieu au Grand-Montrouge. Elle porte une robe argent-vert de mer garnie de fourrure, un collier et des girandoles de rubis. Le roi la reçoit à sa sortie de carrosse. On ouvre la porte, elle descend. « La Reine se met à genoux pour saluer le Roi, et le Roi la relève en s'y mettant. Le Roi est devenu rouge comme une cerise, a dit : "Madame, je suis charmé que vous soyez arrivée en bonne santé." » L'infante se relève. La beauté de Louis XV lui coupe le souffle. Elle n'a jamais vu un être pareil. Même dans les rêves qui accompagnaient les contemplations de l'image de son fiancé, elle n'avait su créer un garçon d'une telle perfection. Elle éclate d'amour. Et cette déflagration intérieure vaut pour elle comme la révélation même de la joie. Elle, qui vient de quitter famille et pays, s'en remet de toute son âme à ce seigneur et roi que Dieu lui a choisi. La petite fille succombe avec délices. La vision du jeune roi – ses beaux yeux, son élégance, ses gestes déliés – la sidère. Une aura de perfection nimbe cette première apparition. Elle se reproduira, identique, à chacune de ses entrevues avec Louis XV. Il apparaît et la lumière à l'entour gagne en brillance, en chaleur. Marie Anne Victoire ressent une étrange douleur, une douleur qui se confond avec le comble du bonheur.

Dans le même instant, celui où ils se voient l'un et l'autre pour la première fois, le roi lui aussi est percé d'une flèche, mais pas de la même passion. Comme sa fiancée, il est touché à vif. Il lui prend la main, la relève, s'agenouille. Il a fait cela souvent. Il est déjà un artiste en politesse et raffinement de courtoisie. Avec ses douze ans, une grâce héritée de sa mère, l'ensorcelante duchesse de Bourgogne, et quotidiennement développée par le maréchal de Villeroy qui n'aura de cesse qu'il n'en ait fait celui qui marche, danse, mange, fait du cheval le mieux du royaume, il est une incarnation conjuguée de l'enfant roi et de l'amour courtois. On comprend le ravissement de l'infante. Et ce serait comme dans un conte de fées si, de son côté, l'enfant roi succombait au charme de la petite fille... L'infante, dans l'encadrement de la portière, lui est apparue trop petite, et même minuscule, mais ce n'est pas cela qui l'a d'abord frappé, non, ce qui l'a atteint et blessé est qu'elle lui est apparue enlacée par maman Ventadour, manifestement *adorée* de la femme qui, en son cœur, occupait la place de sa mère. Dans le salut même de maman Ventadour il a senti la nouvelle distance entre elle et lui, et la façon exclusive, forcenée, aveugle au reste du monde, dont son ancienne gouvernante prend soin de sa « Mariannine ». L'infante est foudroyée d'amour pour son roi, le roi terrassé de jalousie. Il éprouve cruellement la force débordante, incontrôlable, de l'attachement de Mme de Ventadour pour l'infante. Comme il l'appréhendait, elle aime la petite princesse plus que lui. La mort lui a enlevé sa vraie mère, l'infante celle qui avait su la remplacer. Il est deux fois orphelin. Il sent l'envie de pleurer et son visage qui s'empourpre, tandis qu'il prononce ces mots que n'importe quel automate pourrait dire à sa place : « Madame, je suis charmé que vous soyez arrivée en bonne santé. »

On peut juger plate la formule d'accueil et, sans doute, est-ce de banalité qu'il s'agit. Faute d'avoir droit au silence, le garçon choisit une phrase aussi neutre que possible. Mais aux oreilles de l'infante saluer son arrivée en bonne santé revient à reconnaître sa valeur. Déjà ce n'est pas rien d'arriver vivante, mais en plus arriver en bonne santé ! Sonnez trompettes ! Glorifiez victoire ! Que chante la musique du roi ! De part et d'autre de Louis et de l'infante, au-dessus d'eux, M. de Villeroy, gouverneur du roi, et Mme de Ventadour, gouvernante de l'infante, échangent un sourire complice. Ils mesurent la force de l'exploit. M. de Villeroy, encore vert et fort coquet, voudrait en féliciter plus expressément Mme de Ventadour, qui fut sa maîtresse, le faire avec des gestes qui rappelleraient leur ancienne tendresse. Au fond, se disent-ils à travers le sourire qu'ils s'adressent, le petit roi et la toute petite reine sont nos enfants.

Au-dessous, les mariés se conduisent en automates bien remontés. « Monsieur », « Madame », « Votre Majesté ». Des enfants sages comme des images. Estampes, comptes rendus, poèmes célèbrent cette union idyllique. Le pays entier se prend à rêver. Les politiques, bien sûr, prêtent la main à l'entreprise d'idéalisation. Surtout que personne ne vienne questionner le monde parfait des apparences ! Il est vrai que ni l'enfant roi, ni l'infante-reine ne songent, eux non plus, à le mettre en question. Lui, parce qu'il a été dressé à s'y soumettre, elle, parce qu'elle y croit. Mais dans l'invisible de leur âme, ils sont tous deux également seuls et perdus, en proie à des émotions qui les dépassent et les dévastent.

Louis XV remonte dans son carrosse pour aller directement au Louvre. Il y accueillera l'infante et la conduira dans sa demeure. Il a l'air malheureux et fâché. Dans le carrosse, où ont également pris place le Régent, le duc de Chartres (toutes voix éteintes), le duc de Bourbon dit M. le Duc, surintendant de l'éducation du roi, M. le comte de Charolais, connu pour son libertinage effréné, le prince de Conti, esthète fastueux, amoureux des arts et protecteur des artistes, le roi ne dit mot. Il tourne le dos au Régent. M. le Duc constate, comme pour lui-même, quoique suffisamment fort pour être entendu : « Cette infante est bien enfant ! » Personne ne commente.

Le carrosse de l'infante s'ébranle après celui du roi. Elle va faire son entrée solennelle dans Paris. Elle est assise sur les genoux de Mme de Ventadour. Elle tient sur ses propres genoux Poupée-Carmen, habillée comme elle d'une robe argent-vert de mer et qui, comme elle, dévisage le peuple de Paris. L'infante et sa poupée sont conscientes de l'importance historique du moment. Les autres poupées aussi perçoivent qu'une page de l'histoire est en train de s'écrire. Entassées comme elles le sont, elles ont du mérite. Privées d'ouvertures, elles évaluent l'événement d'après les ovations et le pourcentage audible de leur sincérité. Elles, les poupées de bois coincées dans la malle, voudraient être à la place de Poupée-Carmen et observer de leurs yeux peints, de leur frimousse impavide, de leur petite présence difficile à berner, le déchaînement plus ou moins orchestré, l'enthousiasme plus ou moins acheté du peuple en liesse, celui que l'on retrouve en première ligne de toutes les entrées royales. L'infante et sa favorite aux yeux roux ont à leurs côtés Madame, princesse Palatine, et les princesses du sang. Une carrossée qui pourrait les amuser, ou les effrayer. L'infante est, une seconde, arrêtée par la physionomie invraisemblable de Madame, mais elle ne s'y attarde pas. Elle est de toutes ses forces tendue vers les Parisiens, vers les merveilles qu'ils ont bâties pour elle, vers le spectacle grandiose de la capitale métamorphosée pour sa reine.

Le cortège débouche par la porte Saint-Jacques, s'engage dans la rue du même nom, poursuit par le Petit Châtelet, la rue de la Lanterne, le pont Notre-Dame, les rues Planche-Mibray, des Arcs, des Lombards, Saint-Denis, de la Ferronnerie, de la Chaussetterie, Saint-Honoré, du Chantre… Il passe sous des arcs de triomphe, entre des façades d'immeubles couvertes de tapisseries et décorées de lampions. Sur la place de Grève des acrobates dansent dans le ciel et lancent des bouquets à l'infante. Les ovations fusent. Partout une foule énorme est massée sur son passage. Il y a des batailles pour s'approcher de son carrosse. Les gardes du corps interviennent, au point que l'infante déclare aussi haut qu'elle le peut : « Oh ! Ne battez pas ces pauvres gens qui me veulent voir. » Et elle se montre, tout sourire, envoie encore et encore des baisers. On lui lit et traduit des banderoles : *Venit expectata dies, felicis adventus ad Lutetiam…* « Le jour tant attendu est arrivé, de l'heureuse venue à Lutèce… ». Le cortège atteint la cour du Louvre en fin d'après-midi. Et comme une fois qu'on est posé sur l'aile de la félicité il y a de grandes chances pour que l'enchaînement aille, au moins pour un temps, dans le même sens, la suite du cérémonial porte l'infante à un degré ultime de ravissement, car le roi est là, à nouveau, qui l'attend. Elle s'agenouille, il la relève et s'agenouille : « Madame, je suis charmé que vous soyez arrivée… » La scène va-t-elle se rejouer à l'infini ? Oui, supplie l'infante embrasée du mal sacré, l'enfant folle d'amour. Elle se déplace dans un univers d'enchantement. Tout ce qui lui arrive désormais, elle le désire dans l'éternité.

Madrid, mars 1722

Le régal d'un autodafé

À Madrid c'est la fête : tout le monde se congratule de la guérison de la jeune princesse. On prie, on chante, on danse. Il est même annoncé que Louise Élisabeth va enfin faire une apparition publique. Et celle-ci, qui n'a rien compris au programme, a dit oui. Devant cette soudaine bonne volonté, avec encore l'espoir d'avoir intégré à la famille une jeune fille normale, c'est-à-dire docile, le roi et la reine décident de lui offrir une splendide réjouissance, un régal purement espagnol, un spectacle frappant réalisé par leur suprême artiste de la terreur et sectateur de la mort : le Grand Inquisiteur. Elle a rejeté le sang noir de la bête, on va lui apprendre à apprécier celui des hérétiques. Le régal prévu n'est rien de moins qu'un autodafé *général*, un grand spectacle du triomphe de la chrétienté à quoi, quarante-deux ans plus tôt, le 30 juin 1680, son ancêtre Marie-Louise d'Orléans, première épouse de Charles II d'Autriche, a eu droit – en marque d'accueil et en guise d'initiation, et surtout pour son époux, «l'Ensorcelé», qu'il s'agissait d'«égayer».

Un autodafé ? Louise Élisabeth se demande de quoi il s'agit. Depuis son expérience d'une fillette de douze ans, grandie à Paris dans un milieu peu religieux, elle n'a vraiment aucune idée de ce que ça signifie. Philippe V lui enjoint : qu'elle écoute de toutes ses oreilles, qu'elle observe et admire les effets de la mission providentielle du Saint Office, qu'elle participe à l'exaltation de se trouver soudain surélevée à hauteur du Grand Inquisiteur, ou presque, dans son combat contre les hérétiques. Des propos qui ne l'éclairent pas. Le jour venu, elle écarquille les yeux lorsque, de la loge du palais où elle est assise avec le roi, la reine, le prince des Asturies, les infants, des dames de la Cour, elle découvre la gigantesque architecture de ce Théâtre de la Faute et du Châtiment érigé durant la nuit : la chaise à accoudoirs du Grand Inquisiteur un peu plus élevée que la loge royale, de sorte qu'il domine le roi. La large estrade en attente des condamnés a été construite au même niveau que la loge royale, ce qui permet à ses occupants de bien observer les divers personnages du drame, officiants, bourreaux et condamnés. Il y a aussi pour le Conseil suprême un amphithéâtre surplombant l'estrade et, plus bas, mais parfaitement conçu quant à la visibilité, un amphithéâtre pour le peuple. Il faut que lui non plus ne manque pas une miette de l'horreur et s'en réjouisse avec ses maîtres.

Entre la crainte (énorme), l'excitation (totale), la compassion (minime), la Plaza Mayor entière est possédée d'une terrible impatience. Elle fait se battre les enfants entre les travées, hennir les chevaux, s'agiter les mules, s'enhardir les mendiants, légion d'aveugles, d'estropiés, de monstres aux difformités fantastiques, auprès des puissants plastronnant dans les loges. Une agitation pullulante et de bas étage sinon des bas-fonds, une brève tentation de chaos qui parcourt la Plaza Mayor et que Louise Élisabeth, coincée aux côtés de son époux révulsif et de sa belle-mère haineuse, aspire à pleines narines. On l'autorise juste ce qu'il faut, cette tentation de s'insurger, de périr très vite mais non sans s'être rebellée contre l'Ordre qui, de toute éternité, se dresse pour vous anéantir. Elle fait partie du spectacle de l'autodafé, de sa flamboyante véhémence, de sa violence absolue. Elle est son naïf préambule afin que s'imprime encore davantage dans les esprits asservis l'image terrorisante de l'Inquisition.

Un effet confus de musique, de cantiques, et de couleur jaune. C'est cela que Louise Elisabeth perçoit d'abord, le jaune des tuniques dont sont habillés les condamnés. Le *sambenito*, le vêtement de l'infamie, jaune avec deux croix de Saint-André, une sur la poitrine, une sur le dos. Ils progressent en ordre, les *reconciliados* en tête, qui sous la torture ont abjuré. Ils vont s'en tirer avec une fustigation publique, et puis ils seront exhibés dans Madrid, ligotés sur un âne, le dos nu creusé des marques du fouet. Puis viennent ceux qui sont condamnés à la prison, suivis des condamnés aux galères. Enfin, et ce sont eux les vrais acteurs du drame, s'avancent les promis au feu – avec cette nuance, en preuve de la clémence du tribunal : certains, qui ont confessé leur faute après avoir été jugés, ne seront pas brûlés vifs, ils seront d'abord étranglés. Ces taches jaunes, ces silhouettes d'infamie, ces suppôts du démon piétinent, tête basse, sans autre sensation de leurs membres torturés que le picotement de la cire brûlante qui, du cierge allumé, leur dégouline sur la main.

« Et les derniers, qui sont-ils ? demande-t-elle en pointant du doigt les condamnés qui ferment la marche, et s'avancent pieds nus, bâillonnés, un cierge à la main.
— Ceux-là sont les irrécupérables, ceux qui résistent dans leur aveuglement, persévèrent dans le mal, les obstinés, les récidivistes, les hérétiques, les maudits. Ils sont les *non reconciliados*, les non-réconciliés.
— Et qu'est-ce qu'on va leur faire ?
— Les brûler vifs, Sa Seigneurie. »
Et, accompagnant son geste d'un mince sourire, l'interlocuteur désigne la rangée des bûchers, les branches de bois accumulées. Il s'attend à ce qu'elle admire. Elle a seulement hoché la tête. Le prince, son époux, précise — est-ce une attention spéciale pour elle, pour sa féminité ? — que dans cet autodafé il y a onze femmes, onze hérétiques condamnées.

Au soir de l'autodafé, tandis qu'un souper présidé par le Grand Inquisiteur et par le roi se déroule dans les salons de l'Alcazar, l'odeur de la chair brûlée des condamnés monte de la place. Les gens du peuple sont encouragés à s'en repaître, à la confondre avec le goût juteux des viandes grillées qu'ils s'apprêtent à dévorer en famille, plus proches les uns des autres que jamais. Car à l'amalgame d'affection et de rancœur, au quotidien de naissance et de mort, de labeur et de besoin qui les unit, s'ajoute et les domine la haine de l'hérétique, la haine du Juif. Compatir est une tentation du diable. Dénoncer est la bonne attitude. Traquer les faux convertis, les sorciers, les libertins, les filles débauchées, les brigands, les sodomites, les usuriers… Les repérer, et en catimini, sous l'anonymat, les dénoncer à l'Inquisition, pour que la fête continue, pour que le défilé des punis reprenne et s'alimente, toujours plus fourni – pour, ça ne gâte rien, s'enrichir des biens confisqués. Ils fouillent à pleines mains dans la bête qu'ils dépècent, s'embrassent de leurs lèvres graisseuses.

Paris, printemps 1722

Une débauche de devoirs et de festivités

Le roi a onze ans, une taille normale. L'infante bientôt quatre, et est plutôt petite pour son âge. Visuellement, cependant, la différence de taille n'est pas gênante. Ils sont si beaux tous les deux. Leur couple enfantin ravit les spectateurs. Le roi tient la main de sa fiancée. Il marche à son rythme. « Le logement d'Anne d'Autriche mon arrière-arrière-grand-mère », commence-t-il. La petite fille répète comme en écho. C'est également vrai pour elle. « Votre arrière-arrière-grand-mère, à vous deux… », précise Mme de Ventadour. « Mais elle, maman Ventadour, ne saurait être notre mère à nous deux », pense à part lui le jeune roi, et il va son chemin, aussi galant que possible. Il a reçu mission d'installer Marie Anne Victoire dans sa maison. Il le fait avec l'application qu'il met à toute cérémonie. L'infante croit y lire l'équivalent de sa ferveur. Elle trottine à ses côtés, trop émue pour effectivement regarder les appartements rénovés à son intention. Elle voit du rouge, partout du rouge, çà et là strié d'or, et c'est tout. Ils s'approchent d'une fenêtre, on la soulève au-dessus de la Seine et de ses bateaux. « La Bidassoa ? » interroge l'infante, étourdie de voyages et d'amour. Le roi regagne ses appartements des Tuileries. L'infante aimantée à son roi voudrait le reconduire. Alors qu'ils se sont embrassés, que gouvernante et gouverneur se sont salués, que l'infante devrait quitter le roi, elle lui emboîte le pas. Le maréchal de Villeroy réagit sévèrement. « Madame, dit-il à la petite fille toute rose et éperdue, le roi vous prie de n'en pas faire davantage et il l'ordonne comme votre seigneur et maître. »

L'incident est repris par les gazetiers : « Lorsque Sa Majesté sortit pour retourner au palais des Tuileries, l'Infante-Reine voulant reconduire le Roy jusqu'à son carrosse, Sa Majesté souhaita qu'elle restât dans son appartement. » Du côté espagnol l'expression « seigneur et maître » est jugée abusive. L'infante, quoique mariée sur le papier, se trouve *de facto* jusqu'à ses douze ans, dans un statut préconjugal. Elle est une fiancée dont le contrat de mariage aurait été signé à l'avance. Pour elle, c'est d'avoir été arrêtée dans son élan qui lui coûte, elle n'a et n'aura qu'une envie : en faire davantage ; les termes de « seigneur et maître », elle s'en délecte.

Dans la soirée un bal la réunit à nouveau avec deux filles du Régent, les princesses de Beaujolais et de Chartres, nettement plus âgées qu'elle. L'infante, d'une humeur de rêve, les traite comme des enfants au-dessous de son âge. Elle s'inquiète de leur fatigue, les tient par la lisière de peur qu'elles ne tombent. À leur départ, elle les embrasse et déclare : « Petites princesses, allez dans vos maisons, et venez avec moi tous les jours. »

Le roi se couche, affreusement déprimé. La perspective des réjouissances achève de l'accabler. Être triste seul n'est pas drôle, mais l'être au milieu d'une ville en folie célébrant votre supposé bonheur et de centaines de personnes qui vous félicitent pour votre heureux destin font souhaiter d'être mort.

Au même moment, dans son cabinet, le cardinal Dubois dicte à l'adresse d'Élisabeth Farnèse, au nom du garçonnet écœuré, la lettre suivante :

« Je viens de voir par mes yeux, infiniment mieux que je n'aurais fait par des récits ou par des portraits, combien l'Infante-Reine est aimable, et même combien elle le deviendra encore plus de jour en jour, et je ne doute pas que V.M. ne soit bien aise d'apprendre par moi-même quel est l'excès de ma satisfaction et de ma joie, car elle ne l'apprendrait pas assez par les réjouissances que Paris et la Cour vont faire à l'envie. Attendez de moi, Madame, les sentiments les plus tendres et les plus vifs qu'un gendre vous puisse devoir ; les charmes de l'infante vous en répondent.

Louis »

À cette même heure, l'infante, qui a été tendrement bordée dans un lit tout neuf, est si excitée qu'elle ne ressent pas la fatigue. Elle n'arrive pas à s'endormir. Mais en cette nuit de son entrée dans la bonne ville de Paris, il en est d'autres qui ne dorment pas. La petite reine allume les imaginations. D'abord, celles des marchands de jouets. Au *Singe Vert*, rue des Arcis, au *Singe Violet*, et encore plus à *La Chaise Royale*, chez Juhel, Fournisseur des Enfants de France, le moral est excellent. Une reine de France de quatre ans, quelle aubaine ! Ils entendent tomber les louis d'or à la pensée des commandes dont ils vont être assaillis. Il est déjà notoire que la princesse enfantine a la passion des poupées – de la même façon qu'il se sait très vite que telle grande dame ne résiste pas à un bijou. La place réservée à Poupée-Carmen n'est pas passée inaperçue.

Mais aussi, à l'autre extrémité, au plus loin des joujoux de prix, de pauvres enfants qui n'auront jamais un jouet s'agitent sur leur grabat, tourneboulés par cet événement sans précédent : avoir pour reine une petite fille. Et si s'annonçait le règne des enfants ? Si Louis et Mariannine au pouvoir allaient amener leur libération ? Les enfants pauvres, les derniers des humiliés, exploités, affamés, battus, en premier comme dans la parole de l'Évangile. Le vent est froid, l'obscurité totale. Cachés dans un coin de grenier, ou grelottant sous un pont, le portail d'une église, dans un chantier… ils gambergent. Les ramoneurs, balayeurs, écosseurs et éplucheurs de légumes, marmitons, porteurs d'eau, frotteurs de parquets, décrotteurs de souliers…, les fileuses faméliques, les ravaudeuses aux yeux qui pleurent, les gardiennes d'oies jamais lavées, les lavandières aux mains gercées…, la cohorte malmenée, matraquée, fouettée, piétinée, pourchassée des petits mendiants et mendiantes, ils rêvent les yeux ouverts dans le noir. Le monde va-t-il se renverser ? Et par un coup d'État prestement accompli par l'enfant roi et l'infante-reine, la société va-t-elle tirer des bagnes où ils s'échinent les enfants partout mis à trimer ? Les esclaves-nés, les travailleurs gratuits, les corvéables à l'infini et survivants à peine rassemblent leurs haillons et se prennent à espérer.

L'infante se familiarise avec le palais du Louvre. En fait, elle trouve son appartement trop petit et devant les dimensions de sa chambre exprime la crainte qu'elle ne puisse contenir le grand nombre de courtisans qui vont venir la fêter. Mme de Ventadour lui tenant la main, elle écrit à ses parents : « J'ai les plus jolies choses du monde. » Mme de Ventadour mande de son côté : « Je suis quelquefois inquiète qu'après 400 lieues il soit nécessaire à la grandeur de représenter mais elle fait et soutient tout cela à merveille et est l'admiration de toute la France, notre roy l'aime passionnément mais il est occupé à tous les moments. » Assurément, il ne vient pas jouer avec l'infante et l'ardeur avec laquelle, s'installant, elle installe ses poupées, n'est pas quelque chose qu'il désire partager.

Une fois de plus, le Régent n'a pas suivi l'avis du duc de Saint-Simon. Celui-ci avait conseillé la séparation des enfants, afin de susciter chez eux une curiosité, un désir de se mieux connaître. Il avait suggéré que le roi continue de vivre aux Tuileries, tandis que l'infante serait calfeutrée dans le monastère du Val-de-Grâce, avec une compagnie des plus réduites, ni dames, ni officiers, ni gardes. Qu'elle ne sorte qu'une ou deux fois l'année pour une visite au roi d'un quart d'heure et réciproquement, qu'elle n'ait pas de rôle public. Qu'elle demeure mystérieuse pour faire rêver son futur époux. Rêver, Saint-Simon ne va pas jusque-là, cela lui suffit de proposer un système d'éducation par lequel l'enfant roi et l'infante-reine auraient la possibilité d'échapper au malheur de se connaître trop, et d'être condamnés à s'ennuyer ensemble, ou se mépriser, ou même se dégoûter. S'étant fréquentés enfants, par conséquent faibles, fautifs, toujours prêts à commettre des « enfances », c'est-à-dire des bêtises et imbécillités, la vision qu'ils auraient l'un de l'autre serait à jamais entachée par le souvenir des ridicules et imperfections qui stigmatisent le jeune âge. Il a parlé en pure perte. Mais à cette heure, Saint-Simon s'en moque. S'il est revenu à Paris conquis par les paysages espagnols et par le sens de l'honneur de leurs habitants, et mondainement grandi du titre de grand d'Espagne, il est financièrement fort diminué, et même réduit à moins que rien. Ce scélérat de Dubois a eu sa peau. Son ambassade l'a ruiné. Le désastre de ses finances lui rend très secondaire la question de l'arrangement préférable à une lente et sûre naissance de l'amour chez les futurs époux.

On a donc logé l'infante non dans le même palais que Louis XV, aux Tuileries, mais tout à côté, au vieux Louvre, ce qui revient au même. Ce sont les anciens appartements d'Anne d'Autriche, à la rénovation desquels on travaille d'arrache-pied depuis des mois. Entre la mort d'Anne d'Autriche et l'arrivée de l'infante, ces appartements, situés dans la galerie surplombant directement la Seine n'ont jamais été habités, sauf par Louis XV durant l'été 1719, car les Tuileries avaient grand besoin d'être nettoyées de fond en comble. À part ce bref intermède, ils ont servi de lieu de réunion pour des Académies des Beaux-arts et, peu avant leur reconversion à l'usage de l'infante, on les a réquisitionnés pour l'«opération Visa». Les gens porteurs de billets émis par le banquier Law disposaient d'un dernier délai pour les échanger, avec déficit bien sûr, contre une monnaie valable. C'est ici qu'ils devaient se rendre – dans la galerie, sous les beaux plafonds à caissons peints selon les souhaits d'Anne d'Autriche. Les bureaux du Visa ont dû retentir de cris et altercations sérieuses entre escroqués et représentants du gouvernement, entre volés et employés des voleurs. Les bureaux du Visa fermèrent quelques semaines avant l'arrivée de l'infante. La galerie du vieux Louvre se préparait à la recevoir. Rien ne sera trop beau pour elle. Elle est logée au rez-de-chaussée (le premier étage étant réservé à la nombreuse domesticité à son service), et c'est signe de gentillesse, ou de sens pratique, pour lui éviter de monter des marches. Entre le Louvre et la rivière, le jardin de forme rectangulaire créé par Le Nôtre a été remis en état. Les parterres délicatement ciselés ont retrouvé leur dessin originel et, à l'extrémité est, le jet d'eau d'un joli bassin circulaire fonctionne à nouveau. Il rafraîchit un cabinet de verdure qu'ornent quatre statues de *Compagnes de Diane*. L'appartement, portières, rideaux, paravent, est tapissé de damas rouge orné de galons d'or. Les sièges de bois sculptés et dorés, les grands et petits fauteuils, les pliants, les grandes et petites tables sont recouverts du même tissu. Dans la chambre, des lits jumeaux : un pour l'infante entouré d'une balustrade – il est interdit d'y toucher sous peine de lèse-majesté –, un pour Mme de Ventadour sans balustrade, tous deux recouverts du même damas rouge. On a aussi construit huit hautes armoires pour la garde-robe de l'infante, dont les dimensions contrastent avec le « petit tabouret bas ou genouillère » et le « petit prie-Dieu de bois de chêne de deux pieds de haut à montants contournés ». Sur sa vaisselle d'argent et de vermeil les meilleurs orfèvres ont fait éclore partout, d'entre les armes de France et d'Espagne, le motif de la fleur de lys. Le peintre Antoine Watteau a décoré ses boîtes à poudre de jeux d'enfants – ultime dédicace de sa part à la grâce fugace des choses du monde.

Le mardi 3 mars, l'infante est menée dans la salle des cérémonies. Elle distingue tout de suite le roi : il est debout au milieu de la pièce, une poupée dans les bras. Elle s'avance vers lui, s'agenouille, il la relève et lui tend la poupée. L'infante prend la poupée et fait une révérence. La poupée est aussi grande qu'elle, mais en cet instant rien ne pourrait entraver ses mouvements. Un puissant silence accueille l'événement. Les courtisans observent les deux enfants et surtout la poupée avec effroi, car la poupée n'est pas une poupée mais un poupon, et un poupon-revenant. Vêtu d'habits princiers, son visage de cire aux traits délicats reproduit exactement ceux du frère aîné de Louis XV, le duc de Bretagne, dauphin, mort à l'âge de cinq ans de la même maladie qui venait de décimer leur mère et leur père. Le roi n'avait alors que deux ans, il ne peut se souvenir de son frère ; le public, lui, le reconnaît. Le roi demeure, l'air plutôt maladroit, avec cet encombrant poupon dans les bras, tandis que, devant lui, les gens retiennent leur émotion. Ils revoient le petit garçon délicieux qu'avait été le duc de Bretagne, certains même se souviennent de cet incident pathétique, au lendemain de sa mort : le chien préféré de l'enfant montant les marches de la tribune où son maître avait l'habitude d'assister à la messe et se mettant, dans la chapelle, au milieu du service religieux, à geindre. À Versailles, c'est bien connu, l'émotion passe par les chiens.

Les courtisans fixent le visage minuscule, le nez un peu relevé, les grands yeux, les joues rondes. Madame manque de s'évanouir. Mme de Ventadour voudrait crier. Chacun se demande de qui a pu venir l'idée de former un poupon du masque mortuaire du prince disparu. Le roi et l'infante, quant à eux, se contentent d'accomplir les gestes du cérémonial. Mme de Ventadour libère l'infante du poupon. Louis XV et Marie Anne Victoire se prennent la main et vont en grande pompe du Louvre aux Tuileries où le jeune roi fait visiter à sa compagne le parc de son palais. Sur leurs pas, Mme de Ventadour porte, tétanisée, l'effigie cadavérique à bout de bras.

À Paris on raconte que le roi a fait présent à l'infante d'une poupée qui a coûté 35 000 livres. La ressemblance macabre n'est pas mentionnée. Pour le goût de la mort, les Parisiens, satisfaits par les nombreuses exécutions qui suivent l'arrestation de Cartouche et se font souvent de nuit, ont, de plus, un bizarre spectacle où courir. Une fille de dix-huit ans, ayant 30 000 ou 40 000 livres de rente, le plus beau corps et la plus belle peau, mais là-dessus une tête de mort, toute décharnée, sans oreilles, menton ni nez, cherche à se marier. Elle s'exhibe à la porte de Saint-Chaumont. On se bat pour voir la fille à la tête de mort.

Le mercredi, l'infante, selon les honneurs dus à une reine de France, reçoit les ministres étrangers, puis ceux des principales institutions et instances du royaume.

Le jeudi, c'est au tour des députés du Parlement. Ils avaient d'abord voulu y échapper, mécontents de ne pas avoir été invités aux réjouissances du mariage. Ils ont été rappelés à leur devoir. Ils doivent se rendre au Louvre. Les représentants du Parlement déclarent à la petite infante: «La lettre du roi, Madame, nous apprend le sujet de votre arrivée; son exemple et son ordre nous déterminent à avancer les respects qui vous sont destinés.» Insinuations d'hostilité auxquelles elle répond par un sourire ingénu. Les députés du Parlement sont suivis de ceux de la Chambre des comptes et de la Cour des aides.

Le vendredi, l'infante accueille les députés du Grand Conseil, ceux de la Cour des monnaies, le duc de Tresme, gouverneur de Paris, et le prévôt des marchands.

Le samedi, dernier jour de cet implacable programme, l'infante reçoit le recteur de l'Université puis une délégation de l'Académie française. Elle a droit à un discours aussi spirituel qu'érudit qu'elle écoute en suçant son pouce, Poupée-Carmen couchée à ses pieds sur un coussin de velours pourpre.

Tous les députés ont été présentés par le comte de Maurepas, secrétaire d'État, et conduits avec les cérémonies ordinaires par le marquis de Dreux, grand maître des cérémonies. L'infante a accordé ses audiences dans le grand cabinet d'Anne d'Autriche. De l'autre côté de la cloison, dans une pièce encore sans destination, les poupées coincées dans la malle frappaient de leurs poings inexistants. Elles réclamaient :

1. de voir le jour ;
2. que l'infante soit rendue à elle-même ;
3. une distribution de *horchata*. La bouche desséchée par le voyage, l'air parisien malsain et la poussière du vieux Louvre, elles hallucinent les délices du breuvage blanc.

Par ignorance ou par choix, l'infante reste sourde à ces revendications. Elle doit maintenant affronter une semaine entière de réjouissances, aussi minutieusement planifiée que la scie des compliments.

Le dimanche 8 mars, le roi donne de vingt heures à minuit un bal aux Tuileries dans la salle dite des Machines construite par Vigarani pour Louis XIV. C'est à lui d'ouvrir le bal. Sur les gradins sont assis les seigneurs et les dames qui ne dansent pas, les seigneurs en habit de drap d'or et d'argent, les femmes en robe de cour et diamants. On sert des liqueurs et de l'hypocras. L'infante mouille ses lèvres dans un verre d'hypocras et fait mille grimaces. Il y a un branle de trente danseurs, un menuet à quatre, une contredanse. Le roi est de toutes les danses. L'infante danse avec le roi. Elle s'en va dormir au bout d'une heure, malgré un début de caprice assez spectaculaire.

Le lundi, on la fête d'un feu d'artifice dans le jardin des Tuileries. Les illuminations sont magnifiques, le grand parterre est éclairé de lampions. Des candélabres de bois taillés en ifs augmentent cet effet de lumière. Le feu d'artifice paraît tellement extraordinaire aux yeux mêmes de l'artificier qu'il prend peur et s'enfuit.

Le mardi, les réjouissances se poursuivent par un immense feu et un bal à l'Hôtel de Ville. Le roi, l'infante, le Régent, toute la Cour, y assistent. Le peuple boit et reboit à la santé de l'infante. Dans l'Hôtel de Ville des gens jettent leur perruque sur les lustres, le tumulte se déchaîne, les bateaux amarrés à côté de la place font office de bordels.

Le mercredi, jour de repos. Mme de Ventadour écrit au roi et à la reine d'Espagne. Elle conte le bruit et les splendeurs de l'accueil de leur fille à Paris. L'infante encore couchée, en train de regarder danser les dernières venues de sa collection, fait écrire à sa gouvernante pour son frère : « On m'a fait une réception magnifique. Je suis ravie que le sachet d'odeur vous ait plu. Les poupées ne me manquent pas en efect. Je voudrais que vous puisser voir leus garderobe et leurs jolis ameublemens. J'apris avec beaucoup de joie que la princesse des Asturies se rêtablit. » Alors là, les poupées coincées écument. Elles attendent toujours de sortir de cette sacrée malle et de boire de la *horchata*. Elles ont la bouche comme du carton. Elles ne peuvent même plus saliver à l'imagination du goût de l'amande, de son lait exquisément désaltérant. Le chœur des poupées d'Espagne menace de foutre le feu aux poupées de France, à leurs jolis meubles et leur mignon vestiaire.

Le jeudi, *Te Deum* à la cathédrale Notre-Dame, l'infante attendrit les cœurs de tous ceux qui l'approchent. Le peuple a envie de l'aimer. Des témoins remarquent la pâleur et la fatigue du roi, et qu'il a « très mauvais visage ». Le soir, le Palais-Royal est illuminé dehors et dedans avec des flambeaux blancs et des pots à feu, on y donne un grand bal jusqu'au matin.

Le samedi, il y a feu d'artifice au Palais-Royal. Le roi et l'infante se promènent entre les arcades et architectures construites pour l'occasion. Une peinture au fond du jardin représente le foudroiement des Titans : les deux enfants, héros de la fête, le roi terriblement fatigué, l'infante, les yeux clignotants de sommeil, se laissent raconter l'histoire des Titans. Le lendemain le roi et l'infante sont autorisés à se reposer, tandis que le Régent tombe malade. On dit qu'il s'est trop échauffé à son feu du Palais-Royal, à moins que ce ne soit avec sa maîtresse.

À la fin du mois, le duc d'Ossone, ambassadeur d'Espagne, offre une fête d'une magnificence extraordinaire. Il a fait élever sur un rocher construit au milieu de la Seine et vis-à-vis du balcon de l'appartement de l'infante-reine un temple soutenu par plusieurs colonnes. La première des quatre faces de ce temple représente Hyménée tenant entre ses mains deux couronnes de myrte qu'il tend au roi et à l'infante-reine. Sur les autres faces sont peints Cérès, Bacchus et la déesse de la Paix. Une enceinte de bateaux éclairés de lampions entoure le rocher. À l'arrivée du roi sur le balcon, les musiciens placés sur les bateaux entonnent un concert triomphal, signal d'une joute entre gondoliers. Le combat fini, on brûle le Temple, ce qui déclenche un feu d'artifice de presque une heure. Au moment du bouquet le ciel et l'eau se renvoient mille feux. La Seine est prise dans un étincellement général. La petite fille, motif de cet embrasement, à chaque fusée crie sa joie et peut-être aussi son trouble de voir s'enflammer si tôt un temple qu'elle a juste eu le temps d'entrevoir. Elle tire le roi par la manche, montre les fleurs de feu. Qu'il dise quelque chose ! Qu'il fasse un signe ! Elle insiste : « Oh ! Ah ! Comme c'est beau ! Oh ! Monsieur ! Regardez ! » Elle se frotte contre lui, se lève de son siège, essaie de se hausser jusqu'à son oreille.

Il prononce enfin : « Oui. »

Alors elle, radieuse, se tourne vers les courtisans : « Il m'a parlé ! Le roi m'a parlé ! »

Dans la gradation des fêtes l'infante a atteint le sommet.

Au milieu de tant de réjouissances l'anniversaire de ses quatre ans se distingue à peine. Elle reçoit des lettres et présents de ses parents, des messages de ses frères, d'autres poupées au trousseau et à l'ameublement fastueux, d'autres jouets. Le roi la complimente. Elle assiste à côté de lui à la messe dans la chapelle des Tuileries. À la sortie, dans un envol de colombes, le roi lui sourit. L'infante recueille ce sourire tel le trésor du jour. Il donne son prix à l'ensemble un peu hétéroclite de ses cadeaux.

Il a plu une grande partie de la journée, mais à l'heure du coucher du soleil elle peut contempler d'une fenêtre des Tuileries une étonnante pièce montée de nuages gris et roses, traversée de rayons. Elle admire encore plus la silhouette du roi en train de passer en revue le régiment des cent soixante jeunes gens formés par lui et qui, chaque soir, font l'exercice sur la terrasse du palais. On appelle ce régiment le « Royal-Terrasse ». Ils voient le roi tous les jours. Elle les envie avec férocité. Mais c'est peu par rapport à ce qu'elle éprouve envers les gardes de la manche, cette compagnie de gentilshommes qui ne quittent jamais le roi pendant une cérémonie et ont le devoir de toujours garder les yeux sur lui. Le devoir ? Existe-t-il plus grand plaisir ?

Revenu de ses obligations militaires sur la terrasse des Tuileries, le roi montre à l'infante un de ses trésors, une cage singulière : un mannequin lié d'attaches en argent et rempli de toutes sortes d'oiseaux. Il ne lui dévoile rien de ses précoces activités politiques : sa création de gouvernements des Ports et Havres d'eau douce, des Coffres et Bahuts de la Terrasse, des Cahutes aux poules, et des ordres du Salon, des Médailles, de la Moustache et du Pavillon, pour chacun desquels il a nommé des Grands Maîtres, Maîtres, Maîtres adjoints, et imaginé de complexes et divers protocoles.

L'infante demande à aller à la pêche aux écrevisses avec le roi. L'affaire doit être discutée.

À Paris comme pendant son voyage elle séduit chacun. Mme de Ventadour écrit à la reine, sa mère : « L'Infante a soutenu toutes les fêtes après un si long voyage à la perfection » ; « Elle charme tout le monde, elle assiste à toutes les fêtes que l'on a ordonnées en son honneur comme si elle avait vingt ans, elle a eu un ou deux petits dérangements mais cela ne l'a pas empêchée d'aller à tout ».

Oui, l'infante va à tout. Elle y va de tout son cœur. Dans son innocence, son emportement d'amour.

Le roi aussi va à tout, mais il y met de lui aussi peu que possible. Il n'est pas séduit par l'infante : elle est trop petite, babillarde, d'une gaieté horripilante ; et la manière dont tout le monde l'acclame ne peut qu'ajouter à son antipathie. Sans oublier le fait qu'elle a commencé par lui prendre Mme de Ventadour. Mais ce n'est peut-être qu'un mauvais début, une première impression qui se corrigera. Il finira peut-être, lui aussi, par se laisser gagner. Qui sait ?

L'infante s'intéresse, s'amuse. À peine levée, elle saute et danse, chantonne et se laisse préparer, impatiente de se lancer dans la nouvelle journée. Elle ne crie que lorsqu'elle a trop mal aux dents, ou qu'on prétend la friser. Ça, elle le refuse : pas question qu'on lui touche les cheveux, qu'on veuille, la nuit, lui mettre un bonnet, ni, le jour, lui décorer la tête de fleurs, rubans et fanfreluches. À plus forte raison, elle ne veut pas, non plus, de bourrelet, ressent la chose comme un crime de lèse-majesté. Elle agite la tête dans tous les sens, telle une chevrette. Elle est née pour ne supporter rien d'autre qu'une couronne.

À part les maux de dents et les séances de coiffure, tout est bonheur pour « l'Infante Reine future » : recevoir du courrier et des présents de ses parents (« Elle est toujours ravie quand elle entend parler de vos majestés et de messeigneurs ses frères », écrit sa gouvernante), ouvrir les coffres, déployer ses affaires, plonger tête en avant dans ses jouets (« Car assurément rien ne manque dans les coffres nous ne les avons ouverts qu'à Paris luy ayant porté ce qu'elle avait besoin pour le voyage »), jouer avec ses poupées, les habiller, déshabiller, leur faire donner des dînettes, recevoir des députés, des recteurs, des ambassadeurs, se mettre à son balcon, entendre les cris des mariniers, voir passer les bateaux, les troncs d'arbres qui flottent sur la Seine, aller à la messe, dans la petite chapelle attenante à sa chambre, à l'église Notre-Dame, dans la chapelle royale aux Tuileries, ou dans les églises de Saint-Germain-l'Auxerrois, du Val-de-Grâce, des Feuillants, des Religieuses du Calvaire, de l'Ave-Maria, de Sainte-Élisabeth… (c'est par les églises qu'elle visite les quartiers de Paris), se promener dans son jardin. Mais le plus grand bonheur de l'infante, c'est de voir le roi et de donner à voir le bonheur de leur couple.

Elle a baptisé le poupon Louis. Le premier soir, faute d'avoir eu le temps pour une meilleure solution, elle l'a couché dans le lit de Poupée-Carmen (le poupon n'a pas passé une bonne nuit). Le lendemain elle a demandé un berceau pour le « dauphin Louis ». Elle présente son fils, *leur* fils. Sans en faire demande explicite, elle attend de la part des courtisans qu'ils saluent leur reine et rendent hommage à sa descendance. Et ils le font. Le statut de courtisan veut dire souplesse à se plier, à s'abaisser au gré d'une puissance, à se casser en révérences et balayer le sol des plumes de son chapeau. La salle du conseil où Anne d'Autriche donnait ses audiences ne désemplit pas. On se prosterne devant la reine de France, on converse avec sérieux sur ses histoires de poupées, d'oiseaux mécaniques, de hannetons et de coccinelles. Dans l'échelle du minuscule, jusqu'où va-t-elle les réduire ? À quel point va-t-elle réussir à convertir le vieux Louvre en royaume lilliputien ? Elle rit, fait le clown, joue au loup, participe à une mascarade d'enfants déguisés en chiens et aboie au lieu de parler pendant les jours qui suivent. Embarras chez les courtisans, doivent-ils lui répondre de même ?

Les libertés de la princesse Palatine

La duchesse de La Ferté écrit : « Je ne puis passer un jour sans lui faire ma cour. Je sens que quand je n'ai pas le bonheur de la voir tout me manque. Comme j'ai l'honneur d'être la marraine du Roi, elle me fait celui de m'appeler la sienne et a mille bontés pour moi » (mai 1722). Tout le monde est sous le charme ou fait semblant de l'être, mais une seule personne l'aime vraiment, c'est la Palatine. Elle a reconnu au premier coup d'œil le génie spécifique de cette petite fille à la fois si « haute » et si drôle et éprouve aussitôt pour l'infante une tendresse totale. Elle n'a pas de mal à la préférer à ses petites filles, avec une exception en faveur de Mlle de Beaujolais. En ce printemps 1722 la Palatine est âgée de soixante-dix ans. Elle se décrit sans complaisance : « Je l'ai toujours été [laide] et le suis devenue davantage encore par suite de la petite vérole ; de plus ma taille est monstrueuse, je suis carrée comme un dé, la peau est d'un rouge mélangé de jaune, je commence à grissoner, j'ai les cheveux poivre et sel, le front et le pourtour des yeux sont ridés, le nez est de travers comme jadis, mais festonné par la petite vérole, de même que les joues ; je les ai pendantes, de grandes mâchoires, les dents délabrées ; la bouche aussi est un peu changée, car elle est devenue plus grande et les rides sont aux coins. » Elle se sait très laide et se sent très vieille. Elle est trop grosse, a des difficultés à respirer, les pieds enflés. Maintenant, à toute heure du jour, elle a tendance à s'endormir. Avant ce n'était qu'à la messe.

Elle ronflait de bon cœur, assise à côté de Louis XIV, lequel la réveillait de bourrades. La liturgie catholique et ses cantiques aux voyelles qui s'étirent avaient sur elle l'effet d'un somnifère. De sorte qu'en cas d'insomnie il lui suffisait d'assister à un office religieux! Mais même malade et diminuée, Madame s'impose comme la femme à la plus forte personnalité du temps de la Régence, et peut-être même (avec son ennemie Mme de Maintenon qu'elle qualifie de «vieille ripopée», «vieille ordure», ou «la pantécrate», «la vieille») du règne de Louis XIV. La plus émouvante certainement. Pour le combat sans répit qu'elle a mené depuis l'âge de dix-neuf ans où, mariée à Monsieur, frère de Louis XIV, elle a été livrée en pâture à la tyrannie minutieuse du Roi-Soleil, à la mesquine méchanceté des courtisans, et aux mille envies de lui nuire diversement entretenues chez les gitons de son époux. Elle a dû, d'abord, avoir peur de périr empoisonnée, comme l'avait certainement été l'épouse précédente, puis cette peur s'étant apaisée, elle a concentré toute son énergie à demeurer vivante, pas seulement de manière physique, factuelle, mais dans le plein sens spirituel et moral, dans le souci supérieur d'un être libre. Un combat désespéré. Un jour, la princesse Palatine a ce constat, ou ce cri, déchirant : «On m'a rogné les ailes!» Loin d'admettre sa défaite, elle continue de lutter. Elle résiste jusqu'à la fin avec ce qu'il lui reste de spontanéité, de courage, d'intelligence. Et c'est immense.

Malgré la foule qui l'obsède, les visites, les audiences, les présentations, les fêtes en tous genres, l'infante n'a pas manqué de remarquer Madame. Elle a été intriguée par ce personnage cocasse. Son réflexe fut peut-être de se cacher les yeux. Mais à la première visite de Madame au vieux Louvre l'infante découvre en la Palatine la grand-mère qu'elle n'a jamais eue et l'aime à la folie, tandis que la Palatine s'avoue fanatique de l'infante : « Notre petite Infante est sans contredit la plus jolie enfant que j'aie vue de mes jours. Elle a plus d'esprit qu'une personne de vingt ans, et avec cela elle conserve l'enfance de son âge : cela fait un très plaisant mélange. » ou « Je ne pense pas qu'il soit possible de trouver au monde une enfant plus gentille et plus intelligente que notre petite infante. Elle fait des réflexions comme une personne de trente ans. C'est ainsi qu'elle disait hier : "On dit que quand on meurt à mon âge, on est sauvée et on va droit au paradis, que je serais heureuse donc si le bon Dieu me voulait prendre." Je crains qu'elle n'ait trop d'esprit et qu'elle ne vive pas ; on est toute saisie quand on l'entend parler. Elle a les plus gentilles façons du monde. J'ai gagné ses bonnes grâces ; elle court au-devant de moi, les bras ouverts, jusque dans son antichambre et m'embrasse de tout cœur » (26 mars). Si Madame s'écoutait, elle irait chaque jour rendre visite à l'infante : « Elle est plus jolie et plus aimable que jamais, et si je suivais mon inclination je m'en amuserais toute une journée. Mais on croirait que c'est mon grand âge qui me ferait rentrer en enfance. Ainsi il faut aller bride en main. »

Mais à la chasse, comme ailleurs, Madame a plutôt tendance à aller à bride abattue. Dans son affection pour l'infante elle se limite modérément. Elle est pleine d'admiration pour un être à la fois si enfant et si réfléchi.

Cette petite philosophe l'enchante. L'infante ne se retient pas davantage. Elle adore courir bras tendus vers la Palatine, inventer des ruses pour l'embrasser à nouveau. « Je suis dans les bonnes grâces de Sa Dilection ; elle me fit asseoir dans un grand fauteuil, prit un tabouret de poupée, s'assit près de moi et dit : "Écoutez ! J'ai un petit secret à vous dire." Comme je me penchais, elle me sauta au cou et m'embrassa sur les deux joues », écrit la vieille dame (8 avril).

Madame ne débarque jamais sans ses chiens. Marie Anne Victoire se roule au milieu d'eux, se suspend à leur cou, fait la course avec eux.

La Palatine veut faire connaître les bois à l'infante, elle tient à lui faire sentir la supériorité de la nature sur les plus beaux jardins du monde. Elle fait arrêter le carrosse dans un lieu couvert de mousse. Madame et l'enfant se promènent tout doucement le long d'un sentier strié de lumière. Elles se penchent sur un parterre de violettes sauvages. La petite fille, accroupie, les cueille une à une, met le nez dans leur cœur jaune d'or, explore l'infime entrelacs de la mousse, caresse sa douceur de velours. Elle découvre une autre forêt à l'intérieur de la forêt, une forêt à la mesure des papillons et des fourmis – une forêt à sa mesure à elle. La Palatine lui déclare : « J'aime mieux voir la terre et les arbres que les plus magnifiques palais, et je préfère cent fois un potager aux parcs ornés de marbre et de jets d'eaux. Quoi de plus beau qu'une prairie, quoi de plus émouvant que les fleurs des champs ? Ce qui est naturel exalte, donne de l'énergie et des idées. » Elles cueillent de pleines brassées de marguerites. L'infante s'allonge dans l'herbe, effleure les joues ridées de Madame avec des boutons d'or.

C'est sa leçon de fleurs des champs, sa leçon de vérité. Peu après l'infante a ce geste surprenant, que rapporte la Palatine : « La chère enfant posa sa poupée et courut les bras ouverts à ma rencontre, me montra sa poupée et me dit en riant : "Je dis à tout le monde que cette poupée est mon fils, mais à vous, Madame, je veux bien dire que ce n'est qu'un enfant de cire" » (26 avril).

La Palatine se rend souvent au Louvre ; l'infante, de son côté, aime lui rendre visite au Palais-Royal. Dans son salon cohabitent huit épagneuls (dont Reine inconnue, mère de l'irremplaçable Titi, est la favorite), un canari et un perroquet qui crie chaque fois que quelqu'un entre et va pour faire sa révérence à la maîtresse de maison : « Donne ta patte. » L'infante rit tellement qu'elle en a mal au ventre.

Un jour, la princesse lui fait la surprise de la faire entrer dans son cabinet de curiosités. Il est rempli de planches de papillons, de pierres, de vipères dans des bocaux, de microscopes, de lunettes pour observer les étoiles et les éclipses du soleil, de corail en arbrisseaux, d'éponges géantes, d'un crâne d'éléphant, d'un groupe d'autruches empaillées… La petite fille va d'une bizarrerie à une autre. La Palatine, un peu plus tard, lui demande ce qu'elle a préféré.

« Toi, Madame. »

Le jardin de l'infante

La Palatine prête sa voix, sa gaieté, à célébrer tout ce qui pousse et s'épanouit librement. Et c'est une source vitale pour la petite reine, cernée de grandes personnes résolues à se jouer et à lui jouer la comédie. Elle écrit à ses parents après une visite de Saint-Simon : « Le duc de St. simon, Ma cher Maman, m'a remis les jolies choses que vous et le cher papa m'avés envoiées. Je les ai baisées mile fois de tendresse et de joie. J'ai fait présent au roi de ce qu'il y avait de plus gentil, parce qu'il me donne tous les jours quelque rareté et que nous nous aimons bien. Le cardinal de Rôhan vint dernièrement diner avec maman de ventadour. elle me dit que se seroit lui qui me marieroit avec le roi. La soubise, qui me fait quelque fois des malices : mais qui a toujours cent mot charmant à me dire, me contait comment je serais parée ce jour là, ce qu'on fairait à l'église, au festin et au coucher, et le cardinal disait que ce serait lui aussi qui batiserait le dauphin. Nous rîmes à merveille. Les divertissements n'empêchent pas les occupations sérieuses. Il y a des heures pour le catéchisme et pour d'autres leçons. Je me souviens toujours de ce que vous m'avez recommandé, et je vous aime, ma chere maman, très tendrement, et infiniment plus que je ne puis dire. (À Paris, le 17e de mai 1722.) »

« Nous rîmes à merveille »… La conspiration des complimenteurs et flatteurs toujours plus ou moins menteurs trace son chemin : « Le roi vous adore, vous formerez un couple incomparable et aurez beaucoup d'enfants. » Les symptômes de réticence sont niés.

« Notre reyne se porte fort bien, écrit Mme de Ventadour, mais avant-hier, après avoir été d'une gaieté parfaite, la nuit elle toussa considérablement et le matin on lui trouva un peu d'émotion. La fièvre se déclara ensuite avec un assoupissement qui la fit dormir quatorze heures de suite, et hier matin la fièvre l'a quittée absolument et il ne lui est resté qu'un appétit admirable. Cela a fait, Madame, que nous ne partons que demain pour Meudon, afin de laisser passer tous les jours où nous pourrions craindre quelque retour sans apparence cependant.

Elle a une raison et un esprit qui enchantent tout le monde. Le Roi l'est venu voir avec bien de la tendresse, mais elle l'attendait avec une vivacité qui fit que je pris la liberté de luy envoyer dire de venir presto, car il avait résolu de ne venir qu'après le salut, mais je vis le plaisir que cela faisait à notre petite Reyne, et il vint d'abord avec les manières du monde les plus gracieuses auxquelles notre Reyne répondit à surprendre tout ce qui l'entendait. Je ne puis m'empêcher de dire à V.M. que la nuit qu'elle eut la fièvre, comme elle se réveillait que je luy voulais faire prendre un bouillon, je me levais toute nüe auprès de son lit, elle dit vite à une de ses femmes qu'on aille chercher un couvre-pied à maman, parce qu'elle s'enrhumerait. Jamais enfant n'a été comme elle.

P.-S. Ma chère maman, iay este un peu malade, mais ce n'est rien. Ie me porte à merveille ie fais mes cofres de poupée pour Meudon.

Le Roy me vint voir hier et m'aime bien, ien suis transporte daisse. Il vous embrasse et mon cher papa et vous baisse vos mains, vos pieds et toutes vos personnes.

Marie Anne Victoire. »

Elle n'oublie rien de l'Espagne ni de l'espagnol et parle français d'abord timidement puis «à merveille». Elle s'amuse aussi à dire des mots d'italien appris par sa mère. Son plaisir à parler, et à parler en plusieurs langues (y compris «petit chien»), rend encore plus criant le mutisme du roi.

L'infante se tient mieux quand on annonce la visite du roi et qu'ils se promènent ensemble dans son jardin. On nage dans l'attendrissement. Mme de Ventadour en a les larmes aux yeux: «Elle prit la main du Roy le mena dans son jardin ils étaient à manger tous les deux on ne lui tenait pas la lisière… et [elle] quittait quelquefois la main du Roy pour lui aller cueillir des fleurs ils s'embrassèrent de bon cœur.»

L'infante fait des prières pour qu'il revienne vite.

Par un beau jour de mai on a habillé les deux enfants de tabliers blancs, on les a coiffés de chapeaux de paille. Un jardinier leur apprend à planter des oignons de tulipe sous cloche. Cela se passe dans le parc des Tuileries, non loin de la petite salle de billard construite exprès pour le roi. Quelques jours plus tard l'infante rend la politesse à son «mari». Des serviteurs abritent le couple d'une ombrelle jaune safran. Le roi et l'infante-reine avancent à pas lents comme les quelques élus admis à partager ce moment d'intimité. Au moment où ils vont prendre le goûter dans une gloriette de jasmin, débute un concert de viole et hautbois. «Ils sont à manger», est à leur propos l'expression qui, lancée par Mme de Ventadour, revient sur toutes les lèvres.

Cependant le jardin de l'infante, ce microcosme de son tout nouveau règne, ne se referme pas sur elle. On organise pour son divertissement de nombreuses sorties, à Boulogne, Saint-Cloud, Meudon, ou comme celle-ci, par un jour chaud et ensoleillé, à la Muette : l'infante est en calèche, le roi à cheval auprès d'elle. Une situation qui normalement la comble, mais à cause de la chaleur, elle s'inquiète pour le roi. Elle se tourmente encore pendant la nuit et finalement ordonne qu'il soit demandé à son père qu'il écrive au maréchal de Villeroy de « faire mettre le roi en carrosse avec elle pour que le soleil ne lui fasse pas mal ».

Au mois de juin le roi vient dire au revoir à l'infante. Ils font ensemble une dernière promenade dans son jardin. Marie Anne Victoire s'affole. Qu'est-ce que ça veut dire ? Va-t-elle rester seule ici, tandis que le roi vivra à Versailles ? Le roi, comme toujours, se montre poli et pressé. Il ne peut rester longtemps. Une foule de personnes est venue pour le saluer. Il est extrêmement occupé avant son départ. Elle ne veut pas pleurer en sa présence, mais aussitôt qu'il est parti elle se jette par terre et sanglote.

Le roi retourne à Versailles le 15 juin. Il a été décidé que l'infante le rejoindrait deux jours après. Elle respire à nouveau. La Palatine, pour qui ce sera beaucoup plus d'efforts d'aller à Versailles, cache sa contrariété. Elle ne veut pas diminuer la joie de sa jeune amie. Dans l'entourage de l'infante on se désole : « Je suis bien fâchée, écrit Mme de Ventadour en Espagne, que le cardinal de

Noailles nous fasse aller à Versailles nous commencions à nous établir au Louvre et bien commodement car la rayne y avait un jardin de plain pied à son cabinet et une belle terrasse sur la rivière. » Son jardin, le jardin de l'Infante, cette merveille exactement à sa mesure, l'éblouissement de son premier printemps en France, sa féerie d'un amour parfait, Marie Anne Victoire quitte tout cela sans regrets. Elle n'a qu'une idée : rejoindre le roi.

Au matin du départ, dans un capharnaüm de malles et de meubles, M. le Duc entre à l'improviste. Il désire, dit-il, s'assurer que tout est dans l'ordre. Quel ordre ? maugrée Poupée-Carmen. Elle aussi se trouvait « bien commodément établie » et adorait, du balcon, héler les mariniers. L'infante, réfugiée dans une encoignure, regarde aller et venir en furieux le terrible arpenteur de ce qui fut son domaine. Sa présence la paralyse. Elle chuchote à Poupée-Carmen : « Le borgne a le mauvais œil. »

Le borgne a-t-il entendu ? En un pas de géant, il est au-dessus d'elles, lève son bras comme pour les écraser. Son ombre les recouvre.

Madrid, juin 1722

Les bouquets de la Quadra

Alors la mort fauchait à tour de bras. À la moindre faiblesse elle accourait. À cause de cette faux monumentale suspendue au-dessus de soi, on ne perdait pas une minute. Il n'y avait pas de temps pour les incertitudes et les lents apprentissages. Pas de temps pour l'adolescence, cette sorte de terrain vague de l'expérience. La chance aidant, on passait directement des traquenards de la faiblesse infantile à l'âge adulte avec ses deux tâches majeures : travailler, se reproduire. Travailler : pour les pauvres il suffisait que l'enfant soit capable de se tenir debout. Se reproduire : pour les pauvres comme pour les riches, c'était à la nature de décider. Vers douze, treize ans, une fillette est apte à engendrer, c'est-à-dire mariable. La princesse des Asturies a plus de douze ans et elle semble vraiment guérie. Sa tête a repris des proportions normales, sa peau ne garde pas traces de l'éruption. Sans qu'elle-même prenne grand soin de son apparence, elle laisse ses caméristes s'en occuper. Elle est toujours aussi peu aimable, s'enferme beaucoup avec ses femmes. C'est grâce à elles qu'elle apprend l'espagnol et, peut-être dans le même temps où elles jouent ensemble avec les mots, découvre la gaieté. Un esprit qui tranche avec les sinistres duègnes aux longs habits noirs placées pour sa gouverne. Assez vite la princesse va exister sur deux registres, l'un, son moi ancien, triste, mutique, boudeur, encore aggravé par les circonstances, celui qu'elle montre au prince des Asturies, à Philippe V, à Élisabeth Farnèse, à la Cour; l'autre, son moi nouveau, moqueur, insolent, et qui ne se manifeste que dans la compagnie de ses femmes. Elles sont au nombre de vingt-sept, et loin d'être toutes aussi dévergondées que ses trois préférées: la Quadra et les deux sœurs Kalmikov, des jumelles qui ont le génie du fou rire. Hors cet enseignement spontané, la princesse ne reçoit pas d'éducation. Des maîtres de danse, chant, écriture, elle n'en voit pas; et si on lui en donnait, elle ne se gênerait pas pour les rabrouer. Elle n'accepte qu'un maître d'équitation et se montre assidue aux séances de manège. Philippe V en augure bien car lui-même n'est jamais mieux qu'à cheval – à cheval et en coïts conjugaux. Don Luis lui offre un phaéton et six petits chevaux noirs. Chaque jour elle parcourt à toute bride les allées du Buen Retiro et fait dans les cours des couvents qu'elle visite des entrées fracassantes.

Après une séance d'équitation elle sent des tiraillements douloureux dans le bas-ventre, ses jambes ne la portent plus, elle souffre des reins. Et surtout, ce qui l'étonne et l'effraie: elle saigne de l'entrejambe, du sang s'écoule de son sexe, il tache ses bas, se répand sur son jupon. Elle renvoie ses femmes, passe la nuit terrorisée, les cuisses serrées sur une serviette. Au matin, ses draps aussi sont souillés. La Quadra la force à se lever. Elle lui explique qu'elle n'est pas en train de mourir, c'est le contraire, désormais elle peut donner la vie, elle a ses règles, elle est une femme. Louise Élisabeth n'a pas l'air réjouie par la perspective. La Quadra la fait asseoir au bord du lit, une cuvette par terre, posée entre ses pieds. À genoux, elle fait glisser avec douceur le linge mouillé teinté de sang. Elle la parfume. La princesse quitte son masque tragique, se courbe vers la Quadra, qui l'enserre de ses bras, la baise sur la bouche. La Quadra, très grande, et large de hanches, originale par ses mantilles multicolores et ses larges chemisiers blancs décolletés, prend de plus en plus d'autorité sur les autres caméristes. Et sur la princesse ? Pas vraiment, Louise Élisabeth est réellement incontrôlable. Elle ne dépend pas de sa préférée ni de personne d'autre. Cependant elle a quelques instants de contentement lorsque la Quadra se présente avec de gros bouquets de fleurs cueillies pour elle. Elle a un goût pour les fleurs jaunes.

La joie, il n'est pas sûr qu'elle connaisse, mais il peut lui arriver la soudaineté d'une heureuse surprise, la tombée de l'angoisse, un bien-être fugitif, qui dure le temps de son plaisir avec la Quadra.

La princesse des Asturies est nubile. Faut-il modifier la date de son mariage charnel avec don Luis ? Le plus tôt un dauphin, le plus sûr l'avenir de la royauté. Don Luis supplie que la date du 25 août soit avancée. Finalement rien n'est changé. La princesse est jugée encore trop gracile, elle ne fait pas plus que ses douze ans et demi, le prince pas assez sûr de lui. À la cour d'Espagne, et sur ce point le règne français des Bourbons continue strictement celui, autrichien, des Habsbourg, cérémonies ou divertissements, épousailles ou séjours saisonniers, tout doit s'exécuter à la date prévue. Le programme coutumier de Leurs Majestés est aussi inflexible qu'un calendrier fixé par Dieu. Face au refus paternel, don Luis n'ose rien, mais la peur dans ses yeux devient plus éclatante.

III. Forteresses du mensonge

Versailles, juin-juillet 1722

Allongés dans la Grande Galerie…

Ce n'est pas Louis XV lui-même qui a pris la décision de quitter les Tuileries, ce n'est pas non plus le Régent, il ne ressent qu'aversion pour Versailles; c'est, encore une fois, une idée du cardinal Dubois. Non que ce roturier travailleur et sournois éprouve une sympathie particulière pour le château et la vie de Cour, mais il s'agit pour lui d'une initiative politique, une initiative qui lui a paru propre à remédier à l'impopularité croissante du gouvernement et à faire taire les bruits selon lesquels l'immoralité du Régent risquait de gagner le roi. La réinstallation à Versailles est aussi une façon de rallier une partie de la noblesse d'ancienne Cour. De tout cela Louis n'a cure, simplement il se réjouit de retourner à Versailles, quitté à l'âge de cinq ans, dans un climat funèbre. Est-ce pour retrouver quelque chose du temps d'avant la fracture? Est-ce pour déchirer le voile de deuil qui recouvre tout ce qu'il touche? En tout cas, il est impatient. «Bagatelles, bagatelles!» répond-il quand M. de Villeroy lui oppose que les travaux au château ne sont pas terminés. Le jour de son départ des Tuileries il jubile. Le jeune garçon porte des bas rose vif, un habit vert pomme. Il appartient au printemps. Il est si charmant et léger, il déambule avec tant de grâce que, plutôt que le rusé Dubois, ce sont peut-être les elfes et les fées disséminés au creux des troncs d'arbres, dans les tiédeurs du sainfoin et les palais de mousse, sur les îles des fleurs de nénuphar qui ont estimé après plusieurs conciliabules sous la lune que, sept années s'étant écoulées, le mauvais sort était aboli.

« Le départ du Roi pour son château de Versailles ayant été fixé au 15 de ce mois, nous dit la *Gazette*, Sa Majesté partit ce jour vers les trois heures après midi. Le Roi était accompagné dans son carrosse de Monsieur le Duc d'Orléans, du Duc de Chartres, du Duc de Bourbon, du Comte de Clermont, et du Maréchal Duc de Villeroy. Sa Majesté arriva ici vers les cinq heures et demie, au bruit des acclamations du peuple, qui remplissait les avenues du Château. Il alla descendre à la Chapelle, où il fit sa prière : il monta ensuite dans ses appartements, et après y avoir resté quelque temps, il descendit dans les jardins, où il se promena jusqu'à huit heures du soir. » Sa Majesté reviendra-t-elle cet hiver à Paris ? Est-ce un départ définitif ? Le roi n'a pas la réponse. Et son entourage attend de voir comment l'enfant va s'acclimater, ou se réacclimater. Depuis l'allée boisée des Champs-Élysées et tout au long du trajet le roi a répondu joyeusement aux acclamations. Chose exceptionnelle de sa part. Face à la liesse des foules son premier mouvement est de se cacher (juste après sa guérison au cours de l'été 1720, il avait alors dix ans, les Parisiens se pressaient dans les jardins des Tuileries. Ils criaient leur joie: « Vive le roi! Vive le roi! Vive le roi! » À ce déferlement d'amour le garçon, terrorisé, courait d'une pièce à l'autre pour essayer de leur échapper. Son gouverneur le ramenait de force à la fenêtre, ce qui redoublait les vivats du peuple, et la panique du petit roi). Les femmes de la Halle, avec leurs blagues obscènes, lui font spécialement horreur. Mais en ce jour de retour à Versailles on peut l'approcher, chanter, hurler, l'applaudir du haut des toits, ou grimpés dans les arbres, rien ne l'effarouche. Des enfants parés de rubans bleus et blancs le fêtent.

Dans le parc Louis XV se précipite vers les bosquets, les fontaines, les allées, il veut revoir les statues, les grottes, le labyrinthe et entraîne derrière lui ses accompagnateurs, déjà passablement fatigués par le voyage. Il fait chaud, aucun de ces personnages, sauf le comte de Clermont, frère de M. le Duc, et de peu son aîné, n'est capable de tenir son rythme. Les deux garçons courent loin en tête, vont dans toutes les directions, sautent des ruisseaux. À leur suite, ahanant, en sueur, le petit groupe des dignes messieurs avec cannes et perruques se hâte comme il peut. Ils affichent un sourire de façade – c'est une belle journée, il faut le manifester; le roi est heureux, par conséquent eux aussi – quoiqu'ils soient au bord de la syncope. Enfin, le supplice s'achève, le roi remonte de la fontaine d'Apollon vers le château, il fonce en direction de la Grande Galerie, et là, ô délices, il s'étend sur le sol, et ordonne à son gouverneur, l'antique M. de Villeroy plus mort que vif, de lui raconter les scènes peintes au plafond. M. de Villeroy demande un fauteuil et une pause pour reprendre souffle. Autour de lui les messieurs s'assoient par terre, quelqu'un s'informe pour faire servir de la limonade. On tire les rideaux de taffetas cramoisi tout neuf et l'on ouvre les fenêtres afin de respirer et de jouir plus longtemps de la clarté du soleil couchant. Le récit peut commencer.

Ils sont allongés sur le parquet de la Grande Galerie, ou assis la tête renversée, s'appuyant en arrière sur leurs bras. Ils prêtent l'oreille, avec l'enfant roi, à M. le maréchal duc de Villeroy. Le vieillard explique les peintures au-dessus d'eux. Elles ont été peintes par Le Brun. Chacune commémore une victoire. M. de Villeroy raconte la vie de guerres et de triomphes du Roi-Soleil. Parfois sa voix s'altère car, tandis qu'il prononce ces paroles emphatiques sur ce ton de cérémonie qui jamais ne le quitte, lui reviennent des bouts de conversation avec Louis XIV, des images de lui à des âges divers, dans des humeurs contrastées. Peu à peu, à cause d'une fatigue irrésistible, sur ces portraits du roi en armure et à cheval, en dieu de l'Olympe, éternellement jeune et triomphant, se surimpose la vision insistante, terrible, des dernières apparitions du vieux monarque, blessé de deuils et de maladies. Le plafond, sans doute, chantait ses victoires mais lui, au sol, édenté, goutteux, les chairs jaunâtres, n'était plus qu'un infirme, un moribond poussé sur une « chaise à roulettes ». Louis XV n'entend que le chant des victoires. Il frémit de plaisir à l'écoute de cette saga. À part les cabaretiers en bordure de route et les commerçants et hôteliers de Versailles qui se sont réinstallés à toute allure, personne n'est aussi content que lui.

Pour les grands du royaume, pour le groupe des proches, étendus au sol, ce n'est pas forcément un bon moment. Quant à la masse plus large des courtisans, il va leur falloir reprendre leur double existence partagée entre Versailles et Paris, ou Versailles et leur château de province. Cela exige du temps, de l'argent. Personne n'ignore que faire sa cour est le moyen le plus rapide d'obtenir protection, privilèges, emplois, *à condition* de gagner la confiance du roi et de trouver l'art de lui plaire. Quelle que soit la subtilité des manœuvres d'approche, le succès dépend d'un élément imprévisible : le bon plaisir du prince. De sorte que les courtisans sont, en définitive, logés à la même enseigne que les joueurs, lesquels consument leur intelligence à élaborer des stratégies et penser des combinaisons, quand le résultat final appartient à la chance.

M. de Villeroy commente la grande fresque : la prise de pouvoir personnel. L'enfant sourit d'aise. Il est certain que celui qui se dénommait lui-même « le plus grand roi du monde » avait su prendre le pouvoir et le garder. Soupirs. L'habit froissé, la perruque empoussiérée, la chemise collée à la peau, la sueur qui dégouline sous la perruque et donne envie de se gratter, rêvant d'oser enlever les souliers qui les persécutent, ils subissent la légende dorée. Chacun garde à part soi ses sentiments mêlés, ses propres souvenirs du grand roi, et ses attentes par rapport au nouveau, si jeune, riant et gigotant des jambes, comme physiquement chatouillé par les rayons qui, émanant de son aïeul portraituré, viennent en douceur se poser sur lui et l'englobent d'une seule gloire.

Pour le reste des auditeurs, c'est mal de dos, menace de torticolis, déglutitions amères à peine adoucies par la limonade.

M. de Villeroy s'enflamme. Partout s'affiche le règne de la mythologie. La dimension de gloire humaine n'aurait pu suffire à Louis XIV, il lui fallait les dieux de l'Olympe. M. de Villeroy les conduit vers le tableau de Jean Nocret, où c'est toute la famille royale qui est représentée en divinités antiques : Anne d'Autriche est Cybèle, mère des dieux ; le roi est Apollon : couronné de laurier, le torse nu, drapé dans un tissu d'or, il arbore son sceptre ; la reine Marie-Thérèse est Junon ; Monsieur, frère du roi, se tient à l'extrémité gauche du tableau, lui aussi est torse nu, drapé dans une large cotonnade couleur crème, il tient d'un bras l'étoile du point du jour, et caresse de son autre main une des nombreuses filles issues de son premier mariage.

« Et les deux bébés, au premier plan dans le tableau, réunis dans un cadre doré, qui sont-ils ? demande Louis XV.

– Deux fils d'Apollon, pardon, de votre aïeul, morts au berceau. »

Une ombre passe sur le visage de Louis XV.

Le Régent se lève. Plus nul à la guerre que le maréchal de Villeroy, c'est difficile ! L'entendre s'exalter sur des tableaux de bataille, sur les fresques des plafonds, lui est intolérable. Et il trouve hideuse la mode des plafonds peints. En outre, il a besoin de changer de chemise. La sienne est trempée. Comme il n'a encore aucun vêtement à Versailles, il s'en fait prêter une par un garçon du garde-meuble. Dans le geste qu'il fait pour enlever sa veste tombe de sa poche un billet plié. Il lit, le nez sur le papier :

Sous cet enfant qui règne, un tyran inhumain,
Fameux par le poison, l'athéisme et l'inceste,
Abuse impunément du pouvoir souverain.
France, il faut donc enfin que ta grandeur périsse!
Nouveaux dieux, nouveaux rois, dans ce siècle d'horreur,
Creusent dessous tes pas ton dernier précipice.

Les battements de cœur le reprennent. Des insultes de ce tabac, il en découvre partout, à table, sous son assiette, roulées au fond de ses bottes, glissées sous ses oreillers, elles s'étalent en toutes lettres sur la façade du Palais-Royal. À peine effacées, elles resurgissent. Ça lui fait chaque fois l'effet de piqûres. Comme s'il se déplaçait dans une nuée de taons ou de guêpes, auxquels il peut momentanément croire avoir échappé, alors qu'ils sont en train de se rassembler, de plus en plus nombreux, méchants, acharnés.

La cravate à jabot défaite, la chemise débordant de la culotte, il s'esquive dans le salon de la Guerre. Il prend une chaise et s'assoit lourdement devant une des hautes fenêtres ouvertes sur le parterre d'eau et, plus loin, sur le Grand Canal débouchant sur l'horizon rouge sang où s'enfonce le soleil. S'il se penchait à droite, il apercevrait le bassin de Neptune.

Les pelouses sont en mauvais état, les bosquets délabrés, le Grand Canal a besoin d'être nettoyé, l'étang de Clagny est une infection. L'«étang puant», entre la pièce des Suisses et la ménagerie, plus que jamais mérite son nom. Quant à la ménagerie, il se fout de savoir ce qui en sept ans a bien pu s'y passer. De louches accouplements entre des échassiers et des cobras, des poules sultanes et des léopards, des ouistitis et leurs gardiens, des croisements inédits, des monstres intéressants? Dans le parc la plupart des bassins sont à sec, dans ceux qui ont de l'eau les femmes de Versailles font leur lessive. Le budget alloué par lui pour l'entretien du château et des jardins a été calculé au plus juste, et même en deçà. Le Régent déteste Versailles. Si, selon la suggestion du duc de Noailles, on avait rasé le château, il n'en aurait eu aucun regret. Ah non! Retour à Versailles, retour à la case marécage. Dans la Grande Galerie, M. le gouverneur poursuit son exposé. Le Régent laisse cette momie de la vieille Cour, ce gâteux ridicule pédant, ce lâche au combat, cet enfoiré d'empaillé de Villeroy, dégoiser à son aise.

Il a sa version du Roi-Soleil.

Ce qu'il voit, lui? Son père debout, assistant au dîner de Louis XIV, qui toujours mangeait seul. Debout? Pas toujours. Mais lorsque le roi condescendait à inviter son frère à s'asseoir le rituel était conçu de telle façon que c'était encore plus humiliant pour celui-ci. À la proposition du roi, Monsieur opinait par une révérence. Un tabouret était apporté. Mais Monsieur devait patienter. Il ne s'assoyait que sur un geste du roi, aussitôt ponctué de sa part d'une humble révérence; alors seulement il pouvait prendre place. Et si le roi «oubliait» de faire le geste? Eh bien Monsieur restait comme un piquet, le tabouret à côté de lui. Ce qui lui revient? Le sourire avec lequel le roi félicitait son frère pour des boucles de souliers, une dentelle, des rubans, une perruque (et là, fou de perruques comme il l'était, il ne cachait pas son déplaisir ni son envie... À propos, songe le Régent, comment réutiliser le cabinet de perruques du feu roi, par quoi remplacer les perruques?). Ce qu'il préférerait oublier? Son père suppliant le Roi afin d'obtenir un poste ou un avancement pour un de ses favoris. Et la complaisance de Louis XIV, trop heureux d'avoir fait de son frère une personne nulle. Monsieur, d'une coquetterie sans nom, manipulé par ses amants ou ceux qu'il désirait tels, absolument sans volonté, était un prince colifichet. Monsieur, dont Louis XIV dans ses dernières années, alors qu'il avait perdu un peu de sa vigilance, se servait comme d'un espion pour lui dénoncer les manquements à l'étiquette, les absences injustifiées, les génuflexions bâclées devant son lit-autel sacré, les ricanements et le mauvais esprit, les potins sur Mme de Maintenon, le libertinage.

Louis XIV avait émasculé la noblesse comme il avait émasculé son frère. Un maître en castration. Il y avait le roi Louis XIV, admirable incarnation de la virilité et de l'esprit de conquête, et à côté de lui, dans le rôle du faire-valoir sinon du repoussoir, son frère, chiffe molle, agitant ridiculement ses rubans, ses boucles, ses bijoux, ses hochets.

Il est le fils de cette folle.

Et il y a pire, il y a toujours pire, *sous cet enfant qui règne, un tyran inhumain, fameux par le poison...* Les mots haineux du billet sont là pour le lui rappeler. Quand ils sont morts, les uns après les autres, dans une proximité hallucinante, le Grand Dauphin, la duchesse de Bourgogne, son époux, leur fils aîné le duc de Bretagne, cela ne pouvait pas paraître naturel, les soupçons se sont dirigés vers lui, premier bénéficiaire de l'hécatombe, des soupçons qui lui pourrissent l'existence et lui font redouter, aux heures basses du doute généralisé, que le jeune roi n'y soit pas complètement indifférent; qu'il lui arrive, à lui aussi, de se méfier, de voir en lui le meurtrier de sa mère, de son père, de son frère, et de craindre pour lui-même… Est-ce pourquoi il l'a prié de remplacer entre eux « Monsieur » par « mon Oncle », l'affection virtuelle contenue dans le lien de parenté discréditant davantage le soupçon de crime ? En réalité, il le sait, le roi a grandi dans l'obsession de la mort, il a été élevé dans la certitude qu'on ne cherchait qu'à l'empoisonner. Cet arrogant de Villeroy, ce suppôt de malveillance, ce couard de premier ordre et désastreux homme de guerre, ce vicieux lecteur du *Livre des venins*, lui a inculqué l'idée fixe du cyanure, de la poudre de verre, de l'arsenic inodore et incolore.

Une délégation des habitants de Versailles vient lui demander l'autorisation de tirer un feu d'artifice pour saluer le retour du petit roi. Le Régent refuse. Dans le jour qui ne finit pas, il demeure immobile, tassé de lassitude et de dégoût. Il fixe le ciel immense, bleu pâle, au-dessus de ce jardin minutieusement dessiné, bientôt brouillé par l'entrelacs des buissons et des arbres, le fouillis d'une verdure prête à se confondre avec les bois. Il déteste Versailles. Il déteste la chasse, ne s'intéresse pas au jeu. Il est passionné d'opéra, de peinture, apprécie la conversation, l'humour. Toutes choses qui peuvent se greffer sur la vie à Versailles mais n'en constituent pas le cœur.

À l'origine et à jamais, Versailles est un monument à la chasse, au plaisir violent de la chasse comme délassement à l'exercice du pouvoir. Avec le passage de Louis XIII à Louis XIV et l'extension du palais nouveau à partir du pavillon de chasse ancien, le pouvoir l'avait emporté sur la chasse, mais chasser était resté dans l'emploi du temps royal extrêmement important. Le rite religieux de la royauté, d'une part ; le galop à la poursuite du cerf, d'autre part. La minutie heure après heure, d'une part ; le goût du sang, d'autre part. L'étiquette et la curée.

Il fait nuit, enfin – de cette obscurité sans merci qui est le lot de la campagne. Le Régent a hâte de se retrouver à Paris. Lorsque, de son carrosse, il se retourne sur le château, il aperçoit, qui se détachent des ténèbres, les fenêtres de la chambre du roi, scintillantes dans le vacillement des bougies. Ces points lumineux, si faibles et fragiles par rapport à la masse nocturne d'où ils émergent, le renvoient à la fois à sa peur de finir aveugle et à l'incertitude du futur de la royauté.

Une chose est sûre, il va lui falloir lui aussi se réinstaller à Versailles, et nombreuses seront les soirées qu'il va passer à se morfondre. Il pense à ce mot satirique qui circule : « Le Régent exilé à Versailles par ordre du cardinal du Bois ! » Oui il sera enchaîné dans ce désert de l'Ennui, et non pas, comme tout de suite, en route vers Paris, humant déjà l'air allégé du plaisir.

Dans la corbeille de ses bonheurs

On a dit vrai à l'infante. Il a bien été prévu qu'elle rejoigne le roi deux jours après son départ. La *Gazette* le confirme : « Le 17 après-midi, l'Infante-Reine arriva ici, et le Roi qui alla la recevoir, la conduisit par le grand appartement dans celui qui lui a été préparé. »

Elle s'agenouille, il la relève, s'agenouille à son tour, lui prend la main. Il répète la formule : « Je suis heureux que vous soyez arrivée en bonne santé », ou bien il se risque à varier : « Je suis content que votre voyage se soit déroulé sans incident », ou bien : « Je me réjouis de vous recevoir à Versailles, lieu de naissance de votre père, Sa Majesté le roi d'Espagne ». Peu probable que la bonne humeur l'entraîne à de telles improvisations. Il est davantage dans son caractère de ne pas dire un mot. Mais il est souriant et le bonheur qu'il a éprouvé en foulant de nouveau le pavé de la cour de marbre ne l'a pas quitté. Cet air de joie augmente encore sa beauté. L'infante-reine ne le quitte pas des yeux. Fidèle à elle-même, elle babille, ménageant de brefs silences pour qu'il réplique quelque chose, puis reprenant de plus belle, attentive à ne pas se prendre les pieds dans un tapis. Il la conduit chez elle. Il traverse les sept pièces du Grand Appartement, qu'il a repris de son aïeul. Il a posé sa tête au même endroit d'où émanait la voix mourante lui prédisant : « Mignon, vous serez un grand roi… » L'infante-reine est logée dans l'appartement de la reine, précédemment occupé par l'épouse de Louis XIV,

Marie-Thérèse d'Autriche (l'infante Maria Teresa, qu'elle ne peut pas voir en peinture), et par la Dauphine, la toute jeune duchesse de Bourgogne, mariée à douze ans. Ainsi il conduit la petite fille dans la chambre même qu'occupait sa mère. Et tandis que, dans le parc, il a envie de tout retrouver à l'identique, et que les herbages, les irrégularités, la rouille, les vasques, les statues fêlées ou brisées ne l'empêchent pas de croire que rien n'a changé, ici entre ces murs lambrissés de sombre, dans cette pièce où il a commencé de vivre et dont tous les meubles, tous les recoins, appartiennent à sa préhistoire, il lui semble ne rien reconnaître. C'est une étrangeté oppressante. Il est soudain la proie d'une panique et ressent comme un poids intolérable la présence en creux de l'oubli. Il s'en va. Il tourne le dos à la chambre aérée de peu, à maman Ventadour submergée par l'émotion et le soin des choses, à l'infante, aux dames de l'infante – et à un tableau intitulé *Départ à la chasse au faucon* : Trois ou quatre femmes se préparent à monter sur des chevaux richement harnachés. L'une d'elles, au premier plan à gauche, attire les regards : elle a de longs cheveux noirs, est habillée d'une large jupe et d'une redingote rouges. Elle est d'une minceur de liane. La nécessaire immobilité de sa silhouette peinte paraît relever d'une fixation irréelle dans la vie d'un être dont l'élément, comme pour une danseuse, est pur mouvement. C'est la duchesse de Bourgogne.

Finalement, personne ne regrette le Louvre. Mme de Ventadour est ravie de son appartement (« Sire, Versailles nous est très commode je vois le roi à tous moments et il en profite et nous aussi il me fait l'honneur de venir très souvent jouer chez moi qui ai l'appartement de Mme de Maintenon j'ai aussi celui de monsieur le duc de Bourgogne qui tient à celui de la rayne »), l'infante du sien : elle occupe la chambre de la reine, cela lui convient tout à fait. Elle est ainsi beaucoup plus proche du roi qu'au Louvre, et plus visible dans son titre d'épouse. Versailles est très grand certes, mais pas trop grand pour elle. Dans ces salles démesurées, face à ces ciels immenses, son être se dilate. « Chez moi ! » répète-t-elle en riant. En même temps, il lui faut tout recommencer à zéro. Il lui faut reprendre la tâche de s'adapter, de cerner son territoire. Marie Anne Victoire, comme pendant son voyage, a la sensation d'un sol mouvant, d'une avancée en plein inconnu. Elle tend son attention, s'efforce de retenir ce qu'on lui dit, répète les sons, les mots nouveaux. Elle délimite son royaume. Elle se crée un monde à sa mesure, transpose en Versailles sa forêt de mousse. Et, avec sûreté, fait chaque jour de nouvelles conquêtes.

Le roi est souvent à jouer chez la duchesse de Ventadour. Il passe aussi du temps chez l'infante. Celle-ci, une fois, est saisie d'une inspiration. La gouvernante, encore outrée, écrit : « Elle voulut même se coucher pendant que le roi jouait chez elle parce qu'elle voulait qu'il la vît au lit. » Le roi, en train de jouer au jeu de l'oie, prend peur de cette infante en qui, soudain, il ne voit plus un bébé.

L'infante aime son lit. Il est plus haut que celui du Louvre. On y a pourvu : il a été commandé un « petit escalier de bois de sapin en manière de marchepied, couvert de damas rouge » pour qu'elle « monte sur son lit ». L'infante devient maniaque du marchepied qui la hausse jusqu'au lit de la reine. Elle le monte et descend à tout bout de champ. Elle s'en sert aussi comme d'un théâtre en étages pour exposer, selon la hiérarchie de l'heure, les poupées favorites. Les déshéritées enfouies dans leur malle sont en rage. Certaines se cassent leur tête de bois contre le bois qui les contient.

Il a fallu fixer solidement la balustre sculptée et dorée qui entoure son lit, car elle aime s'y appuyer et regarder passer le défilé des hommes aux mollets multicolores, le manège des plissés et volants et des traînes qui balaient le parquet.

Dans la corbeille de ses bonheurs, menus plaisirs et grandes joies, elle peut aussi ajouter les promenades en bateau sur le Grand Canal, les couloirs marbrés où elle s'élance de toute la force de ses petites jambes, pour courir, ou glisser, jusqu'à ce qu'elle tombe (Mme de Ventadour s'affole. On ramasse l'infante, l'allonge, on frotte ses tempes d'eau de Cologne. À la première distraction de ses anges gardiens, elle s'échappe à nouveau).

Elle aime accompagner les garçons de la chambre quand ils ferment les volets, tirent les rideaux, font la nuit dans le château des Grandeurs.

Elle aime se pencher sur les algues fleuries des bassins et, à l'aide d'un crochet, les rapprocher d'elle.

Elle aime se laisser chatouiller par les dentelles de la coiffure à la Fontange de maman Ventadour et, juste avant de s'endormir, que Marie Neige lui chante une chanson espagnole en lui caressant les joues d'une mèche de ses cheveux.

Elle aime l'allée des Marmousets.

Elle aime s'arrêter devant la vasque à la fillette et lui faire des grimaces.

Elle aime passer à quatre pattes sous la table du cabinet du Conseil, et dans le parc, dès qu'on la perd de vue, se faufiler dans l'obscurité des fragments de forêt partout découpés par des palissades. Elle préfère la forêt de bambous pour la musique de son feuillage.

Elle aime être le centre du monde. Elle aime qu'on la perde de vue.

Elle aime les arcs-en-ciel et les feux d'artifice.

Elle aime l'envol des hérons, est fascinée par les hérissons.

Elle aime quand, pour la millième fois, on la presse à propos de l'Espagne et qu'on veuille savoir si elle regrette son pays, prendre Poupée-Carmen, se cacher derrière elle, et lui faire répondre de sa voix suraiguë de poupée : « Oui et non. »

Elle aime qu'au détour d'une allée, dans la lumière du matin, à l'heure du coucher de soleil, à n'importe quelle heure, et n'importe où, le roi apparaisse.

Elle aime que le roi l'aime et pouvoir l'écrire à sa mère : « Mon aimable Maman le roi m'aime m'aime de tout son cœur. »

L'infante, à Versailles, comme elle le faisait au Louvre, ne s'endort pas sans avoir fait attention à laisser à côté d'elle dans son lit une place pour son roi. Elle-même, quoique si menue, dort serrée sur un bord.

L'emploi du temps du roi est devenu plus studieux. Il reçoit, sous la direction du Régent et du cardinal Dubois, des leçons sur la politique et l'économie du royaume et les relations diplomatiques avec l'étranger. Elle, sous les mêmes maîtres qui avaient éduqué le roi dans sa petite enfance, apprend à lire et à écrire. Elle brûle d'impatience de pouvoir lire les lettres de ses parents et leur répondre. Elle envoie en bas des lettres de sa gouvernante des spécimens de l'état présent de son écriture. Assise à son petit bureau en train de recopier ses lignes : En as sem blant des voyel les et des con son nes on for me des syl la bes : VÉ RI TÉ DO MI NO MI DI BI DA SSO A elle éprouve pleinement le sérieux de sa tâche. Être illettrée quand on est en situation d'exil est une chose terrible. L'infante en est consciente.

Un mardi, jour où le roi reçoit les ambassadeurs, il lui apporte son propre cahier d'écriture. Elle suit du bout d'un doigt les lettres tracées par la main aimée. Elle redouble d'application, s'évertue à écrire exactement comme lui. Par excès de tendresse elle a tendance à appuyer trop fort sur la plume.

Elle a aussi des leçons de maîtres de danse, de musique, de chant, de maintien, de dessin, mais tout cela vaut à ses yeux pour du divertissement.

Quand elle est sage on lui accorde, en récompense, le droit d'aller faire visite au roi, quelquefois même pendant ses matinées d'étude. Alors elle reste bien tranquille sur un petit fauteuil, tandis qu'il répète sa leçon d'histoire ou fait de l'exercice d'équitation sur un cheval de bois. Elle est sans cesse sur le point de poser une question.

Le roi est beau, élégant, attentionné, savant, il promet d'être excellent cavalier. Pour ne rien dire de sa religion : il est le roi très chrétien, et elle, la reine, l'accompagne avec ferveur. « Son amour pour le roi ne va qu'en augmentant », écrit Mme de Ventadour.

On leur a fait reprendre à tous deux le rite de la traversée de la Grande Galerie pour se rendre à la chapelle : « Tous ceux qui la voyaient avec le roy qui lui donnait la main tout le long de la galerie étaient en extase » (Mme de Ventadour). De chaque côté les courtisans font la révérence. Le « couple charmant », selon l'expression du cardinal Dubois, ravit les spectateurs. Et ceux qui se rappellent la phrase de Louis XIV sur la sévère géométrie des jardins de Le Nôtre, « Cela manque d'enfance », peuvent croire qu'avec un roi de douze ans et une reine de quatre Versailles va prendre un bain de jouvence, qu'à la pierre des murailles va se substituer l'immatériel d'une douceur : ce duvet d'enfance…

Deux portraits du roi et de la reine d'Espagne ont été accrochés avant l'entrée de la chapelle. L'infante s'incline et se signe devant chacun d'eux. Elle leur envoie des baisers et des « petites gentillesses d'amitié ». Elle fait la même chose avec les statues dans le parc, qui, par contraste avec les statues religieuses espagnoles, couvertes de draperies précieuses, coiffées de bijoux, lui paraissent aussi dénudées que les statues religieuses françaises.

Si pour l'infante la traversée de la Grande Galerie fait partie de ses bonheurs, le service religieux dans la chapelle de marbre blanc, d'or et de fleurs, est pure exaltation. Leurs prie-Dieu, à la tribune, se touchent ; s'élèvent des voix d'anges, plane la colombe. Entre ses doigts gantés de blanc Marie Anne Victoire vérifie que le roi ne s'est pas envolé avec le Saint-Esprit.

Juillet est délicieux. L'exploration du château et de son parc accapare l'infante. Dans certaines salles les planchers sont à refaire, des vitres sont cassées. D'humbles miséreux ont trouvé asile dans les soupentes, d'autres, plus insolents, se sont installés au rez-de-chaussée dans les appartements princiers. Ils sont les premiers chassés par l'armée des frotteurs qui inonde de cire tout le palais. Les autres ne seront peut-être jamais repérés, comme cette famille de chouettes blanches nichée dans un cabinet de lecture. Dehors, les herbes ont poussé au hasard, les pourtours des pelouses ont disparu, fondus en de vastes prairies. L'infante, la tête protégée d'une capeline qu'elle balance d'un geste décidé dans les herbages, cueille des coquelicots. Comme si le parc s'était métamorphosé selon les désirs de Madame, et que sa leçon des fleurs des champs avait créé ce nouveau paysage. Hélas! la santé de Madame décline. Elle est souvent obligée de se décommander. Marie Anne Victoire reçoit, au lieu de la chère présence, une corbeille de cerises. Elle les mange d'un air triste. Quand elle n'a pas le cœur de les manger, elle en porte quatre en boucles d'oreilles.

Un après-midi orageux, Madame réapparaît. Elle est loin d'être aussi pétulante que ses chiens, mais elle a assez d'énergie pour entraîner l'infante du côté de Trianon. La petite fille la félicite sur le retour de sa santé, à quoi Madame répond : « Grâce à Dieu, j'ai neutralisé les initiatives des médecins, sinon je serais morte. Je leur ai déclaré il y a longtemps : "Ma santé et mon corps étant à moi, j'entends les gouverner à ma guise."

– Ils vous ont obéie?

– Ils m'ont obéie. Et vous aussi, ma chère enfant, ne l'oubliez pas, votre santé et votre corps sont à vous

– ... et j'entends les gouverner à ma guise. Je suis reine de France, et de mon corps. »

La Palatine reste à souper. Gouverneurs et sous-gouverneurs, précepteurs, maîtres des cérémonies et experts en bonnes manières ne sont pas à la fête. Madame mange, comme le roi Louis XIV, rappelle-t-elle, avec ses doigts et un couteau. C'est bien meilleur quand on touche sa nourriture. Elle n'a rien à faire des précieux qui jouent les intéressants avec des fourchettes. L'infante plonge les deux mains dans sa purée de petits pois.

Moiteurs putrides

Quand ils sont soustraits aux mauvaises influences comme celle de la Palatine, l'enfant roi et l'infante-reine sont de parfaits manieurs de fourchettes. Il leur arrive de prendre leur repas en public. Leurs performances sont aussi réussies à table qu'à l'église ou dans la traversée de la Grande Galerie. Louis XV et Marie Anne Victoire sont des petites personnes modèles, des perfections en miniatures.

« Notre roy lasse tout le monde sans se lasser. Il croît et engraisse en même temps. Je ne crois pas qu'il y ait un plus agréable visage dans le monde que le sien, sans aucune complaisance. Ce sera un Roy et une Reyne dignes de l'admiration de leurs sujets. Hier, votre cher enfant étant à table, il y avait un monde infini à la voir manger. Elle dit : "Il fait chaud, mais j'aime mieux avoir cette peine et me laisser voir à tout mon peuple", ce qui remplit tout le monde de joye.

P.-S. de la Reine : Le Roy mon mary vous remercie bien et mon bon papa de toutes les amitiés que vous luy faites dans la lettre de maman Ventadour ; il l'a dit devant moy et j'en suis bien aise, car je sens pour mon cher papa et ma chère maman une tendresse démesurée.

Marie Anne Victoire. »

L'infante charme par sa bonne humeur et par ses répliques. Par exemple, à l'ambassadeur du Portugal qui après avoir pris des nouvelles de sa santé lui demande si « elle trouve la France et Versailles plus beaux que Madrid elle répond : "J'ai eu toutes les peines du monde à me séparer de mon père et de ma mère mais je suis bien aise d'être reine de France" ». Son esprit, dit-on, tient du prodige. On admire, on s'extasie. Et si c'était trop, si elle avait trop d'esprit pour survivre ? On rit, on l'applaudit, mais on se chuchote la prédiction de Nostradamus :

Peu après l'alliance faite
Avant solenniser la fête,
L'Empereur le tout troublera,
Et la nouvelle mariée
Au franc pays part liée,
Dans peu de temps mourra.

Sous les parquets décloués, dans les armoires vides, les couloirs d'ombre, les chambres d'enfants déshabitées, les berceaux d'agonie, rôde la Mort. La « nouvelle mariée » parfois pleure dans son sommeil, a des fièvres inexpliquées. Elle enveloppe ses poupées dans des suaires, les aligne dans le salon de la Paix.

Le roi attrape froid au retour d'une chasse au lapin. Il a les bas trempés mais, tellement habitué à être habillé, déshabillé, servi en toutes occasions, il reste sans rien dire, les pieds glacés.

Un autre jour, il s'évanouit à la messe.

L'infante, blême, voudrait le prendre dans ses bras.

Des rumeurs reviennent sur le mauvais air de Versailles, les miasmes, les corruptions en tous genres que cet ancien marais favorise.

L'infante aurait trop d'esprit pour vivre longtemps, le roi trop de beauté pour garder longtemps son pucelage. Louis XV est l'objet de manœuvres de séduction de la part des deux sexes, de complots pour avoir barre sur lui par le prestige de la volupté. Aux Tuileries déjà le jeune garçon avait parfois la surprise de voir déboucher de la pénombre d'une salle adjacente et croisant comme par hasard son champ de vision des jeunes filles d'un éclat extraordinaire, paysannes, princesses, sultanes... Pour donner un air de vraisemblance à l'apparition, celle-ci s'accompagnait d'une mise en scène, comme pour ces deux bergères, une blonde et une brune, exquisément pomponnées, partiellement dénudées, qui jaillirent dans son jeu de mail à la poursuite d'un mouton. Un frémissement de convoitise arrêta les joueurs. Tous, sauf le roi, mécontent qu'un mouton osât perturber son jeu. Les complots pour le faire succomber aux appas féminins étaient d'autant plus acharnés qu'ils contre-attaquaient une position offensive très ferme de la part d'un petit groupe, agissant dans l'intimité du roi et sûr de bénéficier dans ses efforts de captation du corps royal et impubère d'un accord implicite, d'une trouble connivence. Il y avait un « on dit » qui pour le moment ne dépassait pas le milieu de la cour : Louis XV semblait uniquement sensible aux charmes masculins, à la beauté en miroir de compagnons à peine plus âgés que lui. Lorsque, selon l'usage pour les futurs rois de France, on l'avait à sept ans « fait passer aux hommes », c'est-à-dire arraché des mains de maman Ventadour et confié à un entourage et à des gouverneurs et instructeurs tous hommes, n'y était-il pas passé *vraiment*? Les interrogations, les soupçons restaient entre soi. Il était essentiel qu'ils ne s'ébruitent pas le temps que les penchants du roi soient corrigés. Mais ce qui aux Tuileries restait inaperçu, à Versailles s'affiche et provoque la réprobation publique.

Ils portent de grands noms et ont été tout naturellement désignés comme les favoris du roi. Ils s'appellent le duc de Boufflers, le duc d'Épernon, le duc de Gesvres, le marquis de Meuse, le comte de Ligny, le marquis de Rambure, M. d'Alincourt, petit-fils du maréchal de Villeroy… Ils sont pour la plupart mariés, n'ont pas plus de vingt ans, ont envie de rire, trouvent plus excitantes les caresses interdites, la baise furtive dans les coins propices du château que le coït conjugal. Ils entourent le roi, ont accès à sa chambre, se faufilent dans sa garde-robe, où ils le caressent, guident sa main, lui apprennent à jouir sans souci de femmes ni d'engrossements. Propos feutrés, enfoutrés.

Le roi n'a sur lui qu'une robe de chambre de satin blanc et de longs bas. M. d'Alincourt prend le sexe de Louis de sa main gantée de noir sur laquelle brillent plusieurs bagues. Il fait gémir le garçon qui se laisse doucement glisser contre lui. Le très joli Charles Armand René, duc de la Trémoille, âgé de seize ans, premier gentilhomme de la chambre du roi, observe la scène. Lui-même assis sur un tabouret a le souffle pressé, les mains tremblantes. Il a sur les genoux son travail de broderie interrompu. Il n'est pas jaloux, les progrès du roi sur la voie de la pédérastie devraient tourner à son avantage. À l'instant de l'orgasme il avale coup sur coup trois rondes pâtes de fruits gorgées de liqueur de poire.

Il fait chaud. La moiteur putride, pénible aux vieilles gens, à eux leur plaît. Elle donne envie de s'étreindre, de se mordre, de batifoler nus dans les bosquets. Nuit après nuit ils s'assemblent dans les ténèbres, forniquent au pied des statues de Diane chasseresse et de Louis XIV cuirassé. Le parc leur appartient. Ils se sentent l'audace des Satyres. Le côté du jardin ne leur suffit pas, ils s'aventurent du côté des gardes et des grandes grilles, jusque dans la cour de marbre – jusque sous les fenêtres du duc et de la duchesse de Boufflers. Réveillés par le bruit, ceux-ci se mettent à leur fenêtre et découvrent... leur propre fils, le cul à l'air, s'offrant, toute pudeur piétinée, au jeune marquis de Rambure. D'autres fenêtres s'ouvrent et dans un éclairage de pleine lune le joyeux groupe est pris en flagrant délit de turpitudes, là même où sous le règne précédent Molière jouait la comédie. Dieu merci le petit roi dort à poings fermés.

Les libertins sont sévèrement tancés, certains envoyés à la Bastille, d'autres exilés par lettres de cachet sur demande de leur famille. À Paris plaisanteries et quolibets pleuvent. Louis XV s'étonne de ne plus voir auprès de lui aucun des plus divertissants de ses amis. On lui explique qu'ils ont été punis pour avoir arraché des palissades du parc de Versailles. La notion d'« arracheurs de palissades » obtient un beau succès parmi les courtisans et au-delà. Le roi l'accepte sans commentaire. C'est peut-être le doux duc de la Trémoille qui se charge de lui expliciter la formule. Il peut même lui rendre plus claires les postures en lui brodant la scène sur un des paysages idylliques de ses ouvrages en cours.

Cependant, peu de temps après le scandale des « arracheurs de palissades » et en liaison avec – mais ça il ne le sait pas –, le roi constate une nouvelle disparition qui le touche au cœur de son existence : celle du maréchal de Villeroy, son gouverneur, qui avait été nommé par Louis XIV, et ne le quittait ni de jour ni de nuit, convaincu qu'il était que sans une telle vigilance le petit roi périrait aussitôt, empoisonné comme ses parents. L'ennemi pour lui était Philippe d'Orléans. La réciproque, on l'a vu, était vraie. Le Régent tenait en horreur Villeroy. Le comble fut atteint quand Villeroy prétendit interdire les tête-à-tête entre l'oncle et son neveu : Villeroy avait passé les bornes de ses prérogatives. Mais le Régent ne pouvait pas simplement le démettre de ses fonctions. Il lui fallait un prétexte. Les « arracheurs de palissades » le lui fournirent, grâce à la présence parmi eux du petit-fils du maréchal.

Tout se fait vite. Un après-midi, M. de Villeroy se rend en chaise à porteurs dans le cabinet du Régent, situé de plain-pied avec les jardins. Après un échange peu amène il reprend place dans sa chaise, mais les porteurs, au lieu de le ramener dans ses appartements, courent en direction de l'étang de Satory. Ils passent sous les fenêtres de l'infante-reine, le long de l'aile du midi, et le vieux gouverneur se retrouve dans un carrosse, lequel, bien verrouillé et tous rideaux baissés, l'emporte au galop vers son exil.

Le roi guette le retour de M. de Villeroy. Il le fait chercher. Les heures passent. M. de Villeroy est introuvable. Le roi s'affole. Sans la protection de M. de Villeroy il va mourir. L'air même qu'il respire lui semble maléfique. Quand vient la nuit, sa peur se déchaîne. Il supplie qu'on lui ramène son cher gouverneur, «grand-papa Villeroy». La proximité du Régent, venu à son chevet pour le rassurer, accroît sa panique. L'enfant hallucine la trajectoire glaçante du poison en lui, l'œuvre de destruction ayant devancé l'apparence de vie. Il se croit mourant et même déjà mort. Il continue d'être traité et d'agir en vivant alors que, empoisonné jusqu'à l'os, il a trépassé – comme son aïeul, sanglote-t-il; c'était un mort qui s'était adressé à lui et lui avait promis qu'il deviendrait un grand roi, à lui, mort à son tour, sans avoir eu le temps de rien.

Quand, deux jours plus tard, arrive André Hercule de Fleury en remplacement de M. de Villeroy, l'enfant ne s'alimente plus, ne boit pas, évite de toucher des papiers ou des lettres qui lui sont destinés, se garde de respirer des fleurs, et même simplement de respirer... Il est mort des dizaines de fois en imagination. Ce prélat élégant et plein de douceur, qui lui est déjà familier, s'efforce de le sauver de ses cauchemars. Il circule à Paris que « le roi paraît assez gai en public mais en particulier il est triste et se plaint et pleure la nuit ».

Espagne, été 1722

«*Saint Ildephonse*»

La chaleur et la difficulté de résister à la puanteur de Madrid, qui se fait sentir jusque dans le parc du Buen Retiro, ont conduit Philippe V et Élisabeth Farnèse à s'installer dans un climat plus frais. Ils sont à Valsain dans un pavillon de chasse au milieu de la forêt, choisi par Philippe V pour sa proximité avec l'objet majeur de ses pensées et l'unique ressort de son énergie : sa propriété de la Granja de San Ildefonso – «Saint Ildephonse» comme il l'écrit dans sa correspondance, en une orthographe francisée révélatrice de ce qu'il attend de la construction de ce palais. De Valsain, Philippe V et sa femme surveillent les travaux. Chaque jour ils se font mener sur les lieux, montent l'allée de cèdres qui ouvre sur les fondations de l'église. Elle sera magnifique, le joyau de son rêve secret. Prier Dieu sous les plafonds chamarrés, les fresques aux figures d'anges, dans les reflets des marbres ; et, au-dehors, s'enfoncer à travers roches et sapins sur les pentes de la Sierra. Et entre les deux ? Entre le palais du Seigneur et l'aride nature ? Ce sera le château de San Ildefonso. Le roi l'a conçu dans un pur esprit de nostalgie sur le modèle de Versailles. Philippe parcourt le terrain et situe l'emplacement des fontaines de Diane, de Latone, d'Apollon, des allées rectilignes, des tortues géantes identiques aux statues sur lesquelles il s'assoyait, enfant. Il presse, talonne, vérifie. Il est d'une impatience qui ne réjouit personne parmi ses proches, surtout pas, pour des motifs différents, Élisabeth et don Luis. La *Gazette* donne cette information : « Le Roi et la Reine doivent revenir le 8 de ce mois du château de Balsain [sic] à l'Escurial où le prince et la princesse des Asturies sont attendus le 6 avec les Infants. » Quelques jours plus tard un avis apprend que le roi et la reine ont modifié leur date de retour. Ils restent plus longtemps à Valsain. Une décision du roi afin d'accélérer les travaux. La reine est en train de découvrir un mauvais côté de sa symbiose avec le roi : son obsession de cette retraite sauvage. Toutefois, dans l'immédiat, retarder leur séjour à l'Escurial ne lui est pas désagréable. Elle n'a pas d'attirance pour ce couvent-château, et même avec les efforts de confort et de décoration qu'ils ont introduits dans l'aile qu'ils habitent, elle ne s'y plaît pas. En plus, c'est toujours du temps de gagné loin de sa belle-fille décidément impossible à fréquenter. Louise Élisabeth ne danse pas avec son mari, ni avec personne d'autre. Elle ne s'est pas davantage mise à chasser, ni à faire semblant d'aimer la musique. Elle s'absente des trois grandes activités de la famille royale. « La Goitreuse » ne communie en rien. Est-ce qu'elle s'est, en à peine six mois, exclue de la vie de Cour, de l'emploi du temps régulier des journées, de la succession des déplacements d'un château à l'autre selon les saisons ? Elle est sur la voie. Elle n'en est pas encore là. Les ponts sont fragiles entre la Couronne d'Espagne et la gamine égarée. Ils ne sont pas coupés. Ils ne peuvent l'être car sa raison d'être – à savoir son mariage avec le prince des Asturies et la progéniture attendue – est toujours à l'état d'ébauche. Les messages officiels sont au beau fixe. Le bon père de Laubrussel écrit au cardinal Dubois : « En exécutant même à la lettre les ordres de Votre Éminence, je n'aurais pas à la fatiguer d'un long détail, rien n'étant moins sujet à diversité que le train de vie de Mme la princesse des Asturies ; tout y est si bien rangé et ses heures si bien partagées qu'il n'y reste aucun vide. [...] Il ne lui a guère plus coûté d'apprendre la langue du pays que d'en respirer l'air, et je l'entends parler à ses caméristes comme si elle n'avait jamais vécu qu'en Espagne. [...] Le roi, la reine et le prince continuent de la chérir tendrement, et elle sait trop bien ses vrais intérêts et ses devoirs pour ne pas se conserver un bien si précieux. » Le jésuite en Espagne, le cardinal en France rivalisent de tableaux couleur de rose. Le jésuite parce qu'il est aveuglé par la conviction que l'ordre de Dieu et l'ordre de la royauté impliquent des personnages admirables, aux comportements de sages, le cardinal parce qu'il suit un dédoublement cynique qui lui permet d'écrire tranquillement le contraire de ce qu'il a sous les yeux.

L'angoisse de l'Escurial

C'est vrai, Louise Élisabeth jacasse allégrement avec ses caméristes dans la langue de leur pays. À la veille de partir pour l'Escurial, l'excitation entre toutes ces filles les rend spécialement bruyantes. Elles célèbrent l'été, le départ. Les deux Kalmikov, leurs cheveux blonds ébouriffés, donnent à Louise Élisabeth une leçon de fandango. Parler espagnol et danser le fandango, c'est pareil, lui disent-elles pour vaincre ses réticences. La Quadra a pris une guitare. Et le vin ? Il n'y a pas de vin ? Louise Élisabeth en envoie chercher aux cuisines, mais quand s'ouvre brusquement la porte ce n'est pas sur des jeunes filles réjouies porteuses de belles cruches, c'est sur une Mme d'Altamira fort hautaine. L'effervescence tombe à l'instant. Louise Élisabeth, dans un silence apeuré, continue de danser, le claquement de ses doigts fait un son mat et froid.

« L'Escurial est un couvent, un lieu pour la prière – un lieu calme. Leurs Majestés n'ont pas jugé bon, Madame, que vous soyez accompagnée de vos caméristes. Vous trouverez sur place les services nécessaires.

– Et le prince, mon époux, qu'a-t-il jugé bon ? »

Mme d'Altamira se retire sans répondre.

Ils sont partis à l'aube, pour les trois heures et demie que va prendre le trajet de Madrid à l'Escurial. Le carrosse du prince des Asturies est occupé par Louise Élisabeth, Mme d'Altamira, le père de Laubrussel. Les infants et leurs gouverneurs sont dans le carrosse suivant. Ils ont traversé les quelques larges avenues madrilènes au sol de terre battue. Elles sont déjà encombrées de voitures, troupeaux, carrosses, chaises à porteurs, ânes chargés d'énormes ballots, marchands ambulants, mendiants… Le prince est silencieux, son épouse aussi. Mme d'Altamira somnole. Seul le père de Laubrussel est d'humeur loquace :

« Quelle ville peut rivaliser avec Madrid ! Quelle capitale peut se targuer d'être plus grande !

– Paris.

– Je veux dire, chère princesse, plus catholique. Regardez comme se dressent les flèches des églises et des couvents, Madrid en est littéralement hérissée ! Quelle joie pour l'œil et pour l'âme ! Toutes ces croix tendues vers le ciel, mon Dieu, merci ! »

Louise Élisabeth voudrait dormir, n'y arrive pas, se résigne à contempler au sortir de la ville l'étendue rêche, les chênes rabougris. Rien à voir, constate-t-elle. Et elle referme les yeux afin qu'au moins on ne lui adresse pas la parole.

Elle a dû dormir. Il fait plein soleil, presque aussi chaud qu'à Madrid. L'apparition, isolée au milieu d'un horizon désertique, d'une gigantesque bâtisse de granit gris lui serre la gorge. On la voit de loin. Ses murailles sans fin, ses fenêtres étriquées, ses abords de prison pour assassins de grands chemins.

« L'Escurial compte mille deux cents portes et deux mille six cents fenêtres, annonce le prince.

– Deux mille six cents fenêtres et pas une personne à sa fenêtre ! dit Louise Élisabeth.

– Vous appartenez à un monde, Madame, où l'on ne se met pas à la fenêtre, la sermonne Mme d'Altamira ; sauf, bien entendu, par devoir de répondre à des ovations.

– Hélas ! » soupire le prince.

Louise Élisabeth regrette de s'être réveillée.

« Un grand édifice né d'un grand projet, dit le père de Laubrussel. Cet admirable couvent a été construit par Philippe II, le fils de Charles Quint, pour commémorer sa victoire de San Quintin.

– Une victoire contre qui ? demande par automatisme Louise Élisabeth.

– Contre les Français, répondent en chœur le prince et le jésuite.

– C'est gai.

– Philippe II, continue le jésuite, avait un autre motif, plus pieux : fonder un panthéon royal.

– De plus en plus gai. »

Un moine cendreux se tient à l'entrée. Louise Élisabeth voudrait rebrousser chemin. L'intérieur confirme ses pressentiments. L'ombre et le gris dominent. La succession de patios ne procure pas d'échappées. Le ciel d'un bleu intense n'ajoute pas une note d'espoir, il joue plutôt comme le rappel d'une loi inflexible, pense confusément Louise Élisabeth, tandis qu'elle prend connaissance de la partie réservée aux Bourbons, d'un esprit aussi opposé que possible à celui établi par Philippe II. Mais c'est comme pour le ciel bleu, les enjolivements : tapisseries et tapis soyeux, décorations de bergers et bergères, fleurs peintes ou fraîches laissent intacte, s'ils ne l'aggravent pas, la sévérité régnante.

Entre Leurs Majestés à Valsain et le prince des Asturies la correspondance est quotidienne. Le roi rédige sa missive : « Jay este fort aise de lire dans vostre lettre d'hier, mon tres cher fils, que vous étiez arrivé heureusement à l'Escurial et j'attends des nouvelles de votre chasse… » Sur le même papier, à sa suite, la reine répète, avec de minces variations, ce qu'a écrit son époux. Le prince enchaîne : « Cet apres dine j'ai manqué un daim assez bien et nous avons vu cinq cerfs fort gros deux beaux et deux autres passables mais je ne les ai pas pu tirer… »

« Je prends part à votre peyne du mauvais début de votre chasse, mon très cher fils, mais vous aurez peut-être pu réparer cela aujourd'hui… »

Et, en effet, il y a de bons jours qui réparent les mauvais : « Je reviens chargé de trois cerfs, je vais faire le récit à Vos Majestés de tout ce qui s'est passé… »

Philippe V répond : « Je me réjouis avec vous, mon très cher fils, de votre bonne chasse d'hier… » Élisabeth Farnèse confirme : « Je me réjouis infiniment de la bonne chasse que vous avez faite et j'espère qu'elle sera suivie de beaucoup d'autres. »

Pendant que le prince chasse, Louise Élisabeth se promène à cheval. Elle va de plus en plus loin sur les pentes et dans les replis de la sierra de Guadarrama. Prendre des risques la distrait. Elle lance sa monture sur des éboulis, la fait sauter par-dessus des failles. Jusqu'à ce qu'un jour le cheval dérape et l'envoie chuter la tête contre la roche. Elle saigne beaucoup mais la blessure n'est pas trop grave. Le crâne déformé par un bandage, elle songe qu'une fois de plus elle a une tête impossible. Immobile, bras et pieds soigneusement recouverts selon la coutume espagnole, elle est allongée les yeux fixés sur l'éternel azur. Elle s'ennuie de ses femmes. Elle s'ennuie des bruits de Paris. Elle donnerait plusieurs de ses diamants pour la voix menue des vendeuses de limonade sous les arbres des Champs-Élysées, ou celle, prometteuse et usée, des diseuses de cartes du Palais-Royal. Elle s'ennuie. Elle donnerait tout pour qu'un de ces grands oiseaux du ciel, vautour ou épervier, sans cesse à tracer leurs cercles au-dessus de l'Escurial, l'emporte.

L'accident de la princesse permet à don Luis de nourrir sa correspondance d'une nouvelle. « Au reste », débute-t-il sur le même mode que Leurs Majestés lorsque, par exception, se produit un événement étranger à la chasse.

Pour lui changer les idées, et pour sa propre curiosité, le père de Laubrussel propose à Louise Élisabeth une visite du côté des Habsbourg, dans l'Escurial de l'Autriche – un territoire livré à la poussière et aux vestiges d'une foi sans merci. Dans les pas d'un serviteur muni d'un flambeau ils parcourent tous deux, elle appuyée au bras du père jésuite, des longueurs de couloirs d'étranglement, avant de déboucher sur des pièces de dimensions restreintes aux ouvertures étroites ou même aveugles. De cette tristesse de chambres abandonnées se détachent, à la lueur de la flamme, quelques meubles, lits, bureaux, paravents. Ils accentuent l'effet de vide, mais les murs, eux, sont surchargés. Ponctuées de crucifix en bois, en ivoire, en argent, d'innombrables toiles peintes rappellent et glorifient les supplices par lesquels les saints furent martyrisés. Têtes tranchées, seins coupés, yeux crevés, membres rompus, déchirés, cloués, corps enchaînés, frappés, ensevelis vifs, percés de flèches, dévorés par les lions… Louise Élisabeth et le père ont du mal à poursuivre. De ces visages défigurés par la souffrance mais au regard extatique, ils reçoivent de plein fouet le cri muet.

« Et celui-ci, qui revient tout le temps, mis à brûler sur un gril, qui est-il ? demande Louise Élisabeth.

— Saint Laurent. L'Escurial lui est dédié. Au point même que son plan a la forme d'un gril. Comment ? Vous l'ignoriez ?

— Un château-supplice ! » Et, avec sa pâleur et son crâne blessé, elle se voit comme la dernière en date des suppliciées.

Don Luis vient offrir une nouvelle édition des contes de Mme d'Aulnoy à son épouse. Celle-ci est contente. Ils se taisent ensemble et flottent dans une atmosphère apaisée. Ils entendent un bruit de voitures, la course des laquais, des ordres donnés par la voix autoritaire d'Élisabeth Farnèse. Le charme est rompu, la douceur s'enfuit. Don Luis doit accueillir le roi et la reine.

« S'il vous plaît, restez encore un peu, je me sens mal le soir dans ce palais.

— Et la journée ?

— Le jour c'est plus facile.

— Vous avez, grâce à Dieu, Madame, une certaine chance. Pour moi jour et nuit sont identiques. »

Il lui baise la main avec le respect habituel et ose, d'un doigt, une caresse sur sa joue.

Versailles, août-décembre 1722

Une guerre pour jouer

Bientôt, au château de Versailles, rumeurs, maladies, maléfices, scandales, tout est balayé. Le « couple charmant » l'emporte sur le mal. Le roi reçoit, dans la chapelle du château, le sacrement de confirmation par les mains du cardinal de Rohan, grand aumônier de France, qui lui avait fait auparavant une exhortation très éloquente. Cette cérémonie se déroule en présence du Régent, du duc de Bourbon, du comte de Clermont, du prince de Conti et d'un grand nombre de seigneurs et dames de la Cour. L'après-midi le roi assiste à vêpres. Mme de Ventadour s'émerveille : « Ce 9 août, Sire, Votre Majesté remplie de piété comme elle est aurait été très aise de voir notre roi recevoir la confirmation avec la modestie et la dévotion avec laquelle il la recevait hier tout le monde avait envie de pleurer et le discours du cardinal de Rohan qui fut admirable. Ma petite rayne était en haut vis à vis de luy. Ses petites mains jointes qui priait Dieu pour lui et qui toute la journée dit des choses admirables. La duchesse de B. vint lui faire sa cour, elle en était ébahie par ses façons et ses manières toutes charmantes qu'elle a quand elle veut plaire. »

Deux semaines plus tard, le roi fait sa première communion. Son recueillement suscite les louanges. Il fait des stations dans plusieurs églises de Versailles. L'infante, dans une robe bleu ciel, chamarrée de médailles et de croix, les mains jointes sur son chapelet de perles, palpite de joie. Le roi, c'est normal, est davantage fêté qu'elle ; pourquoi s'en offusquerait-elle ? Elle connaît la gravité du sacrement de première communion et, dans sa candeur, est convaincue que tout ce qui ajoute à la valeur du roi vaut pour la sienne propre.

Le Régent lui-même est sensible à ce souffle de vertu, il songe à se séparer de sa maîtresse afin que son immoralité n'agisse pas, telle une gangrène, dans l'espace de pureté où se déplace le couple innocent.

Madame vient le plus souvent possible faire sa cour à l'infante. Le cérémonial est toujours le même. Dès que Marie Anne Victoire entend que l'on annonce l'arrivée de Madame, elle quitte tout pour se jeter dans ses bras. Puis, la tenant par la main, l'infante conduit la vieille dame dans sa chambre. Elle prend pour elle-même un siège de poupée et désigne à Madame un fauteuil. Alors se relance entre elles une conversation infinie. Mais dans le plein été Madame est à Saint-Cloud. Elle vient moins souvent. L'infante se languit du temps où elles habitaient en voisines. On lui a expliqué que Madame rentrerait au Palais-Royal à l'automne. Dès septembre elle espère, mais c'est en octobre qu'elle apprend la bonne nouvelle aussitôt contredite d'une mauvaise : Madame, fin août, a eu la jaunisse. Ses pieds sont tellement enflés qu'elle ne peut bouger. Elle vit par la mémoire. Elle contemple une carte du Palatinat, qu'elle a fait poser devant son lit. Une «belle carte, écrit-elle, dans laquelle je me suis déjà beaucoup promenée. Je suis déjà allée de Heidelberg à Francfort, de Mannheim à Frankenthal et de là à Worms. J'ai visité aussi Neustadt. Bon Dieu cela me fait penser au bon vieux temps qui ne reviendra plus».

Il manque quelque chose à l'éducation du roi. Il lui faut, sans mettre ses jours en péril, l'expérience de la guerre. On pourrait de loin le faire assister à des combats, mais la France est en paix. Eh bien misons sur le théâtre! Construisons pour la circonstance un fort, prenons des soldats du bataillon du roi, divisons-les en deux partis : assaillants et assiégés, baptisons Hollandais les assiégés. Ce sera le camp de Porchefontaine, à côté de Versailles. Le spectacle de ce siège imaginaire attire un grand public, les soldats s'en donnent avec vigueur tout en faisant attention à ne pas se faire de mal. Le roi conduit l'attaque, il lance au hasard, mais avec sérieux, les termes de bastions, fossés, demi-lune, etc. L'infante-reine, installée en tribune, assiste aux combats, elle frémit au bruit du canon et tremble de perdre de vue ne serait-ce qu'une minute le roi caracolant à la tête de son armée. Les Hollandais résistent juste ce qu'il faut. Impérieuse, en fin de journée, l'infante rappelle : «Messieurs les soldats, comptez les morts, épargnez les blessés» (à un moment où elle a constaté du laisser-aller du côté de soldats étendus au sol – certains en profitent pour chiquer – elle fait transmettre ce message par ordre de la reine : «Que messieurs les tués se tiennent mieux »). Elle se faufile pour être la première à féliciter le roi. La victoire approche, les Hollandais vont flancher. Il y a de plus en plus de gamins qui viennent observer les combats. Ils apportent leurs armes : lance-pierres, bâtons, cailloux, avec eux les échanges prennent de la réalité. Un Hollandais, la figure abîmée par une grosse pierre, gueule à la trahison.

Creusement de tranchées, lignes touchées, attaquées, explosions de bombes en carton, espions pendus en effigie, les voyous sont écartés et le théâtre reprend comme il se doit. Le fort de Montreuil bourré de ses Hollandais capitule le 29 septembre après plus de dix jours de résistance. À la fin, les combats s'intensifiant, le roi est mené sur les lieux la nuit aussi, les blessés poussent des cris, et dans la lueur des feux qui dramatisent encore davantage ces scènes le garçon serre de toutes ses forces sa jolie baïonnette incrustée d'or et de nacre. Entre deux assauts il collationne de raisin muscat et marrons rôtis.

Il joue à la guerre. Elle joue à la poupée. Quel équilibre plus parfait ? Tout semble dans l'ordre. Dans *leur* ordre. Les adultes ne seraient-ils que des fantoches à leur disposition, des figurants pour bals et batailles d'enfants ?

« Le roi te touche, Dieu te guérisse »

L'infante exige des explications. Le sacre du roi, le grand événement vers lequel elle était passionnément tendue aura lieu sans elle. Elle n'ira pas à Reims. Elle ne sera pas de la cérémonie. Marie Anne Victoire pleure à gros sanglots. Au château on ne parle que du sacre. Les préparatifs constituent l'unique occupation du moment. On lui montre les habits que le roi doit porter. Elle les tâte, les soupèse. Elle s'inquiète de leur poids. Elle a peur que son « mari le roi » soit épuisé de seulement revêtir des vêtements aussi pesants. Comment pourra-t-il se tenir debout, marcher, momifié dans ces chapes d'or et d'argent, coiffé de cette couronne ? Il y a deux couronnes, lui explique-t-on, une de cérémonie qu'il portera peu, la couronne en or massif, dite de Charlemagne, l'autre en vermeil, beaucoup plus légère, une couronne tout aller... Mais même la couronne en vermeil lui paraît trop lourde pour la tête de Louis. Elle s'adresse au roi en aparté : « Cette couronne, Monsieur, va vous causer d'affreux maux de tête », prend sa propre tête entre ses mains et gémit. Elle exagère et s'en rend compte. « J'essayais juste d'être pathétique », corrige-t-elle. Et ensemble ils admirent en détail la couronne.

La veille de son départ le roi vient la saluer. L'infante est pâle et défaite, mais digne. Elle se tient au ton de politesse adopté une fois pour toutes par le roi. Un ton qu'il nuance entre la distraction bienveillante, le franchement ennuyé, le discret ou l'ostensiblement exaspéré. Dans sa carte du Tendre à elle, aveuglement familier aux non-aimés, les révérences valent pour des baisers, les baisemains pour des étreintes, un mot gentil pour une déclaration passionnée.

À cette heure, parmi tant d'occupations d'essayage, de répétitions en vue du sacre, la distraction bienveillante l'emporte. Il lui dit au revoir, elle s'agenouille, il la relève et s'agenouille à son tour. Le ballet de leurs amours se répète et se déroule, immuable. L'infante se montre gaie à son souper. Elle mange de tout, même du potage pour faire plaisir au roi son père, à sa mère et au roi son mari. Elle accepte une seconde assiettée afin de grandir plus vite. Mais au jour du départ, l'infante ne se contient pas. Tambours, trompettes, fifres, se déploient pour accompagner le roi sur le chemin de son sacre. Une musique assassine. La petite fille est transpercée de douleur. « Le départ du roi pour le sacre, écrit Mme de Ventadour, la touche comme si elle avait quinze ans une douleur vive et sérieuse et jamais ne voulut se mettre à la fenêtre pour voir toute la maison du roy et tout ce qui l'accompagnait se bouchant les oreilles de peur d'entendre les timbales. »

Elle pleure, le visage caché dans un coussin. Cette passion si touchante, aujourd'hui qu'elle ne semble pas partagée, laisse le public à distance. Elle pleure. Et, toute reine soit-elle, son chagrin n'est pas traité avec plus d'égards que celui propre aux enfants – des « gros chagrins » qui font rire les grandes personnes, d'autant plus que s'y ajoute la drôlerie de chagrins d'amour.

Le roi joue le jeu, ou se sent forcé de le faire. Il se hâte d'écrire à l'infante. Mme de Ventadour peut rassurer les parents : « Dans le moment le roy lui vient d'envoyer un courrier de bon matin avec un petit présent. La lettre qu'il m'a fait l'honneur de m'écrire est charmante pour notre rayne et si elle me l'avait voulu rendre je l'aurais envoyée à votre majesté. »

Lorsqu'elle se couche ce soir-là, elle glisse la lettre dérobée sous son oreiller et n'oublie pas de respecter la place réservée à son époux. La place vide.

Le chœur des poupées coincées dans la malle, pleureuses en sourdine, accompagne de ses gémissements la fanfare du roi.

Aux premiers petits billets, aux premiers présents, l'infante est consolée : « Le roy mon mary m'a écrit de sa première couchée j'ai pleuré bien fort quand il est parti partout où il passera il songera à moi et moi à lui. »

La fable a repris ses droits. Le roi l'aime comme elle l'aime – pour l'éternité. Et quand enfin elle atteindra ses douze ans et sera assez grande pour donner un enfant à la France, ils s'aimeront comme s'aiment ses parents, sans jamais quitter leur lit. « Mais alors, interroge l'infante, dans quel lit dormirons-nous ? Le lit du roi ou le mien ? »

Elle pose la question à Mme de Ventadour, à Marie Neige, à l'abbé Perot, son maître d'écriture, à son maître de maintien, à son maître de musique, à ses dames, à ses servantes. Quelqu'un finit par lui répondre :

« Vous dormirez dans tous les lits, Votre Majesté.

– Tous les lits de Versailles ?

– Oui, tous.

– Et aussi les lits de Meudon, Marly, Fontainebleau, Chantilly, la Muette ?

– Oui, vous dormirez avec le roi dans tous les lits possibles et imaginables. Lits de plume et de verdure, lits suspendus, lits flottants, tapis de mousse… »

L'infante sourit.

Elle fait écrire à ses parents par sa gouvernante : « J'attends le roy mon mari avec impatience tout le monde l'admire. »

On raconte à Marie Anne Victoire les beautés du sacre, les différents épisodes de cette geste immémoriale. Elle apprécie particulièrement cette partie : Un cortège, avec à sa tête l'évêque de Laon, se rend à l'archevêché chercher le roi. Le chantre muni d'un bâton d'argent frappe un coup sur la porte de la chambre du roi et l'évêque de Laon dit qu'il demande à voir Louis XV. De l'autre côté, le grand chambellan répond : « Le roi dort. » Nouveau coup du bâton d'argent, nouvelle demande : même réponse. Ce n'est qu'à la troisième fois, sur : « Nous demandons Louis XV, que Dieu nous a donné pour roi », que la porte s'ouvre.
« Et le roi ne dort plus ? interroge l'infante.
— Non, Sa Majesté est couchée sur son lit, habillée d'une tunique de satin rouge, mais Elle ne dort pas. »
L'infante se demande si elle finira, elle aussi, par trouver la formule pour qu'il lui ouvre sa porte. Elle voit clairement que le roi est peu expansif, il l'aime mais reste muet. Elle voudrait pouvoir le changer. Elle prie pour qu'il devienne loquace.

Le jour du retour du roi à Versailles, l'infante reçoit de sa part, dans un joli panier doublé de soie blanche, trois oranges, deux limons et un citron. Ses griefs, déjà affaiblis, se dissipent. Elle est toute à lui et n'en peut plus de l'attendre. Elle déambule entre son appartement et celui de Mme de Ventadour, son panier au bras. Voyant le bon effet de ce cadeau, Mme de Ventadour, le lendemain, fait emplir le même panier de fleurs et le présente comme une attention du roi.

Un contemporain, l'avocat Mathieu Marais, note dans son journal : « L'Infante-Reine vit avec plaisir, au retour du sacre, revenir les ambassadeurs, et dit à Mme de Ventadour, en mettant sa main sur son front : "Je voudrais bien leur dire quelque chose, mais il ne me vient rien." Et après avoir fait ce geste plusieurs fois, elle leur dit : "Je vous parlerai en trois points : le premier, que je suis fort aise de vous voir ; le second, que je serais plus aise de voir le Roi ; le troisième, que je ferai tout ce que je pourrai pour lui plaire et mériter son amitié." Elle avait entendu, quelques jours auparavant, un sermon en trois points qui lui donna cette idée. » Surtout, elle a entendu, depuis toute petite, le parfait art oratoire de son père dès qu'il est en représentation, ce retour ou cette persistance en lui, qui ont surpris Saint-Simon, de l'éloquence de Louis XIV.

Enfin, le roi vient lui rendre visite. Il est l'oint du Seigneur, adorablement. Il est miraculeux. À Reims, à l'abbaye Saint-Remi, Sa Majesté a touché plus de deux mille scrofuleux, annonce fièrement Mme de Ventadour, mains croisées sur la poitrine. « "Le roi te touche, Dieu te guérisse", confirme le roi. Je touchais le visage du malade avec ma main droite et disais la formule. Deux mille fois. » L'infante défaille d'admiration pour un être capable de pareilles choses. Un être aux pouvoirs surnaturels. Son mari. Elle répète le chiffre et commence à compter : 1, 2, 3, 4, 5, 6, 7, 8, 9, 10, 25, 43, 200, 2 000.

« Les deux mille crofuleux ont guéri tout de suite ?

— Scrofuleux, corrige maman Ventadour. Bien sûr, ils ont guéri tout de suite, puisque Sa Majesté les avait touchés. »

Le roi s'incline et sort.

« Le roi ne me parle pas. Pourquoi il ne me dit jamais rien ?

— Parce qu'il vous aime. C'est justement une marque d'amour. »

Le sapin de Madame

Madame est revenue exténuée du voyage à Reims. Elle s'alite, lucide sur le fait que sa « petite heure » approche et résolue à bien se préparer à la mort. C'est dans ce laps de temps, entre un épuisement encore tolérable et les premiers symptômes d'une angine de poitrine, qu'elle reçoit, à Saint-Cloud, la visite de sa « chère petite reine ». Le cérémonial s'inverse. Madame dans son lit est plus basse que l'infante juchée sur un fauteuil. Ce qui fait que c'est elle qui se penche pour embrasser le front moite, les joues ridées. Le perroquet crie : « Donne ta patte. » L'infante et Madame ont un rire qui s'achève pour celle-ci en suffocation. Elle reprend souffle et de sa voix rendue basse et rocailleuse par la maladie elle chuchote à la petite fille : « Vous m'avez toujours jugée digne de me dire vos secrets, c'est à moi aujourd'hui de vous en confier un. Surtout ne soyez pas triste. Dans quelques jours, quelques semaines au mieux, Dieu tout-puissant va me rappeler en son royaume. Je ne goûterai plus jamais le bonheur de venir vous faire ma cour, mais sachez que je n'ai aimé aucune de mes petites-filles comme je vous aime. Et ce n'est pas par faiblesse de mon âge et déclin de mes facultés : vous êtes exceptionnelle, Madame. Sans que cette conscience de votre mérite vous rende arrogante, ne laissez pas des médiocres vous humilier et vous faire douter de vous-même. La Cour est une mécanique effroyable. Comme toutes les princesses étrangères qui arrivent, j'ai été fêtée, puis maltraitée, calomniée, blessée. Au début nous sommes jeunes, amusantes, certaines d'entre nous sont jolies, la Cour nous caresse, a l'air de nous aduler. En fait, vampire sournois, elle nous pompe le sang. Les grossesses font le reste. La jeune épousée n'est bientôt plus qu'une pauvre chose qui se traîne et qu'on oublie. »

Marie Anne Victoire discerne seulement qu'elle ne verra plus Madame, et ça c'est affreux. La Palatine revient à elle et ajoute : « Dieu merci rien de cela ne vous est destiné. Vous serez heureuse, parce que le roi votre époux… » Madame a détourné le visage. Elle s'interrompt. Elle a trop horreur de la fausseté pour se faire l'écho des mensonges officiels, mais n'a pas la cruauté d'avouer ce qu'elle a constaté très vite, et qui ne l'a pas surprise étant donné son opinion sur la personnalité du garçonnet, sur son caractère profondément ennemi de toute forme de franchise.

L'infante dit : « Alors, au Ciel, vous retrouverez Titi ? »

À bout de forces, Madame a encore celle d'écrire une lettre à sa demi-sœur, la Raugrave Louise : « Bien-aimée

Louise, vous ne recevrez aujourd'hui qu'une bien courte lettre de moi, car, premièrement, je suis plus malade que je n'ai encore été – je n'ai pu fermer l'œil de toute la nuit ; et, secondement, nous avons perdu hier notre pauvre maréchale. Elle est morte subitement ; non pas qu'elle ait eu une attaque d'apoplexie, non : la chaleur vitale l'a abandonnée. On dit qu'elle s'est refroidi l'estomac en prenant trop d'aigre de cèdre. Cette mort me cause un véritable chagrin, car c'était une dame d'une haute intelligence et douée d'une excellente mémoire ; elle était fort savante, mais elle n'en laissait rien paraître. Jamais elle ne faisait montre de sa science, à moins qu'on ne lui posât une question. Elle a nommé son héritier le fils de son frère aîné. Quoiqu'il n'y ait rien de surprenant à voir mourir une personne âgée de quatre-vingt-huit ans, il est douloureux quand même de perdre une amie avec laquelle on a vécu cinquante et un ans. Mais je termine, chère Louise, je suis trop misérable pour pouvoir en dire davantage aujourd'hui. En quelque misérable état que je sois et jusqu'à ce que je reçoive le coup de grâce, je vous aimerai, chère Louise, de tout mon cœur. »

Entre conscience et inconscience, dans la souffrance aiguë d'une toux qui lui lacère les poumons, elle ressasse sombrement tout ce qu'elle n'a pas eu le temps de transmettre à la petite infante. Elle lui a dit, et c'est important, de ne pas céder à la médiocrité, à l'ambiance mesquine d'une société en totale dépendance du roi, d'une Cour qui brise toute aspiration spirituelle et vous tire vers le bas, mais l'essentiel, elle n'a pu le lui confier – sa recette pour survivre, pour échapper à la dissolution générale des caractères, au rabotage des personnalités : faire de l'écriture sa vraie vie, transmuer en des mots qui nous appartiennent des événements anodins, connaître, ma petite fille, ma chérie, la musique de son être, le vrai goût de soi...

Il fait froid, il pleut. À Versailles Marie Anne Victoire est enrhumée. Comme tout le monde. On évite de lui faire faire le trajet auprès de Madame. L'infante a la même impression que pour le sacre : quelque chose se passe sans elle. Si sa peine était violente d'avoir été exclue du voyage à Reims, elle ressent, d'être tenue à l'écart de Saint-Cloud et de la chambre de Madame, une angoisse qui lui fait soudain quitter un jeu, appeler maman Ventadour, se coller à ses robes, au point que la gouvernante se plaint dans une lettre aux parents d'avoir des difficultés à trouver la disponibilité pour écrire un mot. Elle note à la hâte : « On attend à tout moment la mort de Madame. »

L'après-midi du 5 décembre, Louis XV va voir Madame. Il excelle dans toutes les cérémonies, spécialement pour tout ce qui touche à la mort.

Le 8 décembre Madame meurt.

Saint-Simon a décrit la scène de la grandiose et muette cérémonie de la visite des condoléances. Les courtisans, plus de cinq cents, « ayant chacun un habit garni de pleureuses, avec le crêpe au chapeau et un rabat plissé, des souliers broyés, un manteau long qui traînait de longueur de quatre ou cinq pieds », venaient faire la révérence à Louis XV en habit de deuil violet, à l'infante-reine, au Régent, les yeux brûlés par les pleurs, à la duchesse d'Orléans, allongée sur un lit de repos, et au duc de Chartres.

Ce sont des moments de joie pour l'infante, lorsqu'elle se trouve aux côtés du roi dans une cérémonie. Peu importe laquelle. Ils sont roi et reine, réunis comme sur les médailles, gravures, peintures, estampes qui célèbrent leur couple. Elle se tient très droite, d'une caresse furtive effleure le revers de manche de son prince. Il est là, il est à elle, tout le monde peut le constater. Précoce proie d'un comportement d'épouse délaissée, l'infante est au sommet de ses facultés de présence et de charme dès qu'il s'agit d'une situation officielle. Même aujourd'hui ? Même pour enterrer Madame ? Oui. Car elle ne comprend pas vraiment la nature de l'événement.

Elle voit seulement qu'elle occupe avec le roi la place centrale, que c'est devant *eux deux* que l'immense cortège de courtisans, les cinq cent trente-quatre longs manteaux à longue traîne, défile et s'incline. Oui, elle aime ce moment, et qu'il dure. La cérémonie s'étire sur des heures. L'infante s'en réjouit. Au moins est-elle certaine que, pour une fois, le roi ne va pas s'esquiver à peine les salutations faites. Donc elle se tient ferme, vêtue comme lui tout de violet, un col de fourrure lui chatouille le menton, son nez coule ; Marie Neige, discrètement, la mouche à intervalles réguliers. Ça lui donne envie de rire et elle voudrait chuchoter des choses drôles à sa Neige, mais celle-ci s'efface trop vite. Alors l'infante reste seule avec sa joie, seule mais proche à le toucher du bien-aimé qui en est la source. Mme de Ventadour, à propos des funérailles de Madame, ne cache pas à ses parents l'excitation joyeuse de leur fille. Elle la décrit comme une fièvre mondaine d'habillement, de mouvement, de déploiements de carrosses et cortèges, musiques et chants – inconvenante, mais excusable à cause de l'âge enfantin de Marie Anne Victoire. Ce qu'enveloppe cette excitation, le bref bonheur d'une femme révérée comme l'épouse en titre du merveilleux jeune homme exposé en sa compagnie, cela elle l'ignore. Mme de Ventadour écrit aussi à cette occasion : « [Madame] elle aimait notre petite reyne plus que ses enfants, comme Madame était vraie elle la trouvait plus jolie et le disait à la vérité. »

Par-delà l'écart des années et les différences de langage, d'expérience, de capacité de raisonnement, de maturité de jugement, la vieille dame et la petite fille s'étaient reconnues et mutuellement adoubées : elles étaient vraies, elles étaient vivantes, incapables d'habiter les sphères d'asphyxie des gens dépourvus de sentiments. La vieille dame et la petite fille : une rencontre absolument poétique et profondément juste. Madame avait salué en Marie Anne Victoire son génie à être à la fois enfant et adulte, mais elle était pareille, à condition d'inverser les termes : à la fois adulte et enfant. Il suffisait d'observer son visage, de lire son sourire, quand, alitée par la vieillesse et la maladie, elle voyageait du doigt sur la carte du Palatinat et pointait sans hésiter le cerisier magique de ses aubes d'été.

Après la mort de la vieille dame, la petite fille reste seule à être vraie. Les bâtisseurs de mensonges vont redoubler de zèle, claironner au-dehors la fable des épousailles de rêve, le mythe des enfants nés pour s'aimer, tandis qu'au-dedans sévit la loi de la survie. Madame disait d'elle-même qu'elle résistait à la méchanceté des courtisans parce qu'elle était une noix dure à casser. Et l'infante, si petite, une noisette, y réussira-t-elle ? Mais il y a aussi des noisettes pas commodes à briser. Et l'innocence, sans être une arme, possède l'étrange pouvoir de désarmer – au moins pour un temps.

La mort de Madame crée un vide, même pour ceux qui ne lui étaient pas spécialement attachés. Le jeune roi, lui, n'en est pas affligé. Madame ne s'était pas trompée quand elle l'avait suspecté de lui être hostile, d'avoir en aversion son franc-parler, son impétuosité – sa « grande gueule » comme disait Louis XIV désignant les gens du Palatinat mais la mettant dans le même sac. Il ne fait pas semblant de pleurer Madame ni de ressentir son absence. Les cérémonies achevées, il garde la couleur violette et quitte la mine d'enterrement. Le scandale des « arracheurs de palissades » lui a ôté quelques amis ; il lui en reste assez pour pouvoir former des bandes adverses qui, dans le parc embrumé, font des batailles de boules de neige, assez pour que soit installée dans la Grande Galerie, à son extrémité nord, une cible qu'à coups de flèches visent les jeunes gens. Alors l'infante préfère demeurer invisible, à l'autre extrémité, faisant de temps en temps, avec prudence, entrouvrir la porte du salon de la Paix, pour évaluer où en sont les choses. Les garçons sont massés dans la galerie, ils s'offrent de dos. Ils tendent leur arc, leur attention concentrée en direction de la cible or orangé. Et si le groupe se désolidarisait de son maître, s'ils se retournaient contre lui, comme un seul homme ? Apeurée, coincée entre les deux battants de porte, elle voit la flèche percer le drap, pénétrer la chair, et atteindre, au lieu du petit soleil d'or, le cœur du roi.

L'infante est toujours aussi enrhumée. Elle n'a pas le droit de sortir. La neige, elle la regarde tomber de l'intérieur du château. Elle se met tantôt à une fenêtre de sa chambre face à la colline de Satory, tantôt dans la Grande Galerie, elle peut même se risquer, c'est plus rare, dans les petites pièces, à l'arrière, qui donnent sur une cour obscure, car de là elle n'a aucune chance d'apercevoir les garçons, livrés à leurs jeux brutaux. Mais un matin de plein soleil, un matin où Versailles étincelle, on apprête pour elle un traîneau tiré par des chiens. Le traîneau s'élance, il lui semble qu'elle s'envole. Elle dépasse, dans un souffle, le roi et ses amis en partance pour la chasse. Elle est tellement bien emmitouflée qu'elle n'a pas le temps de libérer une de ses mains pour lui faire signe mais il la salue au passage.

En pleine croisade contre la vérité, Mme de Ventadour écrit : « Il me paraît que le goût qu'il a pour notre petite maîtresse va en augmentant, il aurait tort si cela n'était pas comme cela car c'est un prodige de gentillesse. »

À toutes ces heures, et bien d'autres, Madame ne manque pas à l'infante. D'ailleurs la vieille princesse l'avait habituée à des semaines sans elle. Sauf qu'elle finissait par réapparaître… Madame, qui adorait raconter ses Noëls d'enfance, lui avait promis un sapin décoré, chose tout à fait inconnue alors. Marie Anne Victoire se fait à elle-même le pari que, si elle a ce sapin, ça signifie que Madame est vivante et qu'elle a réussi à lui envoyer le cadeau promis, ça veut dire qu'avec ses pieds gonflés, sa grosse voix et son regard de bonté, Madame, d'où qu'elle soit, va revenir la serrer dans ses bras.

La nuit de Noël, après la messe de minuit, la famille est assemblée dans la chambre du roi. D'énormes bûches marquées d'une fleur de lys crépitent. L'infante, comme les autres, est fascinée par les flammes. C'est beau, irrésistiblement beau, totalement envoûtant. Elle laisse les images fantastiques surgir, mais ne peut s'empêcher de croire que c'est son sapin démembré qui part en fumée.

Madrid, janvier 1723

« Si les sangliers raisonnaient » *(Louise Élisabeth)*

Une note dans la *Gazette* indique : « La princesse des Asturies a été incommodée pendant quelques jours d'un érysipèle à la tête, mais sa santé s'est trouvée entièrement rétablie après quelques saignées » (de Madrid, 29 décembre 1722). Une mince nouvelle qui en France ne retient l'attention de personne, pas même de ses parents. Surtout s'il est dit qu'elle est déjà guérie. En Espagne, sa santé n'intéresse pas davantage. Il n'y a que le prince qui se tourmente. Avec raison, car, à peine guérie, Louise Élisabeth rechute. Ce qui change le programme du mois de janvier. Un séjour de chasse était prévu au Pardo, à quelques lieues de Madrid. Il est maintenu, bien sûr, mais Louise Élisabeth n'en fera pas partie. Elle reste au palais de Madrid avec les infants, don Fernando, don Carlos et don Felipe, la princesse et les infants formant depuis l'arrivée de celle-ci un bloc anonyme, vaguement enfantin, souvent maladif. Donc pas de Pardo pour la princesse Érysipèle. Un répit heureux pour elle. Il fait froid dans les bois, ce sera agréable de demeurer auprès d'un feu à jouer aux devinettes avec ses femmes. Elle n'a d'autre obligation que d'écrire à son époux. Et, curieusement, ses mots juvéniles, ses petits billets de charpie, ont été conservés ; d'abord, par le prince lui-même ; ensuite, sans doute par considération pour une personne royale. Le prince, dès son réveil, espérait trouver parmi son courrier une de ces enveloppes couleur crème avec l'adresse *Pour Monsieur le Prince* rédigée de la main fantasque de la princesse. Il ouvrait avec émotion et lisait, le cœur content.

« Madrid, le 9 janvier 1723
J'ay reçu avec joye Monsieur les marques de vôtre souvenir et la nouvelle des succes de vôtre chasse – continuez a vous bien divertir et croyez que cela aidera a me rétablir. »

« Madrid ce 13 de jan 1723
Je vous felicite Monsieur de vos exploits de chasse et vous rend mil graces de votre cher souvenir. Si le temps froid ou mon rétablissement me permettait d'aller rendre mes hommages a leurs MM et de vous voir au pardo je le ferait avec plaisir. »

« Madrid ce 16 janvier 1723
... faites bien la guerre aux loups et népargnez pas ces vilains animaux... »

« Madrid ce 19 janvier 1723
Vous maves fait lamitie Monsieur de me venir voir dans un temps de brouliard si épais que je suis en

pêne de votre chere sante [...] mete moy aux pieds de leur MM et croiez moy infiniment sensible a votre tendresse... »

« Madrid ce 20 de jan 1723
Monsieur je me suis assez bien divertie a ma maniere qui ne va pas a tuer des sangliers mais a gouster le regalo de don alonço [le cadeau de don Alonso, un personnage que, par ailleurs, le prince suspecte de lui porter guigne à la chasse] je vous felicite de vos exploits... »

« Madrid ce 23 de jan 1723
Je suis bien aise Monsieur que ma lettre vous ait fait plaisir c'est bien mon intention tuez bien des loups et ayez de la joye come s'il en pleuvait voilà le beau temps revenu, mais ne vous fiez pas trop aux beaux jours d'hiver j'ai vu comme vous le chevalier Dorleans – Mesieurs les infants vous font bien des compliments mes tres profonds respects a leur MM et croiez moy toujours tres sensible a votre amitié... »

« Madrid ce 29 janvier 1723
... continuez a ne faire aucun quartier au gibier jusqu'à samedy prochain dont je compte les momens, je crois que si les sangliers raisonnaient, ils se réjouiraient fort de la trêve que vous leur accordez... »

Il pose la lettre, écarte le rideau et regarde le paysage gommé par la brume. Si les sangliers raisonnaient... et pourquoi pas les cerfs, les biches, les loups, les loirs, les taupes, les rats? Il aime Louise Élisabeth. Son caractère tantôt abattu et désespéré, tantôt joueur et moqueur, lui plaît ; c'est aussi quelque chose qui le perturbe, comme cette idée folle… si les sangliers raisonnaient ?… Il reprend le mot, le relit, le range soigneusement avec les autres.

Versailles, janvier 1723

Fin de régence

Le Régent est atteint. Il essaie de lutter contre l'idée superstitieuse qu'avec la mort de sa mère un glas a sonné pour lui. Le cardinal Dubois maigrit à vue d'œil et son teint plombé effraie. Le duc de Saint-Simon, incapable de se leurrer sur la manière dont entre le politique honni et lui le duel s'est terminé, ne vient pas souvent à la Cour. Personne n'est gai. Les esprits sommeillent, les corps s'engourdissent. À part la fin de la peste à Marseille il n'y a guère de nouvelles à commenter. Les cheminées tirent mal. Les yeux piquent. À cause du froid, on tient le roi et la reine le plus possible dans leurs appartements respectifs. La traversée de la Grande Galerie pour aller à la chapelle, ils la font en chaise à porteurs, côte à côte, les pieds sur des bouillottes. De part et d'autre, le dos au miroir, les courtisans en rangs clairsemés portent pelisse sur leurs habits sombres.

L'infante est installée sur un tapis. Autour d'elle ses dames s'occupent à leur tapisserie. Marie Anne Victoire s'amuse avec des jouets de bois, expédiés de Nuremberg par pleines caisses : châteaux, chevaux, éléphants, carrioles, fermes, princes, paysans, huttes, poissons, coqs, arbres, bateaux, prêtres, religieuses, soldats, paons, tourterelles... Un monde en miniature qui reflète son propre univers. Elle abaisse le pont-levis et le fait franchir, dans l'ordre, avec une infinie patience, aux têtes couronnées, aux nains, aux dignitaires, au clergé, puis dans le désordre aux pages, lingères, chambrières, palefreniers, canards et chiens. Elle met d'abord ce qui marche, et à la suite les arbres, les fontaines, les tourelles, d'autres ponts mis bout à bout, car le pont-levis ne peut rien contenir de plus. Encombrement monstre. Personne ne peut plus entrer ni sortir. L'infante pousse un hurlement.

Pendant ce temps le roi manie sa grande armée de soldats de plomb. Il préférait de beaucoup les vrais soldats du siège de Porchefontaine. C'était bien, songe-t-il, quand il donnait l'ordre de monter à l'assaut et que, telles des ondes qui agitent une surface, les bataillons se mettaient en mouvement. C'était encore mieux quand, les combats finis, il se rendait en personne sur le champ de bataille, se penchait sur les blessés, recueillait le dernier soupir d'un soldat particulièrement bon comédien. Il se remémore ces agonies, les efforts parfois rigolards de soldats trop contents de cette récréation. À l'un d'eux, qui ne faisait pas même semblant, il avait dit : « Vous n'aurez pas, Monsieur, la croix de l'ordre du Moribond. » Et l'autre, secoué par le mépris de l'enfant roi, avait cherché en vain un mot historique. Il abandonne ses soldats de plomb, se laisse glisser vers les douceurs morbides de la mélancolie. Lui qui déteste parler, il se demande si ce n'est pas à cette seconde fatale que nous est réservée la phrase définitive. Comme sa mère, la duchesse de Bourgogne : « Aujourd'hui princesse, demain rien, dans deux jours oubliée. » Mme de Ventadour était celle qu'il interrogeait sur sa mère, du temps où elle était bien sa maman Ventadour. Maintenant, au château, par la proximité des appartements, il est redevenu son petit roi chéri et il a plaisir à passer du temps chez elle, y dîner, et parfois même en faire sa confidente. L'amour de Mme de Ventadour pour l'infante le gêne moins. Il s'y est habitué, ou bien il a obscurément perçu que la mort de Madame était un coup porté à la belle assurance de l'infante et que Versailles, où il se sent à l'aise et parfois même heureux, va dans le sens de son ascension à lui et de son déclin à elle. De toute façon, quel que soit le retour de sa confiance, il n'interroge plus Mme de Ventadour sur la duchesse de Bourgogne. Il n'en a plus besoin. Par les récits de sa gouvernante elle est à jamais la jeune fille singulière, aux caprices suffisamment forts ou piquants pour subjuguer le vouloir du Roi-Soleil, toujours aussi inflexible mais en manque de vitalité et de cet ingrédient à quoi nul bien extérieur ne peut se substituer : le goût de vivre. La duchesse de Bourgogne possédait ce trésor et elle le partageait avec qui l'approchait.

Elle adorait les lumières dans la nuit, danser dans ces lumières, et que le roi ordonne sans cesse de nouvelles fêtes pour sa délectation. Mais elle adorait aussi la nuit pour la nuit, pour les ténèbres, pour la peur et l'abri qu'elles procurent.

Louis XIV comme son mari lui accordaient tous les droits. L'enfant ne se lassait pas d'entendre raconter ses extravagances. Comme d'aller courir seule à l'obscur dans les jardins, de sauter à pieds joints sur la banquette d'un carrosse, ou de danser sur les tables d'un festin… Et aujourd'hui, dans ce palais où on ne le traite en roi que pour lui apprendre à obéir, son frêle fantôme continue de courir la nuit dans les sous-bois de mousse et les bosquets déserts. Quand il s'ennuie trop, il en appelle à sa grâce de ludion pour inventer à ses yeux des gesticulations étranges, des danses de rébellion. En mourant, la duchesse de Bourgogne avait emporté avec elle le goût de vivre. Elle n'avait pas eu le temps d'en pourvoir son fils.

L'infante demande ses ciseaux à couture et du papier blanc. Elle découpe d'étroites lanières qui en tombant sur le parquet s'ordonnent en bizarres dessins. Le jour s'assombrit et ce qu'il subsiste de lumière tient dans la seule blancheur des morceaux de papier. L'infante découpe de plus en plus vite, sur le sol les papiers forment un tas. Les dames admirent le bel ouvrage.

Le roi prend froid à la chasse. Il assiste quand même à la messe et s'évanouit. Le malaise du jeune garçon, si proche de sa majorité, dans cette époque conflictuelle et crépusculaire de fin de régence, cause un début de panique. « Le roy notre maître est en bonne santé mais il m'a pensé faire mourir hier de frayeur en se trouvant mal à la fin de la messe il était avec la reyne à la tribune […] une foule de monde autour de lui » (Mme de Ventadour).

Arrive le jour du dernier Conseil de Régence. Le roi y assiste sans émotion visible. Les participants affichent l'enjouement et une pleine confiance dans le règne qui commence. Demain le roi aura treize ans. Demain il sera majeur.

Madrid, février 1723

Carnaval

La princesse s'amuse. Les masques lui procurent une liberté excitante. Elle et la Quadra sont habillées en hommes. Les deux sœurs Kalmikov en paysannes. La princesse et la Quadra les molestent et les bombardent de confettis. Mais les filles du peuple, soutenues par d'autres suivantes, se rebiffent. La bataille dégénère. Louise Élisabeth est prête à sortir son épée.

Don Luis se tient à l'écart. Il reste au palais et écrit à son père des mots laconiques comme : « après souper il y aura la bataille d'eau et les dragées la Reyne se met aux pieds de Sa Majesté de même que les Infants… »

Versailles, 15 février 1723

«*Je veux*» (*Louis XV*)

Le 15 février Louis XV, fort de ses treize ans, est désormais roi absolu.

Le cardinal de Fleury, pour jouer, lui désigne une puce qui a eu l'audace de se prélasser sur son oreiller :

« Sire, vous êtes majeur, vous pouvez ordonner sa punition.

– Qu'on la pende ! »

Le mot fait rire, mais pas franchement de bon cœur. Et si ce qu'il ordonne pour une puce, il lui prenait lubie de le mettre en application autour de lui ? « M. d'Ombreval ? – Qu'on le pende ! » « M. de Romanie ? – Qu'on le pende ! » « Mme d'Ambran ? – Qu'on la pende ! » À ce régime, les branches des grands chênes du parc s'alourdiraient de macabres fruits.

Le roi a du plaisir à dire : « Je veux. » Il se compose un air réfléchi, s'assoit dans tout fauteuil comme sur son trône. Long silence. Il commence : « Je veux… » Tout le monde attend la suite, lui aussi. Il est plus sûr de ce qu'il ne veut pas. Ainsi il accepte d'aller à Paris, mais, en dépit des efforts de persuasion de Philippe d'Orléans, il ne veut aller ni à la Comédie ni à l'Opéra. Et il ne répond pas un mot aux compliments qu'on lui adresse.

Arrive le jour du premier Conseil du Roi. Le jeune garçon se montre toujours aussi impassible. Il n'a pas pris avec lui ses petites chattes, pour avoir de quoi se distraire, des êtres vivants tout contre lui, une chaleur à caresser. Il ne les prendra plus jamais quand il sera en représentation officielle. Il faudrait qu'il trouve en lui-même des solutions contre l'ennui. Il ne les a pas. Peut-être lui reviendra-t-il quelquefois ce jugement par lui prononcé quand il était petit garçon. Une chatte avait tué une de ses mésanges ; on lui avait demandé, comme pour la puce : « Sire, quelle punition faut-il lui donner ?
— Qu'elle assiste à un Conseil de Régence. »

Le roi annonce qu'il veut créer un ordre du cabinet de la Moustache, trace de ses jeux aux Tuileries et de son organisation de gouvernements secrets. Ceux à qui il l'accorderait auraient leurs entrées chez lui. On s'empresse de travailler aux statuts en ayant quand même à l'esprit qu'il peut s'agir d'une plaisanterie et qu'il est risqué d'y participer. En particulier, les nobles de l'ordre du Saint-Esprit (dit « du cordon bleu ») ne supportent pas la pensée d'être mêlés à des membres de l'ordre de la Moustache.

Après la tentative de l'ordre du cabinet de la Moustache, Louis XV prend une décision plus concrète : il fait décorer de vingt-quatre têtes de cerfs en plâtre la plus belle cour intérieure de ses appartements. Il est très fier de sa cour des Cerfs. Il se met à une fenêtre, la contemple et se dit que « Je veux » parfois a des effets. Et puis il s'enferme dans sa petite pièce aux têtes de chiens et les caresse une à une, pris d'un découragement profond.

Seule l'envie d'aller à la chasse le touche. Elle l'emporte sur le reste, ses devoirs comme les autres divertissements. Ce goût dominant semble plutôt inquiétant chez quelqu'un qui bientôt devra assumer le pouvoir. Il est déjà noté chez le public. Philippe d'Orléans lui aussi le déplore. Sans le contredire de front, il fait son possible pour lui rendre intellectuellement attrayant le métier de roi. Mais entre une suite de conférences sur les guerres passées ou sur le sens de l'histoire et une chasse à l'oiseau dans la forêt de Marly, le garçon n'hésite pas. Si de l'extérieur, et même en réalité, la majorité n'a pas changé le fonctionnement actuel du gouvernement et s'il est vrai que Philippe d'Orléans est toujours le maître de la France, il sait qu'il a perdu du terrain. La faction ennemie, avec à sa tête M. le Duc, ne cesse de lui grignoter, sinon son prestige, du moins son emprise. M. le Duc respecte les limites de son rôle, on ne peut rien lui reprocher. Il se contente d'inviter le roi à de splendides parties de chasse en son château de Chantilly. Et Louis XV se réjouit d'y aller. Comment lui, Philippe d'Orléans, pourrait-il prétendre barrer le roi dans ses désirs ? Des désirs de son âge. « Nous sommes là pour attendre les moments du roi », a-t-il déclaré au début de sa régence, et de cela, au fond, il est entièrement convaincu.

Dans le carrosse du roi, rituellement occupé par les mêmes personnes, entre lesquelles les conversations ne changent guère, la haine entre Philippe d'Orléans et M. le Duc a monté d'un cran. Rien dans le ton ne s'est modifié mais l'air est lourd de pulsions de tuer. Pour l'essentiel, pendant tout ce printemps, le roi sans s'éloigner beaucoup est très absent de Versailles. Ses retours au château durent le temps de s'affairer à son prochain séjour dans un autre château. Telle une horloge arrêtée pendant plusieurs années et que l'on découvre intacte, la mécanique de Versailles a été remise en marche. Le roi peut aller et venir. Rien fondamentalement n'est perturbé. En sa présence comme en son absence les courtisans sont obligés de faire la révérence quand ils passent devant le lit du roi. De tous les déplacements du roi l'infante est mise au courant. Elle exprime sans ambages son mécontentement quand elle n'est pas de la partie – ce qui, lorsque l'invitation vient de M. le Duc, est souvent le cas. Cependant, comme à l'occasion du voyage du sacre à Reims, il ne lui faut pas grand-chose pour qu'elle retrouve sa confiance. Un message, un bijou, une fleur, et elle accueille le roi avec des démonstrations de tendresse. Il persiste à ne pas lui parler. Mme de Ventadour insiste : c'est une preuve d'amour. Réussit-elle à y croire ? Elle le voudrait bien, mais cela lui devient difficile. Car il n'y a pas seulement le silence, mode de réaction le plus immédiat du roi, il y a aussi l'expression dont il l'accompagne : un mécontentement qu'il ne se gêne pas pour ostensiblement afficher.

Elle lui raconte sa visite au labyrinthe, elle se lance dans une fable d'Ésope, mime le lapin aux grandes oreilles, saute de son siège pour montrer comment il s'enfuit à toute allure : Louis XV en profite pour s'éclipser. L'image parfaite commence à révéler des défauts. Le miroir brillant recèle des zones d'ombre. Et dans les portraits où ils posent en couple et où s'inscrit pour la postérité le miracle d'une si belle union, l'infante ne peut ignorer qu'ils ne posent jamais ensemble. Le peintre commence avec elle parce qu'elle bouge tellement qu'elle est longue à saisir. Mais pendant ces séances, elle ne peut se retenir de croire qu'il va venir la rejoindre et prendre avec elle la pose face à Jean-François de Troy, Alexis Simon Belle, ou Hyacinthe Rigaud. Marie Anne Victoire passe sur l'artiste la mauvaise humeur née de son chagrin. Le peintre n'a pas envie de perdre une commande royale. Il se garde de rétorquer. L'infante se met en colère. Elle se fraie un passage parmi les décors et les pinceaux. Elle est rattrapée par Mme de Ventadour. Celle-ci la supplie de reprendre la pose. L'infante se calme, se laisse réinstaller sur le fauteuil de velours. La coiffure, le maquillage, les plis de la robe, le geste vers la couronne, tout est à nouveau vérifié. La séance se termine bien. L'infante en est heureuse et soulagée, car ces portraits sont destinés à ses parents, destinés à nourrir la mémoire que ses parents gardent d'elle. Et s'il n'y avait plus de portraits, ou s'ils étaient ratés, alors elle tomberait dans le trou de l'oubli, et ce serait à Madrid comme si elle n'avait pas existé. De cette survie fragile, étroitement liée à un talent pictural, ce commentaire d'Élisabeth Farnèse, dans une lettre à don Luis, donne une juste idée : « Le portrait de la Mariannina est arrivé. Elle est fort changée et pas en mieux (s'il lui ressemble). »

Et à Versailles, où pourtant elle vit, existe-t-elle vraiment ? Son existence est-elle prise au sérieux ? On la contrarie rarement et, alors, elle accepte de reconnaître, sensible aux leçons de Mme de Ventadour, que c'est pour son bien. Elle en parle fièrement à ses parents : « Je suis bien raisonnable. Je n'ai quasiment plus d'humeur. On m'aime à la folie », ou : « Ma chère et aimable maman, j'ai été charmante toute cette semaine », ou encore : « Je suis douce comme un mouton pour vous plaire »... Autour d'elle ses désirs sont des ordres. Sauf sur la personne qu'elle adore, le charme de l'infante (« tous ses discours », « ses petites mines », « ses mille singeries », selon les mots de Mme de Ventadour) continue d'agir. Il y a bien quelques anicroches dans la sphère où elle règne, mais elles semblent négligeables. Par exemple, à ses jours d'audience, son cabinet est moins rempli. On pourrait noter un peu de lassitude dans l'empressement à lui faire sa cour. C'est qu'elle n'est plus un événement, et aussi que l'accueil enthousiaste de la princesse Palatine était communicatif : puisque celle-ci la trouvait extraordinaire, on voyait qu'elle l'était. Aux yeux des courtisans l'infante-reine s'est banalisée. Elle est toujours aussi remarquable et grande en dépit de sa taille, mais justement on commence de se préoccuper davantage de sa taille, de s'en préoccuper *mathématiquement*, et la rumeur selon laquelle elle ne grandit pas trace son chemin.

On la mesure de plus en plus souvent, avec de moins en moins d'égards. Quant à Marie Anne Victoire, elle ressent une envie violente de modifier le cours des choses.
Elle porte corset et jupon, elle est pieds nus sur le plancher. Sous la toise elle se met sur la pointe des pieds. D'un coup sec de la mesure de bois le second médecin la ramène à la réalité. Il annonce le verdict. Le troisième

médecin note. Le premier médecin constate : même mesure que la date précédente. L'infante-reine a les larmes aux yeux.

« Je veux grandir, dit-elle à Poupon-Louis. Il faut que nous grandissions. » Elle lui tient un discours en trois points sur cette nécessité et entreprend de se renseigner sur des potions magiques. Elle en invente elle-même : des décoctions de sable, d'eau, de racines de fougères, de grains de poivre et de fleur d'oranger, Poupée-Carmen se charge de la fabrication des potions. C'est à Poupon-Louis de goûter.

Espagne, printemps-été 1723

Tolède, premier tête-à-tête

La princesse, qui ne s'entend avec personne, s'entend avec le climat. À la réprobation unanime, elle a compris qu'il fallait s'habiller, ou plutôt se déshabiller, en fonction de la température. Avec les premières chaleurs elle ne tient plus en place, exige de nouvelles activités. Elle aime l'été en Espagne, elle aime l'air brûlant, les nuits sans souffle, et aux premiers signes annonciateurs de ce feu sans répit elle s'anime. Elle se porte assez bien. Certes, elle souffre à tout bout de champ d'indigestions à cause des « vilaineries », comme dit le prince des Asturies, dont elle s'empiffre. Elle ne mange jamais chaud. Pour les repas où elle devrait paraître elle donne l'excuse qu'elle a déjà dîné. Elle se nourrit par accès. Ils la prennent n'importe quand. Elle se goinfre de légumes vinaigrés, de salaisons. Après quoi elle meurt de soif, avale tout liquide à sa portée. Son corps fait des bruits dégoûtants. Elle en rit, quand elle a fini de vomir et que les suées se sont calmées. Ces maux, dont elle est responsable, ne l'empêchent pas de grandir et de grossir, de gagner en énergie. Ce printemps, elle a la manie du jardinage, des promenades à pied et à cheval. Il est pénible de la suivre. Certaines de ses dames déclarent forfait. Louise Élisabeth n'avait même pas remarqué leur présence.

En contraste avec la bouffée de croissance de son épouse, assaisonnée à sa façon de mauvais moments, la santé du prince des Asturies n'est pas brillante. Il maigrit, s'enrhume sans arrêt. Louise Élisabeth n'est pas plus qu'au début séduite par ce jeune homme au teint gris, à qui son père l'a unie, mais elle est, malgré elle, sensible à son amour et, surtout, elle a envie que quelque chose se passe. Ne le voir jamais lui pèse. Et cette date fixe, inamovible, de leur nuit de noces prévue pour le 25 août, sans rapprochement préalable lui paraît absurde. Elle s'étonne auprès d'un diplomate français de la distance instituée et si strictement maintenue entre elle et son époux. Le Français rapporte au cardinal Dubois qu'elle lui demanda « en rougissant beaucoup » comment le roi vivait avec l'infante et s'ils se voyaient souvent.

« Très souvent, répond l'envoyé de Versailles et complice du mensonge haut situé, et il n'y a pas lieu de douter qu'il ne résulte une parfaite intelligence de leurs fréquentes entrevues.

– Je suis bien sûre que le roi de France n'a rien à se reprocher à ce sujet. »

M. de Coulanges précise qu'elle dit cela en souriant – d'un sourire triste, car elle compare son sort à celui, heureux, de l'infante-reine ? D'un sourire de pure forme, car, au contraire de Philippe V et d'Élisabeth Farnèse confiants dans les missives de France, elle a des doutes ? Elle connaît son cousin et se demande si M. de Coulanges n'est pas obligé de s'en tenir à la version officielle. Quoi qu'il en soit, cette conversation a un effet. Philippe V et Élisabeth Farnèse organisent un voyage pour eux-mêmes et le jeune couple. Le motif en est pieux : la famille royale va entendre à Tolède la messe « mosarabique », une rareté qui ne se pratique que dans cette ville. Louise Élisabeth n'avait aucune notion de ce que pouvait être un autodafé (désormais elle sait, elle a encore en elle l'odeur de chair brûlée), elle n'est pas davantage informée de l'existence de messes mosarabiques. Peu importe. Ce sera toujours une distraction.

Les caractéristiques de cette messe célébrée exactement selon les formes et usages d'avant la conquête de l'Espagne par les Maures ne lui font pas grande impression. Ni les danses ni la musique n'attirent son attention. Les messes se suivent et se ressemblent : autant de blocs de torpeur, le plus souvent glacés, à traverser. La vraie nouveauté est que le prince et la princesse sont autorisés par Leurs Majestés à dîner en tête à tête.

Le repas se passe bien. Louise Élisabeth dévore. Elle dit deux ou trois mots au prince. Celui-ci ne mange rien et la contemple. Il est absolument charmé. Elle ne vomit pas.

La pêche aux grenouilles

De retour à Madrid, Philippe V et Élisabeth Farnèse partent pour Valsain, le prince et la princesse pour l'Escurial. Elle va reprendre ses chevauchées périlleuses. Il va s'obstiner à parcourir le terrain, son fusil à la main, avec l'anxiété de bons tableaux de chasse à offrir à son père. Ce n'est pas, dans l'ensemble, une bonne saison. Le prince se plaint d'avoir à répétition manqué d'adresse : « On ne peut pas tuer sans tirer, mon très cher fils, ainsi que vous devez vous consoler de la mauvaise chasse d'hier que vous saurez peut-être réparer aujourd'hui. »

Les résultats restent médiocres : « Je suis fasché, mon très cher fils, que vous n'ayez pas fait une meilleure chasse aux perdreaux [...]. Vous l'avez peut-être réparée aujourd'hui en tuant quelque grosse beste... » Et c'est la honte quand, faute de mieux, il se met à pêcher des grenouilles – ce qui réjouit la princesse et les infants, mais nullement Leurs Majestés : « Si vous avez pu tuer aujourd'hui quelque cerf ou même quelque daim, mon très cher fils, je crois que vous en aurez fait plus de cas que des douze grenouilles d'hier. »

La pêche aux grenouilles remet Louise Élisabeth sur la voie de l'amusement. On joue une comédie (« Malgré ce que vous m'avez marqué dans votre lettre de la comédie d'hier une carpe d'une demi-livre vous aurait peut-être fait plus de plaisir à pêcher... », commente Philippe V) ; fin juillet, on installe un jeu d'anneau : « Je suis fort aise, mon très cher fils, que vous ayez un aussi beau jeu d'anneau tournant que vous me l'avez marqué dans votre lettre d'hier », écrit le roi aussitôt suivi par la reine : « J'ai appris avec beaucoup de plaisir par votre lettre d'hier que vous vous étiez diverti avec la princesse et tous les autres à l'anneau tournant, et je suis très aise qu'il soit beau, et grand, souhaitant infiniment tout ce qui peut contribuer à votre satisfaction. » Louise Élisabeth n'a pas la plume alerte de sa belle-mère. Comme elle ne parvient pas à rebondir indéfiniment sur les parties de raquette ou le jeu d'anneau, elle évite autant que possible son tour de courrier : « J'ai pensé ce matin en recevant les lettres si la Princesse estait incommodée, parce que nous n'en avons point eû d'elle, quoique ce fust hyér son jour d'éscrire, mais j'ay vu avec plaisir par celle de la Duchesse de Montellano qu'elle se portait bien, Dieu Mercy. »

Après la chasse du gros et du petit gibier le prince s'attaque aux couleuvres. Philippe V approuve : « Je me réjouis avec vous de la destruction de couleuvres que vous avez faite », Élisabeth Farnèse encore plus : « Je suis bien aise que vous aiez détruit bien des couleuvres parce que vous savez bien qu'elles ne sont pas de mes amies. »

Le monde extérieur se manifeste rarement dans ces échanges entre palais, Philippe V mentionne parfois l'arrivée de nouvelles de France. Don Luis, de son côté, écrit à Marie Anne Victoire. Le père transmet : « Votre lettre pour la Reyne ma fille qui est fort bien partira par le courrier prochain… » (11 juillet 1723).

Au reste, il n'y a rien à signaler.

Meudon, juillet 1723

Il ne sera jamais pape

En France la sécheresse étend ses ravages. Les orages n'apportent pas la pluie, la Seine est très basse. À Paris, respirer c'est s'empoisonner. Dans les campagnes, les incendies se déclenchent tout seuls. Les troupeaux crèvent sur place, sur une terre craquelée, chauffée à blanc. On coupe les branches des arbres, tout ce qui a encore des feuilles, pour en nourrir les bêtes. Campagnes de pierres et de squelettes. Les paysans n'ont rien à offrir pour apaiser la colère de Dieu. Ils se traînent à genoux, s'égratignent aux épines le long des chemins, à travers champs. Ils se flagellent, se meurtrissent. Ils psalmodient qu'ils sont coupables et implorent le pardon. Les prêtres, visages tournés vers le ciel, mains levées dans l'air torride, appellent la pluie. De calvaire en calvaire s'égrainent des processions, s'effilochent des cantiques. Pas un nuage. Pas une goutte.

Les paysans voudraient trucider les prêtres. Ils se faufilent à la brune dans les cahutes des sorciers, prononcent des formules occultes, expérimentent, au-delà du fils de

Dieu, ou plutôt en deçà, d'autres crucifixions. Les sorciers se démènent. Les paysans les soutiennent dans leurs crises. Pas un nuage. Pas une goutte. La détresse est totale. On se retourne vers l'Église. On parle à Philippe d'Orléans. Il faut, dans l'urgence, un remède de dernière extrémité, une intervention divine. Après des pourparlers tendus (il importe que la cérémonie garde son caractère d'exception) l'évêque de Paris accepte de promulguer une procession et surtout – là est la chose inouïe – il accorde l'autorisation de sortir de l'église la châsse de sainte Geneviève et de la promener dans les rues. Pas un nuage. Pas une goutte. La sécheresse provoque des épidémies. La désolation empire.

La mine de Dubois n'est pas belle à voir. On ne peut pas dire qu'il porte la pourpre cardinalesque avec onctuosité. Pour l'onctuosité il vaut mieux se tourner en direction du cardinal Fleury. Celui-ci est la courtoisie et la douceur de mœurs incarnées. Une constante bonhomie imprègne son visage régulier, et l'âge n'a pas terni sa beauté. Il est de la race des ambitieux qui dissimulent leur passion. Au lieu de se jeter rageusement dans la mêlée, le style de Dubois, il se contente d'attendre – et de se faire aimer. Fleury, comme tout un chacun, observe que Dubois dépérit à vue d'œil. Son lisse visage laisse paraître la dose de compassion appropriée.

C'est déjà un exploit dans l'état de Dubois d'assurer des séances de travail. Mais il se hausse au niveau de l'héroïsme lorsqu'il décide d'accompagner le roi qui passe en revue ses troupes. Le public est témoin des bizarres déhanchements et soubresauts qu'il effectue sur son cheval. Les rieurs se déchaînent. Tombera-t-il, tombera-t-il pas, le cardinal ?

Il n'est pas tombé. Pourtant cette épreuve d'équitation a percé en lui l'abcès à l'anus dont il souffre. La revue achevée, on l'allonge fou de douleur sur une civière. Selon cet abîme qui sépare la vision des bien portants de celle des malades, il est loin, très loin le temps où Dubois, au sommet de son intelligence politique, légiférait sans le moindre souci des conséquences physiques de ses décrets.

Prétexte ou vrai motif, la Cour quitte Versailles afin que soit nettoyé le Canal. Elle se transporte à Meudon où se trouve déjà le cardinal Dubois. C'est à mi-chemin entre Versailles et Paris et donc beaucoup plus commode pour Dubois. Le cardinal ressemble à un moribond. Il souffre atrocement. Il est fini. Il n'ira pas plus loin, ne sera jamais pape. Il éructe de fureur et envoie se faire foutre tout un chacun. Dubois va vers sa fin en vitupérant et se débattant dans une lutte perdue d'avance. Comportement sans le moindre panache. « C'est le gueux qui ressort en lui », ricanent certains. Les trajets en voiture lui arrachent des cris et de sa chambre même on entend percer des échos de sa rage de souffrir et devoir mourir. Philippe d'Orléans et le roi s'installent à son chevet pour travailler. Le cardinal n'approche pas la mort en chrétien, mais en travailleur. Philippe d'Orléans et le cardinal Dubois discutent affaires de finances et d'alliances, ministres et avenir. Le roi, silencieux à son habitude, scrute sur le visage décharné de son Premier ministre la luisance de la sueur, les cernes verdâtres, les rides creusées, les spasmes qui le secouent et envoient gicler l'encre de sa plume. Il est captivé. Si toutes les séances de travail coïncidaient avec l'avancée de la mort, il se passionnerait pour la politique.

À l'autre bout du palais, à l'extrême opposé de ce corps en effervescence fatale, Marie Anne Victoire dans une voiture de bois de rose tirée par un poney parcourt les allées du parc. Elle chante des refrains de psaumes protestants que chantait Madame.

Elle écrit – sous la dictée – à son frère, don Luis :
« Monsieur Mon frère. je ne pouvois être mieux préparée aux rejöuissences du jour de ma fete, que par les nouveaux témoignages de votre chere amitié, ne doutez pas que je n'y réponde toujours par les plus tendres, et les meilleurs sentimens de la mienne. Le Roi se divertit ici à merveille. La chasse l'ocupe beaucoup. Pour moi quand je n'y vais pas, je m'amuse fort agréablement. Je vous visite souvent en Espagne et me promene dans divers autres pais sur ma carte. Rien ne manque à ma satisfaction. Je souhaite que la votre soit entière, et que vous vous souveniez de moi autant que le méritent mes véritables attentions pour vous. Je suis
monsieur mon frère
votre très affectionnée sœur
Marie Anne Victoire
À Meudon le 26ᵉ de juillet. »

Comme Madame aussi, elle a assez d'imagination pour voyager rien qu'en bougeant son doigt sur une carte.

Dubois est à bout. Une autre civière va le transporter de Meudon à Versailles. On le case dans un de ces énormes carrosses noirs qui s'appellent « corbillards », et qui normalement servent à transporter les gens de la suite d'un prince. Le corbillard de Dubois est suivi par trois voitures : la première emplie d'aumôniers, la seconde de médecins, la troisième de chirurgiens. Il va mourir quelques heures après, non sans avoir subi une opération qui est un vrai carnage et contre laquelle il s'est débattu en vain comme le pauvre diable à quoi l'a réduit une souffrance bestiale. Tout cardinal et Premier ministre, homme de plaisir et fin politique qu'il est, il beugle en désespoir, à l'appel d'un soulagement ou seulement d'un peu d'air car en cette nuit d'août il fait une chaleur étouffante. L'orage rôde, des éclairs blancs strient le ciel. Ils allument de lueurs maléfiques le fond bourbeux à nu du Grand Canal où s'agitent des poissons en train de crever. Philippe d'Orléans, qui a rejoint Dubois à Versailles juste avant sa mort, s'en retourne à Meudon pour prévenir le roi. Il se présente le matin même dans sa chambre et lui annonce le décès de son Premier ministre. Il propose, malgré son rang, de le remplacer.

Le roi dit : « Oui. »

Philippe d'Orléans s'agenouille aux pieds de son neveu et prête serment.

Madrid, 25 août 1723

Nuit de noces

Le 25 août, jour fixé de longue date, Louise Élisabeth et don Luis ont la permission de devenir réellement époux. La princesse a alors treize ans, le prince seize. Précisément, puisque le roi son père a eu cette attention : l'autoriser à consommer son mariage le jour de sa fête qui est aussi celui de son anniversaire : « Pour la saint Louis, mon très cher fils, voici un cadeau : votre femme dans le même lit que vous, cela vous l'avez déjà vécu, je sais, mais aujourd'hui vous jouissez de surcroît du droit de coucher avec elle. Le droit ou plutôt le devoir. Ne l'oubliez pas, l'un et l'autre : nous attendons un héritier. L'Espagne attend un héritier. »

Ce jour-là, tant convoité, fantasmé, redouté, il fait une chaleur démente. Il y a messe et c'est heureux. Une église est un lieu frais. À la sortie don Luis a un vertige. Louise Élisabeth ne s'en aperçoit pas. Ensuite, ils ont la journée à tuer. Don Luis chasse. Il trébuche sur une racine, a un début d'insolation et passe le reste de l'après-midi à faire des réussites. À force de désirs contrariés et de brimades, il a perdu sa confiance – *toute* sa confiance. L'incapacité intellectuelle qu'il ressent depuis toujours et avec laquelle il s'était habitué à cohabiter s'est compliquée d'une angoisse sexuelle. Louise Élisabeth se fait lire des contes en se gorgeant de tomates. Elle éclate de rire aux passages les plus cruels, toujours des histoires de rois et de reines victimes de malédiction, des petites princesses enlevées de leurs châteaux, des princes paralysés par un sort jeté par de méchantes belles-mères. « Quoi de plus vrai ? dit-elle. Les contes sont le monde comme il est ! » Vers les dix heures du soir le roi et la reine arrivent au palais de Madrid. Philippe V souffre d'une attaque de goutte. Il claudique fort sur le parquet. Il est d'une humeur ténébreuse. La reine, qui en a dissimulé bien d'autres, n'a pas de mal à cacher son mépris et son hostilité à l'égard de ce couple de jeunes nuls – et ses vœux les plus chers de stérilité.

On déshabille le prince des Asturies à la porte de la chambre où la princesse a été déshabillée en présence de la reine. Lorsque la princesse est au lit, le prince y est à son tour conduit par la reine. Les rideaux sont tirés. Don Luis se sent mal. Il ne bande pas. Louise Élisabeth, muette, sans le moindre désir, l'observe. Ils ont le drap tiré jusqu'au menton. Don Luis pose une main au hasard. Il agrippe une épaule, effleure le nombril. Elle ne bouge pas. Il tente quelques attouchements, n'ose pas le sexe. Ils s'embrassent et on dirait que ça leur plaît. Ça a tout l'air d'un péché. Le prince se signe. La princesse s'éloigne. Il allume une bougie. Il réfléchit. Ils *doivent* copuler, donner un héritier. Oui, mais comment ? Aucun des deux ne ferme l'œil. Vers l'aube, la princesse se met à chantonner, le dos tourné contre son époux – un bourdonnement haineux, le son de basse d'une abeille bien décidée à ne pas produire de miel. Elle se ronge les ongles sans interrompre son bourdonnement d'arrière-gorge.

Le lendemain la princesse s'empresse de rentrer dans son appartement. Les symptômes de l'érysipèle resurgissent. Migraine, boursouflure, le visage informe et rouge, une joue énormément gonflée. Le prince vient s'informer de sa santé. Il suffit qu'elle se montre.

Le prince écrit à son père :
« Je suis bien fâché de votre goutte, parce que je ne peux vous communiquer mes doutes, et c'est pour cela que je vous écris : car, hier au soir, je dis à la princesse ce que vous m'aviez dit, et elle me dit qu'elle ne savait pas non plus ce qu'il fallait faire, parce qu'on ne lui avait dit qu'à demi-mot... »

Quelques jours plus tard il écrit de nouveau à son père un mot qui se termine par :
« ... rien du tout ; au reste nous nous aimons toujours de plus en plus, et je tâche de la contenter autant que je le puis, je souhaite très fort de vous revoir et espère que vous vous porterez bientôt bien, répondez-moi au plus tôt et adieu jusqu'à une autre occasion. »

De toute façon, il est enchaîné : en Espagne est excommunié quiconque ne partage pas le lit conjugal. Dorénavant et jusqu'à ce que l'un des deux meure, ils sont condamnés à dormir, ou s'empêcher de dormir, ensemble.

Versailles, 25 août 1723

Une journée réussie

C'est aussi la fête de Louis XV, mais sans urgence conjugale à l'horizon. La Saint-Louis se déroule selon les cérémonies ordinaires. Messes, compliments, musique du roi. L'infante, après avoir pris un sorbet à la fraise dans le bosquet de la salle de bal, fait des bulles de savon. Le roi se laisse acclamer par les Versaillais. Une promenade en gondole sur le Grand Canal conclut une journée réussie puisqu'elle est l'accomplissement exact du programme prévu.

Escurial, automne 1723

Intermède d'opéra

La princesse sourit rarement, sauf pour de mauvaises raisons. Ne la font rire que les facéties dont elle occupe ses jours. La rumeur grandit de ce visage trop sérieux pour une si jeune fille – ce sérieux que les Espagnols nomment *predomia*. Dans l'espoir que ce soit un bon signe, on fait circuler des odes aux vertus de la princesse des Asturies. Le prince, comme le peuple, voudrait s'illusionner. Nuit après nuit, cependant, se répète le fiasco. Non sans variantes, bien sûr. Une fois même ils jouissent, pas ensemble, pas dans les bras l'un de l'autre, mais dans le même lit. Il lui caresse la main. Elle a les yeux fermés comme si elle dormait. Il garde sa main serrée dans la sienne jusqu'au matin. Il lui dit qu'il l'aime. Elle ne retire pas sa main. Il le prend comme un aveu. Louise Élisabeth trouve cela drôle et, à la manière dont un enfant s'entiche d'un jouet neuf, elle se pique de lui répondre et de le dépasser dans la démonstration des sentiments. Dans le cadre austère de l'Escurial se déroulent des scènes qui laissent les courtisans songeurs. Louise Élisabeth accompagne son mari partout – presque, parce qu'à la chasse, ça non ! – elle l'embrasse, se laisse enlacer, passe des journées à réfléchir à quels cadeaux lui faire. Il doit s'absenter du palais pour deux jours, ils se séparent en se jouant l'un à l'autre la grande scène du désespoir. Ils s'étreignent, pleurent, s'éloignent, se rejoignent : « *Mi marido !* », « *Mi mujer !* » Il faut soutenir la princesse. Dans la même période elle déclare à son confesseur qu'elle veut réformer sa vie et apprendre le latin.

Les premières déclinaisons l'assomment tout autant que son rôle d'épouse aimante. Elle exige de faire venir à l'Escurial ses femmes restées à Madrid. Celles-ci aussitôt à l'Escurial proclament avec la princesse leur désir de rentrer à Madrid.

« Ici il n'y a rien de nouveau, écrit le prince à son père, et les femmes m'ont déjà demandé quand nous irons à Madrid. »

N'est pas davantage nouveau l'échange minutieux sur les bonnes et mauvaises chasses, avec des accès de découragement comme : « ma chasse va toujours de mal en pis » (6 novembre), un temps funeste où la déception du prince englobe jusqu'au sermon : « ce qu'il a eu de meilleur c'est qu'il n'a duré que vingt minutes » (28 novembre).

Versailles, 2 décembre 1723

« Je souhaite une crise qui m'emporte par surprise »
(Philippe d'Orléans)

La Mort a Philippe d'Orléans en vue. Il le sent, le sait. Ça l'excite et le terrifie. Il a perçu les décès de sa fille, de sa mère, de Dubois, comme autant de signes prémonitoires. La Mort apprécie cette sorte d'accord : elle préfère travailler en intelligence. C'est peut-être pourquoi, après qu'il a prononcé la phrase « Je ne voudrais pas une mort lente, subir les affres d'une maladie fatale. Je souhaite une mort soudaine, une crise qui m'emporte par surprise », il est exaucé. Dans la soirée du 2 décembre, alors qu'une grande partie du château est plongée dans les ténèbres et qu'à l'extérieur c'est bien pire, Philippe d'Orléans, sur le point d'aller travailler avec le roi, décide de s'accorder une pause. Il fait venir Mme de Falari. Il est assis dans son fauteuil auprès d'un feu. Il a envie qu'elle l'amuse d'une historiette, un des mille potins qui sont le quotidien de Versailles. Elle commence, rieuse, tendue vers Sa Seigneurie. Et s'arrête, horrifiée. Philippe d'Orléans a basculé en avant, la tête tombée sur sa poitrine. Mme de Falari se jette au-dehors de l'appartement et appelle au secours. Elle trouve les couloirs vides, des portes closes, pas de serviteurs, encore moins de médecins. Elle monte et descend des escaliers, traverse des antichambres désertes. Elle crie et court pendant plus d'une demi-heure pour enfin dénicher quelqu'un. On couche Philippe d'Orléans sur le parquet. On le saigne. Premier réflexe et remède clef de la médecine de cette époque. Si ses effets sont douteux sur des vivants, ils ne risquent pas de ressusciter un mort. Accouru, M. le Duc a cette jouissance : voir le cadavre de cet homme qu'il déteste et obtenir, tout aussitôt, le poste de Premier ministre. Car il s'est hâté de se rendre chez le roi, lui a dit la fin de son oncle et, dans la même phrase, a demandé à prendre sa place. Le roi, les yeux baignés de larmes, après approbation du cardinal Fleury, fait un signe de tête affirmatif.

M. le Duc prend également les appartements de Philippe d'Orléans, au rez-de-chaussée, face à l'Orangerie.

IV. Malheur aux vaincus!

L'Escurial, 20 décembre 1723

Sans défense

La princesse des Asturies souffre encore une fois d'un érysipèle. Le visage tout enflé, la tête comme une pierre, elle s'enfonce dans une vie léthargique. Est-ce à cause de sa maladie, ou par indifférence, on lui annonce la mort de son père près de quinze jours après l'événement. Elle n'a aucune notion de politique, mais elle sait d'instinct que le chef de clan une fois mort, à moins que le fils aîné ou la veuve ne soient d'une trempe exceptionnelle, on est perdu face au clan ennemi. Son désespoir est effrayant. Élisabeth Farnèse va jusqu'à s'agenouiller auprès de sa belle-fille pour lui parler raison. Qu'elle ait fait ce geste, qu'elle se soit abaissée à se mettre à genoux aux côtés de Louise Élisabeth au visage bouffi par la maladie et par le chagrin est très remarqué.

À Modène, sa sœur est tout simplement non informée. Elle ne découvre la mort de son père qu'en faisant effectuer une décalcomanie de la lettre de faire-part adressée à son beau-père, et dont il n'avait aucunement l'intention de lui dire le contenu.

Versailles, janvier 1724

La vraie majorité

La *Gazette* a écrit à propos de feu le duc d'Orléans : « Ce prince s'attacha particulièrement à entretenir la paix qu'il trouvait établie en Europe ; il la rendit encore plus solide par de nouveaux traités et en formant dans la suite les heureux liens qui unissent la France et l'Espagne, et qui sont aujourd'hui nos plus douces espérances. » L'infante, semble-t-il, peut continuer d'être joyeuse et sûre d'elle. De toute façon, c'est plus fort qu'elle : « Elle ne demande que la joie », comme le notait Mme de Ventadour à son arrivée en France. Toute musique lui donne envie de danser, même un *Requiem*. Pourtant il y a de l'irrémédiable dans l'air. La mort de Philippe d'Orléans signifie la fin de sa politique, l'enterrement de ses projets. Elle propulse le jeune roi dans une nouvelle atmosphère. Elle écarte définitivement du pouvoir ceux et celles dont la présence ou les fonctions dépendaient de Philippe d'Orléans. Ils sont hors course. Saint-Simon parmi les premiers. Bientôt ou déjà liquidés, la petite fille d'Espagne changée en reine de France et son ambassadeur français appartiennent à la même fournée. Pas plus que depuis son arrivée en France Saint-Simon n'a un regard vers l'infante-reine. Pourtant il pourrait lire en la courbe rapprochée du triomphe de l'infante et de son déclin le dessin en miroir de sa propre destinée politique. Saint-Simon va de lui-même s'exiler de Versailles. L'infante va poursuivre sur sa lancée et continuer d'apposer, le plus longtemps possible, aux mensonges obstinés de Mme de Ventadour ses déchirants fragments d'allégresse.

L'anniversaire de ses treize ans libérait Louis XV dans l'abstrait (et le plus significatif symbole de cette pseudo-liberté pouvait se lire dans la décision du roi majeur de ne plus dormir dans la même chambre que son gouverneur. Sauf que celui-ci avait, en effet, cessé de veiller sur son sommeil mais pour être remplacé par le sous-gouverneur!). La mort de son oncle le libère concrètement, physiquement. En dépit de sa peine, il éprouve le même effet de neuve complicité avec les envies nées de son corps qu'au jour de ses dix ans quand M. de Villeroy l'avait autorisé à ne plus porter un corps de baleine, le corset par lequel il le dressait à se tenir droit.

Avec discrétion, mais dans un implicite aussitôt saisi par Louis XV, M. le Duc le dégage de tout sentiment d'obligation par rapport à celle qu'il appelait la « myrmidone » infante. Marie Anne Victoire est là, encore là, mais le roi peut vivre comme si elle n'existait pas. Exit le projet, qui s'est avéré utopique, d'amener le roi à l'aimer. Les apparences de tendresse sont balayées. Demeurent seulement des formes de politesse et de cérémonie.

Dans son château de Chantilly, M. le Duc organise pour le roi des chasses à courre fabuleuses, des féeries diurnes et nocturnes. L'apprentissage du métier de roi passera au deuxième plan. À moins de penser comme M. le Duc que prendre son plaisir et déléguer à d'autres le tracas des affaires est le propre d'un véritable comportement souverain. À Versailles, il faut rien de moins que la glace pour empêcher le roi de chasser. Les courtisans maudissent cette fougue qui les oblige à toujours galoper derrière un animal ; et dans les soubresauts de la bête à l'agonie, ils se demandent parfois, trempés, gelés, refrénant une mauvaise toux, s'ils ne devraient pas, plutôt que de s'en réjouir comme d'un exploit, y lire une version de leur fin prochaine. Mais le roi grandit, se porte comme un charme. Et dans les pires froidures avec le gel qui rend blanches et craquantes des mèches échappées de sa coiffure, sa jeune beauté a quelque chose de dionysiaque. Elle donne du baume au cœur aux goutteux et rhumatisants et emporte dans un galop d'insouciance les princes de son âge.

Noël à Versailles doit-il être précédé chaque année d'une mort ? La célébration de la naissance de l'Enfant Jésus implique-t-elle en contrepartie de l'événement fabuleux un pacte funeste ? Marie Anne Victoire ne va pas jusqu'à pareille pensée et, sans doute, ne fait-elle pas le lien d'un Noël à l'autre, inconsciente de l'aspect répétitif de ces deuils de décembre. Elle trottine dans l'hiver, au jour le jour, chérie par Mme de Ventadour et conseillée par Poupée-Carmen. Elle suit avec passion le moindre fait et geste du roi, envoie des baisers, des prières. Mais l'on dirait que l'invisibilité de son aimé, le ciel bas, les courriers retardés par le mauvais temps agissent sur le moral de la petite fille. On ne la reconnaît plus. Elle est grognon, prête à pleurnicher sous n'importe quel prétexte, elle se plaint sans pouvoir dire de quoi.

Un matin particulièrement glauque, elle se réveille douloureuse de tout le corps et, fait inhabituel, elle ne se laisse pas habiller en chantonnant et commentant les divers éléments de son costume. Elle ne parle pas à son pied trop lent pour enfiler un bas ou à son bras maladroit à se glisser dans une manche. Elle assiste quand même à la messe du matin mais, ensuite, il faut la coucher. Son nez, ses yeux coulent, la lumière lui fait mal. Dans la chambre aux rideaux tirés, elle s'attend, le cœur cognant, à l'intervention des médecins. Elle se recroqueville sous l'édredon. Dans les pas qu'elle entend au-dehors de sa chambre et dont le bruit amplifié par la fièvre lui fait mal à la tête, elle pressent leur arrivée. Soudain ils sont là. Ils progressent vers son lit. La flamme de la bougie posée à son chevet accentue leurs silhouettes redoutées. À travers ses yeux brûlants la petite fille les aperçoit : des nez gigantesques, des dos de bossus, de longs bras terminés par des mains qui vont la broyer. Ils sont munis de la lancette pour la saigner. Marie Anne Victoire pousse des hurlements. On remet à plus tard la saignée mais on réussit à l'examiner. Sur son visage, derrière les oreilles, sont apparues des plaques rouges. La petite vérole ! Le fléau qui s'abat d'abord sur les enfants, infecte les yeux et les paupières, transforme leur peau si douce en un tissu de pustules, la peste hémorragique qui les fait mourir dans des ruisseaux de sang ! À peine le diagnostic formulé, les médecins quittent l'infante et veillent à l'essentiel.

M. le Duc entre en fureur : « Non seulement cette alliance est foutrement ridicule mais elle risque en plus de nous coûter le roi. » On revêt celui-ci d'une cape de fourrure, et on le fait monter dans un carrosse qui, en quelques minutes, le dépose à Trianon. Le froid est glacial et l'adolescent debout devant un feu qui a du mal à prendre est d'abord désorienté par cet exil. Le cocon protecteur de ses habitudes est déchiré. Louis maudit la façon dont, encore une fois, la dernière se jure-t-il, on dispose de lui sans demander son avis. Est-il le roi ou ne l'est-il pas ? Il l'est, Sa Majesté. Et justement à cause de cela, à cause du caractère sacré de sa précieuse personne, il a fallu agir vite, faire en sorte que le mal qui infecte l'infante-reine ne le gagne pas... Le feu a pris. Le roi étend sa fourrure et s'allonge dans la chaleur crépitante. Le chemin entre le château et Trianon bruisse de l'aboiement des chiens et du rire de ses amis. Louis se laisse envahir d'une bouffée de bonne humeur. Tout à coup il lui plaît, ce voyage impromptu. Il lui permet d'interdire le lieu aux ennuyeux et de ne garder auprès de lui que les compagnons de jeu.

Depuis l'âge de cinq ans qu'il en assure le rite, il a pris le pli de subir avec résignation les bons vœux distillés tout au long de la matinée du 1er janvier par le défilé des courtisans. Habituellement, il n'écoute pas. Quand il était plus petit, il s'efforçait seulement de rester immobile. En grandissant, et devenu mieux accordé au patient et imperturbable mannequin de cérémonie qu'on lui demande d'incarner, il aurait pu prêter l'oreille à ces mille et une promesses de bonheur. Il s'en était abstenu. Parce qu'il n'y croyait pas et parce qu'il craignait, s'il cessait de faire le sourd, d'être amené à y répondre. Mais ce 1er janvier 1724, en ce petit château de Trianon qu'il aime tant, dans l'ébauche d'un vrai sentiment de liberté, les vœux de bonheur deviennent nets et audibles, des paroles auxquelles croire, des formules de sa propre envie de vivre.

Sur le marbre rose de Trianon, les jeunes gens sautent de leurs montures. Au souper qui les attend, les élans de l'amitié tiendront lieu d'étiquette. Et le champagne va procurer au roi sa première découverte de l'année qui s'ouvre : la facilité de l'ivresse, l'euphorie qu'elle génère, la chaleur qui monte aux joues et délie la langue.

Madrid, janvier-février 1724

Enfer conjugal

Le roi son père lui a bien expliqué quoi faire, son professeur de sciences naturelles lui a fait établir, avec l'approbation de l'Église, des planches dessinées des organes de reproduction de l'homme et de la femme. Il a pu voir, en complément, des cires anatomiques envoyées d'Italie. En particulier une femme très belle, brune, une longue tresse. Son ventre lisse est démontable. Il faut soulever et dessous apparaît un imbroglio d'organes. Don Luis a frémi. Malgré tout, il est résolu. La princesse ne joue plus jamais au jeu de «*Mi marido, mi amor*». Au lit, elle ne se laisse pas approcher, lui envoie des coups de pied. Elle menace de lui casser le crâne avec un bougeoir. Don Luis persiste. Et une nuit, il la tient serrée, son sexe dur et tendu juste à la porte du vagin de sa petite femme. Il y est presque. Mais d'un coup, elle se dégage et lui mord la langue jusqu'au sang. Elle s'enfuit à l'extrémité du lit, prête à se battre. Le prince se réfugie dans sa chapelle, partagé entre la peur et le désespoir. Il pense : «Je préférerais encore être aux galères.»

Versailles, janvier-février 1724

Une défaite de l'infante

La chambre de Marie Anne Victoire est l'équivalent de ce qu'était la ville de Marseille, foyer pestiféré. Il faudrait la murer, ne laisser qu'une minuscule ouverture par laquelle se glisseraient les médecins, toujours en manque du sang de l'infante. Pour l'heure, ils n'en ont pas obtenu une goutte. Malgré la fièvre, la fatigue, l'extension des plaques rouges sur le haut du corps, puis sur les bras, les jambes, elle résiste. Avec une vaillance qui excite le respect, non à Versailles car son étoile est en train de pâlir (ce que Mme de Ventadour admire comme « un vouloir fort » est de plus en plus déprécié comme une mauvaise éducation), mais au-delà des corridors étroits et tortueux où naissent et s'entretiennent les calomnies, et où se racornissent les vertus. À l'extérieur des grilles du château, son courage appelle la sympathie.

Les médecins ont tout essayé. La douceur, l'appât des récompenses, la raison, ils entreprennent de lui expliquer pourquoi elle doit être saignée, les bienfaits immédiats de la chose, elle doit guérir, c'est l'évidence, Sa Majesté désire guérir, n'est-il pas vrai ? Pour elle-même, pour son peuple, car la santé de la reine de France importe à ses sujets, aux vingt-trois millions de Français qui l'adorent, vingt-trois millions, répète la petite fille toujours étroitement repliée, vingt-trois millions, vingt-trois millions, elle scande comme une litanie le chiffre de son peuple de France. Elle possède trois cent quarante-sept poupées et vingt-trois millions de Français. Trois cent quarante-sept poupées, sans compter les poupées enfermées dans la malle... Pour la première fois depuis son arrivée à Versailles, celles-ci lui reviennent à l'esprit. Elle pense qu'elle aimerait les avoir avec elle. Les poupées frustes sauraient faire bloc contre les médecins-saigneurs. Elle est couchée de côté, ses bras tiennent ses genoux contre sa poitrine, elle voudrait se changer en un fagot d'épines. Elle a un sursaut d'énergie farouche. Elle arrache ses membres à leurs mains d'acier et se recroqueville davantage. Marie Neige vole à son secours. Les hommes en noir se retirent. L'infante est brisée mais elle a gagné. Elle se rappelle, toute proche, la voix de Madame lui répétant : « Votre corps vous appartient, vous en êtes la maîtresse, vous n'êtes pas un porc dont on tire le sang pour faire du boudin. » Ils sont partis, ils reviendront. La petite fille voudrait que soient bloquées les deux entrées et les deux fenêtres. À la rumeur qu'elle est mal élevée commence de s'ajouter l'insinuation qu'elle est folle.

L'infante s'est préparée contre le retour des médecins ; elle est sidérée d'être réveillée par un fracas assourdissant dans le salon de la Paix. Des voyageurs, qui se proclament envoyés par le roi d'Espagne, font intrusion dans sa chambre. Des lascars, le visage caché par une énorme moustache. Ils ont des bottes, des manteaux de voyage. Le premier lui déclare en espagnol que Sa Majesté Philippe V est au courant de la maladie de sa fille et qu'il souhaite de toute son affection qu'elle vive, c'est pourquoi il lui *ordonne* de se laisser saigner. Marie Anne Victoire est prête à capituler. Pourtant elle n'est pas complètement convaincue. « Montrez-moi la lettre de Sa Majesté mon père et j'obéirai. » En l'absence de document probant, elle les renvoie avec une autorité sans réplique.

    Les médecins n'ont pas dit leur dernier mot. Ils réattaquent. Leurs silhouettes monstrueuses s'agitent au-dessus d'elle et conspirent en latin. Elle se sent seule, désespérément seule. Tandis que deux la forcent à desserrer les bras et étendre les jambes, le troisième lui assène l'argument final : « Et le roi votre époux, y songez-vous ? Vous avez la petite vérole, maladie tueuse entre toutes, maladie transmissible par excellence, vous représentez pour la personne de Louis XV et par conséquent pour le trône de France un danger mortel. » L'infante suffoque. Les médecins-saigneurs sont allés trop loin. Sous le coup d'une telle accusation : mettre la vie de son cher époux en danger, elle sanglote, écrasée de culpabilité, privée de réaction. Un médecin en profite pour lui tirer une pinte de sang. L'opération finie, elle leur dit d'une toute petite voix : « Puisqu'il suffit au roi de toucher pour guérir, qu'il vienne, me touche, et je serai guérie. »

    La petite vérole s'est révélée n'être qu'une rougeole. Les plaques rouges diminuent. Les journaux annoncent : « Depuis le 5 janvier l'Infante-Reine a continué de se rétablir de sa maladie, et elle est à présent en parfaite santé. »

Le roi revient à Versailles. Il lui est épargné d'aller saluer l'infante, question de prudence élémentaire, dit M. le Duc qui, au plus grave de sa maladie, n'a cessé de faire demander des nouvelles. Qu'elle disparaisse ainsi, comme des milliers d'autres enfants, cela aurait tout arrangé.

Tomber malade et d'une maladie, rougeole ou petite vérole, qui risquait de contaminer le roi a humilié l'infante. Dans la fatigue qui s'ensuit, elle souffre avec une acuité nouvelle de l'humidité, des courants d'air, des salles gigantesques, des couloirs exténuants. Sous le ciel sombre de son lit à baldaquin, elle prend peur des ténèbres et écoute, figée, le cri des oiseaux de nuit. Elle pleure en silence d'abord, puis un peu plus fort afin de tirer Mme de Ventadour de son premier sommeil et que la chère présence la prenne dans ses bras. Comme un bébé ? Oui. Comme son bébé ? Comme elle tenait Poupon-Dauphin dans ses bras. Mais c'était avant la maladie, avant l'insolence des médecins, quand il était amusant de faire semblant et de voir autour de soi les plus grands dignitaires accepter le jeu. Aujourd'hui Poupon-Dauphin est toujours empourpré des points rouges dont elle l'a marqué mais sur une partie du visage – celle qu'elle a voulu laver à l'eau et au savon – l'irruption est devenue un flot sanguinolent qui a taché tous ses vêtements. Il la dégoûte telle une chose de sang, un mal inguérissable. Il est tombé du lit. Elle n'y touche pas, ne demande pas qu'on vienne à son secours. Dans l'état où il est, qui oserait le lui rapporter ? Elle attend qu'une femme de chambre le balaie et le jette au feu. « Je dis à tout le monde que cette poupée est mon fils, mais à vous Madame, je veux bien dire que ce n'est qu'un enfant de cire. »

Les hommes en noir relèvent sa chemise, la molestent au creux des reins, pincent sa colonne vertébrale de leurs doigts violents. Ils traquent, ils inventent ses infirmités. Ils hochent du bonnet et la renvoient au néant, elle et sa descendance. L'infante est torse, sans doute barrée. Son bassin souffre d'une étroitesse rédhibitoire, quant aux organes de la procréation, Sa Majesté, par malheur, les a définitivement atrophiés. Il n'y a rien à faire. Sinon la saigner, toujours la saigner, afin de libérer les humeurs malignes.

Pour sa convalescence, M. le Duc lui fait cadeau d'un fou. Elle a d'abord demandé à avoir, à cause de ses voix qui déraillent, le fils de Philippe d'Orléans. Le duc de Chartres en fou de l'infante ? On s'esclaffe. On lui offre Bébé IV, un nain venu de la cour de Pologne. Il porte une perruque rouge, a de gros yeux bleus tout ronds exorbités, il produit grimaces et singeries à volonté. Quand il enlève sa perruque, il découvre un crâne à peu près chauve avec des touffes de cheveux blond pâle très clairsemées. Ce crâne, ces cheveux rares, intriguent l'infante qui n'a jamais vu que des têtes à perruque. Elle a envie de toucher ses cheveux.

« Je peux ? demande-t-elle à Bébé IV.

– Mon crâne vous appartient, reine de mon cœur!
– Pourquoi il y a des trous entre tes cheveux?
– C'est l'âge, l'âge sans la sagesse, reine d'innocence.
– On m'a donné un vieux fou, conclut l'infante dépitée.
– L'affaire est simple, reine toute-puissante, il vous suffit de m'échanger contre un jeune fou hirsute.
– Moi, j'ai été échangée.
– Contre quoi, merveille unique?
– Contre Mlle de Montpensier, une princesse française, elle a épousé don Luis et moi le roi Louis. Elle est en train de devenir espagnole et moi française. »

L'infante se repose assise contre ses oreillers. Son visage est tendu. Il a comme rétréci. C'est peu de dire qu'elle ne grandit pas, colportent les langues de vipère, elle rapetisse. Elle observe les pitreries de Bébé IV d'un air grave. Sous prétexte de surveiller de près sa convalescence, les médecins la harcèlent. Ils l'auscultent, la dénudent, la palpent. Ils la meurtrissent et l'humilient. Sa capacité à engendrer n'est pas seulement reportée à de nombreuses années, à de trop nombreuses années, mais on la suspecte d'en être incapable, à cause d'une malformation qui la condamnerait à la stérilité. Une enfant mal éduquée, un peu folle, trop petite, difforme. À travers le regard d'amour de sa gouvernante, l'infante resplendit de grâce et de beauté. De même dans les yeux des peintres qui font son portrait. Mais de manière insidieuse, venimeuse, dans l'espace restreint de Versailles, un être différent né de la haine et du rejet est en train de lui être substitué. Une petite fille malingre et désagréable, blême de teint, pépiant à tort et à travers, une enfant insupportable en face de laquelle la seule question est : Comment s'en débarrasser ? L'antipathie du roi est relayée par le parti pris politique du duc de Bourbon, chef de la maison de Condé, qui n'en a pas fini de régler ses comptes avec la maison d'Orléans.

L'infante pourtant reprend des forces. On l'autorise, entre deux averses, à faire une promenade dans le parc. Une belle éclaircie, se félicitent ses dames. Bébé IV scande d'une danse bouffonne, une sorte de danse russe avec vigoureuse jetée de mollets, la première sortie de l'infante. On ne voit quasiment rien d'elle, protégée d'une couche d'écharpes et de manteaux – sauf ses yeux vifs.

Des yeux qui aujourd'hui, en ce 1er février, s'écarquillent d'étonnement et brillent de larmes retenues.

« C'est faux : impossible, mon père est roi d'Espagne et il l'est pour toujours. Un roi ne peut pas cesser d'être roi. »

L'ambassadeur d'Espagne a le mauvais rôle de devoir annoncer à l'infante que Philippe V a abdiqué.

« Il faut me croire, Votre Majesté, Son Altesse Philippe V a pris la décision de renoncer au trône.

– Vous oubliez ma mère, elle est trop rusée, elle a de l'esprit comme cent diables, ce n'est pas elle qui accepterait que papa abdique. Vous me mentez, vous manigancez pour m'étourdir.

– L'ambassadeur dit vrai, répète Mme de Ventadour. Sa Majesté le roi d'Espagne a transmis la couronne à votre frère, le prince des Asturies.

– Ma mère est l'épouse du roi d'Espagne comme moi je suis sa fille, et ça ne peut se changer... Le fils de la Savoyana », sanglote l'infante.

Louis XV, et c'est exceptionnel, la reprend :

« Le fils de Marie-Louise de Savoie, la sœur de Marie-Adélaïde de Savoie, ma mère. Marie-Louise de Savoie était, comme elle, une femme exceptionnelle. »

L'infante essaie de surmonter l'affront infligé par Louis XV, elle se fait expliquer : don Luis est le fils de la sœur de la mère de Louis XV, les deux Louis sont donc cousins germains, Louis XV et Louis Ier... mais ce n'est pas le problème. Elle, l'infante d'Espagne, ne serait plus aujourd'hui que la fille d'un roi détrôné.

« Puisque vous doutez, voyez », et Mme de Ventadour lui lit la fin de la lettre de sa mère : « Au reste, vous serez peut-être surprise d'apprendre que nous avons abdiqué et que nous nous retirons de ce monde corrompu. »

Mme de Ventadour écrit à la place de l'infante pour le nouveau roi d'Espagne : « Monsieur Mon Frere, quoique j'aie admiré avec toute cette cour la généreuse résolution du Roi mon père, je n'ai pas laissé d'en être affligée, et je ne m'en console qu'en vous voiant êlevé sur le trône. V.M. aporte au gouvernement toutes les vertus qu'il y avait a désirer pour le bien de ses états. Je la felecite de tout mon cœur, l'assurant que son amitie m'est extrêmement chere, et que j'y répondrai toujours par tous les sentiments d'une sœur la plus tendre, et la plus attachée qui fût jamais. Je suis, Monsieur mon Frère, De V.M.,

tres afectionée sœur

Marie Anne Victoire »

L'infante glisse en douce dans l'enveloppe quelques lignes de son dernier devoir d'écriture et des pétales de pivoine pour les dames du palais.

La Granja de San Ildefonso, Madrid, février 1724

« *Dieu m'ayant fait connaître depuis quelques années
par sa miséricorde infinie, mon très cher fils,
le néant de ce monde et la vanité de
ses grandeurs…* » *(Philippe V)*

Dans la proximité de Philippe V sa décision n'a pas surprise. Élisabeth Farnèse comme le prince des Asturies savaient que le roi abdiquerait, dès San Ildefonso habitable. Le jour où il signe son acte d'abdication Philippe V fait l'expérience de la souveraineté, la vraie, celle qui vous met au-dessus de tout vis-à-vis. C'est le fond de l'hiver. Le col est fermé. Entre Madrid et lui les communications sont coupées. Il marche dans le parc, parcourt son palais, et cède sans retenue à la joie de s'être libéré du souci du monde. Il contemple un portrait de Louis XIV en bonne place dans le plus vaste salon de San Ildefonso et se sent enfin l'audace de croiser son regard et de lui dire :

« Cette couronne dont vous m'avez chargé, Majesté, je m'en démets. Et vous, pour qui rien n'égalait la jouissance du métier de roi, voyez ce que j'ose : j'abdique. J'abdique une royauté qui a coûté treize années de guerre et près de deux millions de morts. Et pour tout vous avouer, il ne m'a fallu que peu de temps après la fin de la guerre pour me résoudre, en secret, à me retirer. Vous m'avez toujours pensé un incapable. Je dépasse vos pires jugements. Vous me méprisez comme vous n'avez encore méprisé personne, et pourtant votre hauteur est légendaire. Je suis, selon vous, un roi pathétique, un lâche, un bigot et les jardins de la Granja reflètent mon misérable destin. Que je les compare à vos jardins de Versailles, quelle bouffonnerie ! C'est vouloir comparer le Grand Siècle à la préhistoire ! Les dimensions, l'harmonie, l'horizon infini… De vos jardins aux miens, rien n'est comparable. Les allées de la Granja miment celles de Versailles, mais elles aboutissent à des murailles de neige. On bute sur la vie nue et sauvage. Certes, mais prêtez l'oreille, écoutez cette musique, ce ruissellement perpétuel, l'eau ici coule en abondance, elle serpente, s'insinue, jaillit, cascade… l'eau est partout, elle emplit mes bassins, mes étangs, mes canaux, fait la gloire de mes fontaines. À la Granja, Majesté, j'ai l'eau avec moi. L'eau de la montagne, vive, intarissable. Je n'ai qu'à creuser une vasque pour la recevoir. Mon spectacle des Grandes Eaux, des Très Grandes Eaux ne souffre pas d'interruption. Vous souriez, mais Dieu me dit que j'aurais tort de me courber sous ce sourire et que c'est ainsi qu'il faut construire, non en déclarant la guerre à la nature, sa Création, mais en le remerciant humblement pour Elle, source de tout Bien. »

Désormais, il est indéniable que le roi et la reine font tout ensemble, ne se quittent pas une minute, mais qu'*ils ne pensent pas ensemble*. La reine cache son dépit : ce monde corrompu, elle l'adore ; la retraite à San Ildefonso, elle l'a en horreur. Elle a vécu une enfance et une jeunesse de mortifications, et cela va recommencer. Dans le silence de la Granja seulement rompu par le choc sourd de volumes de neige tombant des arbres, elle songe avec amertume à sa vitalité, à son intelligence, à tous ses talents qui vont être enterrés... Elle parle et écrit plusieurs langues, elle danse et chante admirablement, elle dessine, peint, pour qui ? pour quoi ? Dans ses lettres elle ne laisse rien transparaître des orages qui la traversent, tout au plus quelques pointes d'ironie comme : «... pardonnez-moi si je me sers d'un terme de campagne, mais comme je suis devenue campagnarde je me sers de termes de mon pays. »

Au château de la Granja tel qu'on le visite de nos jours sont exposées plusieurs œuvres de l'épouse de Philippe V : des têtes de saints, de face, de profil, de trois quarts. Son tracé était sûr, son sens des couleurs subtil, elle était manifestement douée. Ses tableaux n'ont aucun défaut, pourtant ils laissent indifférents. C'est qu'il leur manque une âme. Elle existe sans doute mais, comme celle d'Élisabeth, elle est trop profondément dissimulée pour irradier. Ce sont des saints de façade, des êtres d'une perfection fade et décorative. Des aquarelles tout en nuances pour faire écran à la rage qui la dévastait.

Le peuple de Madrid est en liesse. Il a pleine sympathie pour don Luis, fils de la Savoyana, un enfant nourri au chocolat, un vrai Espagnol ! « Vive, vive, vive ! Vive Luis Ier, *el Buen Amado* ! » Le bonheur du peuple se propage de rue en rue, atteint l'Escurial. « Quel est ce bruit ? » demande la princesse des Asturies. Ses femmes n'en savent rien. Un message signé Louis Ier et délivré par la duchesse d'Altamira vient l'informer qu'elle est reine. Cette nuit-là elle boit à mort. Tout ce que la Quadra verse dans son verre, elle l'avale. Elle porte des toasts affreux. Les vingt-sept caméristes échevelées crient : « *Viva la reina ! Viva la reina !* » La duchesse d'Altamira déguerpit sous leurs quolibets.

Louise Élisabeth titube jusqu'à la chambre royale. Les sœurs Kalmikov, chacune portant un flambeau, ouvrent largement la porte et proclament : « Sa Majesté la reine ! » Louise Élisabeth, une couverture de laine sur les épaules, sorte de manteau de sacre pour une bergère, marmonne : « *Estoy borracha como una cuba* » [Je suis soûle comme une bourrique] ». Le roi entrouvre les rideaux, tend vers elle une main blanche, fragile, toute fine, une main d'impuissance.

Versailles, février 1724

Des espions chez la reine d'Espagne

M. le Duc se réjouit. L'abdication de Philippe V est une nouvelle excellente. La fille d'un roi détrôné est plus facile à renvoyer avec discrétion, sans risque de guerre. Il va faire espionner de près la princesse des Asturies, désormais reine d'Espagne. Il doit savoir si elle a ou non de l'influence sur le roi. Décidément, depuis la mort de Philippe d'Orléans, tout sourit à M. le Duc. Ça n'empêche qu'il déambule toujours avec la même brusquerie et la même expression de mécontentement, de fureur prête à exploser – et qui explose. Sur son passage, invectives et coups de canne pleuvent. Valets, garçons de salle, chambrières, et même les pages, lesquels par leur naissance devraient être mieux traités, le redoutent. La panique qui gagne l'infante dès qu'elle l'aperçoit, tous les êtres en position de faiblesse l'éprouvent. Or, c'est son talent : vous mettre en position de faiblesse. Marie Anne Victoire, depuis sa maladie, se sent visée. Fille d'un roi qui ne l'est plus, épouse d'un roi dont elle ne cesse d'attendre un geste d'attention, un mot d'amour, elle résiste grâce à sa fierté et par un vouloir nullement diminué, mais le ressort de sa vitalité n'est plus le même. Elle a perdu de son insouciance et de son assurance, et cette envie de danser sur place, de chanter à son réveil, de gagner tous les cœurs. Mme de Ventadour est son refuge. Elle cherche à croire, de toute son âme, aux lettres où celle-ci écrit que le roi est ravi d'entendre parler d'elle, qu'il l'aime chaque jour davantage. Aux mots par lesquels elle assure que leur couple est un miracle d'harmonie. Elle réussit encore à s'illusionner, mais un besoin nouveau, redoutable parce que insatiable, a germé en elle : avoir une preuve. Qu'une fois, à l'improviste, en dehors des cérémonies réglées, des échanges de courtoisie, des félicitations et visites de deuil, un regard, un geste, un élan irrépressible de la part du roi lui dise : « Je vous aime. »

Madrid, Carnaval 1724

À coups de cailloux

Dans la correspondance entre don Luis et ses parents l'abdication de Philippe V a surtout eu pour effet que c'est maintenant un échange entre majestés : « Vos Majestés », continue roi-fils, tandis que roi-père et Élisabeth Farnèse lui donnent du « Votre Majesté », ou « Sa Majesté ».

En célébration du nouveau règne le Carnaval a été spécialement éclatant avec, outre les mascarades, comédies, batailles de dragées, courses de taureaux, un autodafé à la hauteur des réjouissances. Louise Élisabeth ne dessoûle pas. Elle s'exhibe dans les bras de la Quadra. Elles portent toutes les deux une mantille d'écarlate, et le même masque blanc orné, sous la fente de l'œil, d'une mouche en forme de cœur. Les hommes leur envoient des brassées de fleurs et leur crient, à plein gosier, des obscénités.

Le roi fuit la joie populaire – et toute joie. À la Cour, les festivités ont des formes plus compassées : performances équestres, ballets, opéras. Don Luis et sa femme assistent à une représentation de *L'Amour effémine les bêtes sauvages*. Elle dort ; il observe d'un air égaré les exploits de l'Amour qui, telle la lyre d'Orphée, dompte les animaux féroces. Luis, sans les dompter, les chasse quel que soit le temps. On dirait même que le mauvais temps exacerbe sa passion. Il écrit à son père : « il faisait un vent si fort que les cailloux nous donnaient dans les yeux et nous aveuglaient la battue s'est finie sans que j'ai tiré autre chose que deux perdrix que j'ai reportées » 14 février 1724, et, un peu plus tard : « Ce qui m'est arrivé au Pardo cet après-midi ayant tiré un cerf au Lazo de loin la balle l'a traversé nous l'avons suivi près d'une lieue par le sang qu'il laissait en grande abondance laissant même du sang collé grand comme un chapeau la nuit est venue il a fallu revenir de sorte qu'il s'est perdu. »

Il est entré dans sa nuit.

Il ne pleure pas. Ce n'est pas faiblesse de sa part si le monde, à coups de pierres, lui arrache des larmes.

Versailles, printemps 1724

Le divertissement de l'effroi

Louis XV s'apprête à quitter Versailles, où cet été – l'été de ses quatorze ans – il rêve à l'avance des festivités qui vont faire du séjour à Fontainebleau une saga flamboyante. Il a hâte de mettre pied à terre dans la cour du Cheval Blanc, de monter quatre à quatre l'escalier, de courir admirer la galerie des Cerfs, décorée de cerfs chassés dans la forêt de Fontainebleau. Il embellira de ses propres trophées la galerie voulue par Henri IV. Il la bourrera de dizaines et de centaines de bois de cerfs, d'innombrables massacres. À la fin, personne ne parviendra plus à pénétrer dans cette galerie. Il s'y rendra seul, en secret, à la tombée du jour. Il se glissera dans l'entrelacs inextricable. Les bois immenses, les massacres, partout dressés, et multipliés par les miroirs, ne lui feront ni blessure ni obstacle. Ils lui rappelleront les seuls moments vécus de son existence.

Depuis sa première chasse à courre, le printemps dernier, à Rambouillet, il ne peut concevoir sensation plus forte que de galoper sur les traces d'un cerf dans le bruit des aboiements de la meute, les sons du cor, l'exaltation de la vitesse et des percées de lumière entre les feuillages, cette fièvre de puissance et de risque, ce bonheur d'un corps à corps avec la nature, d'un combat amoureux avec la vie animale. Pour la détruire ? Non, pense le chasseur, il est lié à sa proie. La peur qu'il lui cause peut très vite se retourner. C'est l'affaire d'une seconde, une chute de cheval, la charge d'un sanglier blessé ou, comme il y a seulement quelques semaines, avec l'accident du jeune duc de Melun à Chantilly, le bois d'un cerf qui vous déchire. Le jeune homme avait été blessé aux flancs et atteint au foie. On l'avait transporté dans une des chambres du château. Et le roi avait assisté à l'agonie de son ami. Certains avaient pu croire que cette tragédie aurait des répercussions sur sa sensibilité. Elle en eut sans doute, mais pas au point de calmer sa frénésie. Car l'envers noir de cette activité volontiers défendue au nom du grand air et de la santé ne lui est pas inconnu. C'est peut-être même ce qui lui a été enseigné d'abord, au cours de ces étranges séances de tir durant lesquelles, placé un pistolet à la main dans une gigantesque volière, on le faisait tirer comme un fou sans même viser. La tuerie s'achevait dans un vertige d'envol, de bruissement d'air affolé et de chute d'oiseaux, l'enfant, tout en ne cessant pas de tirer, gémissait qu'il voulait sortir. Mais son maître d'armes lui répondait : « Il vous faut goûter jusqu'au bout le divertissement de l'effroi. » Ces séances avaient-elles vraiment eu lieu ? Faisaient-elles partie de ses rêves anciens ? Toujours promis à mourir, Louis a grandi dans la peur. Celle-ci constitue son rapport le plus profond à tous les événements de sa vie. Et peut-être demeure-t-il insensible quand elle n'intervient pas. En revanche, son intérêt se réveille dès qu'un événement, une activité, une personne a, de près ou de loin, à voir avec la panique de la volière – avec le divertissement de l'effroi.

Madrid, printemps-été 1724

La scandaleuse

Louise Élisabeth a besoin des doigts de la Quadra, mais ils ne suffisent pas à la calmer. Elle n'est pas amoureuse de cette fille. Il se trouve qu'elle et les sœurs Kalmikov sont plus complaisantes que les autres, qu'elles ont des idées drôles. Qu'elles la rafraîchissent comme il faut.

Elle est étendue les cuisses ouvertes, une d'elles agite un éventail au-dessus du sexe.

Elle est étendue les jambes serrées, une d'elles l'embrasse et s'enfonce en elle à petits coups de langue.

Elle est étendue, les membres en désordre, elle s'arque et pousse des cris, comme possédée, une d'elles, ou les trois ensemble, lui passent sur les lèvres des morceaux de glace.

Louise Élisabeth leur apprend des mots français orduriers, des mots du théâtre de foire ou des prostituées du Palais-Royal, des mots qu'elle ignorait connaître mais qui, dans l'intimité, lui reviennent, de même que la petite infante, en public, se trouve naturellement portée à une emphase rhétorique, qui, à travers son père, date de Louis XIV.

Le roi s'efforce de se faire sourd aux rumeurs, de couper court aux lamentations de Mme d'Altamira ou aux tentations de délation d'âmes bien intentionnées. Mais il y a une limite et elle est franchie lorsque la reine se permet, devant témoins, de demander à la Quadra : « Accepteriez-vous de me servir de maquerelle ? »

Sous le choc, le roi, sur le point d'aller à Valsain, écrit à son père qu'il préférerait le voir seul – sans Louise Élisabeth : « Au reste j'ai dit à la Reyne que je voulais aller à Valsain elle m'a dit qu'elle souhaiterait d'y aller je luy ai répondu que cela pourrait luy faire mal à cause du chemin qui est long et plein de neige je dis cela à Vos Majestés pour dire à la Reyne que je leur ai écrit mais certainement j'ai toujours eu envie et l'ai encore d'aller sans le bruit de ces femmes qui m'étourdissent assez souvent » (18 mars 1724). Il tient à ce voyage solitaire afin de vraiment parler avec son père.

Sur place il s'aperçoit de l'impossibilité d'un entretien en aparté et se résout, malgré sa honte, à révéler au roi et à la reine une fraction de l'abîme où il est en train de sombrer. Ils l'écoutent avec la même expression de dégoût et d'incrédulité. Leurs Majestés exigent de sa part la promesse de se comporter avec fermeté. À la veille de son départ, le roi, selon le rite, lui accorde sa main à baiser, mais la reine, et ce n'est pas la première fois, la lui refuse. Ce refus, alors que tout lui échappe, lui est intolérable.

Aussitôt revenu en son palais il avise Leurs Majestés des agissements de Louise Élisabeth : « Quoique la Reyne va mieux elle ne va pas encore comme je le souhaite mais je promets à Vos Majestés de ne jamais désister de mon entreprise » (13 avril 1724). Il a un moment d'optimisme : « J'écris à Vos Majestés avec une grand joie par la raison de ce qui s'est passé aujourd'huy avec La Reyne. Car premièrement elle a vu une liste par écrit de tout ce qu'elle a fait d'extravagant et lui ayant dit ensuite que ma patience estait à bout et que si elle ne se corrigeait pas il faudrait en venir, *ex verbis ad verbera*, elle a tremblé elle m'a demandé pardon et a promis de se corriger comme je ne doute pas qu'elle le fera. Aujourd'huy j'ai été chercher des cailles en ai vû trois ai tiré trois coups et les ai tuées toutes trois » (10 avril 1724).

Des promesses en l'air. Louise Élisabeth ne « s'habille » plus qu'en robe de chambre, aux premières explications avec son mari elle tourne les talons et fait la fête avec ses favorites. La liste de ses extravagances s'agrandit. Le roi écrit mot sur mot à Leurs Majestés : « Je suis bien fasché que la Reyne n'ai pas écrit à Vos Majestés mais encore plus fasché de ce qu'elle fait car j'ai beau crier elle dit qu'oui et n'en fait rien » (22 mai 1724, Aranjuez).

Louise Élisabeth écrit à sa mère. Sa missive achevée, elle la relit, la froisse et mange la cire à cacheter.

Le roi n'a pas à souffrir que des tourments de son mariage, il a aussi les affaires d'État. Il n'a pas fallu longtemps aux Espagnols pour se rendre compte que leurs espoirs étaient de l'utopie. Il est vrai que Louis Ier est né en Espagne, qu'il s'est nourri tout enfant de chocolat espagnol et que sa première langue n'est pas le français, l'allemand ou l'italien. Il est certain aussi qu'il est un garçon d'une grande piété et dépourvu de malice. Mais il se révèle également qu'il a pour principale vertu l'obéissance, et qu'elle n'est pas ce qu'il y a de mieux pour gouverner. À tout propos il demande conseil à Leurs Majestés.

Il y a aussi cette supplication, leitmotiv aussi torturant que les folies de sa femme : qu'Élisabeth Farnèse ne lui refuse pas sa main à baiser. « Je seray content que quand la Reyne m'aura accordé la grâce que je luy ai demandée qui est si juste [...], ce qui ne lui couste rien et ce qui enfin est la seule chose que je souhaite à cet heure ardemment. »

Un matin où elle lui adresse la parole, il a la surprise de s'entendre demander par sa femme ce qu'il compte faire de sa journée.

« Eh bien nous assisterons ensemble à la messe, puis j'aurai conseil de dépêches, enfin après le dîner, j'irai à la chasse. » Luis a une ombre de sourire : « Hier j'ai tué un lièvre, une bécasse, un geai, deux chouettes... »

Louise Élisabeth se ronge les ongles avec application et dit :

« Vous êtes, monsieur, un as de la tuerie. »

Le roi la considère interloqué, non seulement elle semble s'intéresser à sa vie, mais en plus elle fait un jeu de mots.

« Au fait, ajoute-t-elle, les Asturies qu'est-ce que ça veut dire ?

— C'est, madame, une région du royaume, au nord.

— Et si nous y allions pour voir à partir de quoi nous sommes appelés prince et princesse des Asturies ? Faisons un voyage en Asturies, ce sera instructif !

— Il faudrait que Sa Majesté mon père l'autorise.

– N'êtes-vous donc pas le roi et ne suis-je pas la reine ?
– Si, je suis le roi et vous la reine, mais le roi mon père est mon maître et aussi le vôtre. »

Le peuple n'a pas eu à connaître cette conversation pour subodorer que rien n'a changé. Les décisions continuent d'émaner de Leurs Majestés, le jeune roi n'est qu'un fantoche. « Le roi et la reine, dans les monts retirés / Le roi et la reine, à la Cour occupés / Les premiers, comme auparavant, dominants / Les seconds, comme toujours, dominés », dit un pamphlet.

Le voyage en Asturies est oublié. Une visite à San Ildefonso paraît plus judicieuse. Louise Élisabeth, à nouveau, demande à venir.

« Je ne suis pas sûr que vous soyez la bienvenue, et vos femmes encore moins. J'ai promis que vous vous comporterez avec décence, j'attends l'acceptation de Leurs Majestés. »

Un mot plus résigné qu'heureux invite don Luis à venir en compagnie de son épouse, mais sans sa nuée de servantes.

La route est étroite, tortueuse. Louise Élisabeth contemple les parois rocheuses. Elle se ronge les ongles à travers ses gants. Avale ongles et cuir indifféremment. Sur place, elle est agitée et volubile. Philippe et Élisabeth Farnèse l'ignorent. Luis, comme toujours en présence de son père, est intimidé et, de plus, constamment aux aguets d'un écart de Louise Élisabeth. Les courtisans qui ont accepté de suivre Philippe et Élisabeth dans leur retraite religieuse sont, dans l'ensemble, âgés et pieux. Il règne une ambiance sépulcrale. Philippe renifle partout avec suspicion des émanations soufrées du diable.

« Sire, vous devriez dresser des chiens, ricane Louise Élisabeth, ils traqueraient le diable comme ils lèvent le lièvre. »

Elle a enlevé ses vêtements de voyage, pris un bain, elle réapparaît en jupon et chemise, puis sort dans le jardin.

Philippe est assis à une fenêtre de sa chambre. Il regarde d'un œil vague les allées, les bosquets, les statues couleur cuivre. Il égraine son chapelet et, dans un mélange de disposition mystique, de distraction et de nostalgie, laisse se confondre devant ses yeux le Versailles de sa jeunesse, l'affection intense pour ses frères, leur vie séparée, et San Ildefonso où il a lui-même choisi de mener une vie séparée. Sur ce fond de rêveries, dans ce paysage frais et vert, se détache, toute proche de lui, Louise Élisabeth. Elle est à peine vêtue, les cheveux encore mouillés. Philippe a une seconde de contrariété – et de curiosité. Il y a quelque chose d'invraisemblable dans le comportement de cette fillette qui, de sa part, à la différence d'Élisabeth Farnèse, ne suscite pas une haine entière.

Louise Élisabeth saute à cloche-pied de case en case d'une marelle imaginaire, ses cheveux humides bougent à chaque saut, soudain une rafale de vent soulève la soie légère et expose aux yeux du « vieux roi » confit dans la prière et la fornication, aux yeux de cet halluciné de visions infernales, le petit triangle noir du pubis de la nouvelle reine.

Elle a les jambes dorées par le soleil, et cela qu'il devrait trouver hideux lui fait venir l'eau à la bouche mieux qu'une tranche de pain d'épice. « Marie, mère de Dieu, protégez-moi des mauvaises pensées », murmure le pénitent.

De sa voix languissante, parmi plusieurs questions de politique, il se décide à parler à son fils de l'incident de la marelle.
Il n'y a pas que Philippe, la Cour tout entière est béante de stupeur.
Louise Élisabeth a poussé le vice jusqu'à sortir pieds nus. Elle a osé exposer cette partie du corps qu'une Espagnole de la bonne société se doit de garder cachée. Roi-fils s'en remet à roi-père, l'œil encore troublé par la nudité de sa belle-fille, pour lui faire la leçon.
« Mais, Sire, il n'y a qu'à dire ce que vous voulez que je fasse et je le ferai aveuglément.
– Que vous vous teniez correctement, Madame, voilà ce que nous voulons. Si vous persistez, nous en viendrons à une punition, *ex verbis ad verbera*, des mots aux mains. »
Louise Élisabeth l'écoute, l'air franchement désolé.

À la fin du séjour, elle n'est pas admise à saluer Leurs Majestés. Don Luis y est autorisé, mais seul son père lui donne sa main à baiser.

Ils ont pris la route du retour. Les pieds nus, encore plus que le sexe à découvert, devraient décider le roi, sur le conseil paternel, à imposer une sanction. Mais il la regarde, avec sa mèche de cheveux sur les yeux, son jupon de soie, sa chemise trop lâche qui permet d'apercevoir la naissance de ses seins enfantins. Elle a enlevé ses chaussures. Elles vont et viennent dans le carrosse selon les virages en épingle qui désarticulent l'attelage. La voiture étant immobilisée par un troupeau de moutons, Louise Élisabeth, qui n'a pas dit un mot depuis San Ildefonso, affirme : « Je me suis bien amusée, et vous ? »

Elle se penche par la fenêtre et crie : « *Mas rapido !* »

Le cocher reste le fouet en l'air, il est pris entre les moutons et un précipice.

« Pourquoi plus vite ? Pour que nous tombions ?
– *Exacto*. »

Il devrait la détester, mais tout de suite il l'aime, il l'adore. Il se torture pour comprendre comment a pu s'installer entre eux ce terrible malentendu. Il voudrait qu'elle essaie de réfléchir avec lui.

« Un malentendu entre qui et qui ? »

Un cahot plus violent que les autres les envoie cogner de la tête contre le plafond de leur carrosse peint de nuages et d'angelots.

Roi-fils prend des dossiers pour y travailler la nuit. Il emmêle davantage les problèmes.

Il s'endort de plus en plus tard, se lève tôt, avant elle.

Il épuise le peu d'énergie qui lui reste dans des chasses solitaires, en pleine canicule.

Louise Élisabeth vit beaucoup dans ses appartements. Elle y joue à la marelle, sa frénésie du moment. Elle boit jusqu'à plus soif et bien davantage. Elle fait avec ses caméristes des concours à qui mangera le plus de radis et boira le plus de vin. Elle se retrouve toujours en compétition avec la Quadra, mais Louise Élisabeth, bien entendu, finit par la vaincre. Elles vident ensemble la dernière bouteille, puis la reine va s'effondrer dans le lit conjugal.

Elle vit beaucoup dans ses appartements, ou beaucoup dans les jardins, ça dépend de son humeur. Une chose demeure constante : elle n'a pas besoin de prétexte pour se mettre nue. «... Il faut prendre garde à la Reyne car elle voulait hier sortir en chemise à la baranda [balcon] » (7 juillet 1724, Retiro). À l'exception du roi qu'elle ne rencontre que couverte d'une chemise de nuit aussi affriolante qu'un sac, nombreux sont ceux qui, tel roi-père, ont pu voir son intimité. Potins et plaintes se multiplient. Santa Cruz, premier majordome, démissionne. Roi-père ordonne à son fils de sévir.

Elle va dans le potager à la tombée du jour, croque des tomates, des piments, s'assoit par terre, discute avec les jardiniers. Elle enlève sa chemise, s'étend dans l'herbe, a des fous rires qui perturbent les rossignols.

Un jour, dans sa bibliothèque, elle grimpe en haut d'une échelle, a le vertige. Elle appelle au secours. Un gentilhomme français veut l'aider. Il monte sur l'échelle, la prend dans ses bras. Elle est si déshabillée qu'il en reste incapable du moindre mouvement. Il la garde comme ça, sur l'échelle. Louise Élisabeth appelle à nouveau au secours et crie au viol. L'homme accusé est un noble français, le scandale va se propager à Versailles. Élisabeth Farnèse intervient. Elle décide que c'en est assez, Luis doit mettre fin aux extravagances de la reine.

Louise Élisabeth se lasse de la marelle, des concours avec ses caméristes et des jeux qu'elles inventaient ensemble. Elle continue à boire et manger comme un trou mais se retrouve souvent seule et constamment livrée à la même activité : elle ne cesse de laver des mouchoirs. Elle est torse nu, en nage, courbée sur un baquet, et elle frotte ses mouchoirs. Elle les fait sécher sur son balcon, à ses fenêtres, aux angles des miroirs, à même le parquet.

Quand elle abandonne les mouchoirs, elle frotte les vitres, les carrelages.

La duchesse d'Altamira répugne à entrer chez la reine. La bouche agitée de spasmes nerveux, elle ne contrôle plus son horreur. Mais personne, à l'exception de ses trois favorites, ne se risque à pénétrer dans les appartements de Louise Élisabeth.

Entre roi-fils et roi-père « au reste », c'est-à-dire le problème de Louise Élisabeth, envahit toute la correspondance.

« Je vais raconter à Vos Majestés que la Reyne hier quand j'allai souper estoit dans une joie si extraordinaire que je crois qu'elle estoit yvre quoyque je n'en sois pas sûr elle raconta d'abord à la Quadra tout ce qui luy estoit arrivé et je crois certainement que cette femme qu'elle aime beaucoup luy est très pernicieuse ce matin elle a été à Saint-Paul en robe de chambre déjeuner et laver des mouchoirs [...] elle a été à la grande messe parce que j'ai attendu une demie heure qu'elle s'habillât et l'y ai fait aller ensuite elle a dîné assez de vilainies et après avoir dîné elle s'est mise en chemise au grand balcon vitré on la voyait de tous côtés laver les

azuleros […] je suis désolé sans savoir ce qu'il m'arrive »
(2 juillet 1724).

Roi-père répond à « Sa Majesté », son fils : « j'ay este fort faché de ce qu'elle m'y a marqué de la Reyne sa femme et je la prie de continuer de me mander en détail tout ce qui se passera sur son sujet afin que si elle ne se corrige pas je puisse vous conseiller ce qui me paraitra convenable… » (2 juillet).

« Je suis très obligé à Vos Majestés de la part qu'elles prennent à ma douleur qui ne fait que croître et embellir hier au soir après le souper La Reyne mangea des poulardes et une salade de pepinos et tomates avec les caméristes ensuite elle se mit en chemise et y fut jusqu'à ce que j'entrai me coucher. Ce matin elle a été plus de 2 heures à laver des mouchoirs et après le disné elle a été au Cason avec la Quadra […] et ensuite elle a fait apporter un bain je ne scai pas encore à quoy elle s'en servira et elle n'est pas encore retourné de la promenade et elle ne fait que gronder de tout le jour de sorte qu'il n'y a plus d'autre remède que celui de l'enfermer ce qu'il faut faire au plus tôt car ses désordres ne font que croître… » (3 juillet 1724).

Roi-père, plus qu'alarmé, répond : « L'état où Votre Majesté m'a marqué dans votre dernière lettre qu'elle était par rapport à la conduite de sa femme m'a fait plus de peyne que je ne puis exprimer […] mais il me semble qu'on doit attendre le principal remède à tout ceci de Dieu qui seul peut changer les cœurs comme il lui plaît quoiqu'il faille y apporter ceux qui dépendent de nous et qu'on y soit même obligés […]. Vous devriez la faire enfermer dans son appartement même du Retiro en lui défendant d'en sortir et chargeant quelque officier des gardes du corps sage et de confiance de l'en empêcher, à moins que s'il vous fait trop de peine de l'avoir si près de vous dans cet état vous ne vouliez l'envoyer dans un appartement du palais de Madrid. Que vous ne la voyiez point du tout, ni ne mangiez, ni ne couchiez avec elle [...]. Que dans cette réclusion on fasse bien entendre à La Reyne votre femme l'extravagance de sa conduite contre Dieu, contre vous et contre elle même. Je crois aussi que comme elle est de la maison de France vous ferez bien de dire à M. de Tessé que vous avez été obligé de prendre cette résolution pour la corriger » (3 juillet).

La séquestrée

Louise Élisabeth et ses dames sont réunies dans un pavillon du Pardo pour un goûter et un concert. Louise Élisabeth avale un maximum de pâtisseries. Pendant le concert même, elle dit en riant : « Je n'entends rien. J'ai un bruit de gâteaux dans les oreilles. » Elle se met quelques morceaux de tarte dans les poches, se lève, fait signe qu'on ne la suive pas et s'enfonce dans une allée. Ses dames, la duchesse d'Altamira en tête, s'effarent. Selon l'ordre de la reine elles restent assises, mais sont incapables d'écouter une note. Le concert terminé, elles se jettent sur les pas de la fugueuse. Elles la découvrent en train de jouer dans une fontaine. Elle a enlevé chaussures et bas et relevé sa robe jusqu'en haut des cuisses, elle va et vient aspergée par le jet, tournoie, se couche dans l'eau, tend ses jambes nues et bronzées, ses pieds nus. Les dames, révulsées, sont envahies de la culpabilité d'être les témoins d'un tel spectacle. La duchesse d'Altamira, se faisant violence, s'approche de la fontaine et arrache la gamine à ses ébats. Après une concertation avec les dames, elle monte dans un carrosse seule avec Louise Élisabeth complètement trempée.

« Qu'est-ce qu'on me reproche encore ? J'ai marché dans l'eau, est-ce un péché ? Je demanderai au père de Laubrussel.

– Vous marchiez ! Laissez-moi rire, tousse Mme d'Altamira qui depuis longtemps ne sait plus comment on rit. L'eau, la... nudité, ne sont pas les seuls griefs du roi, votre époux. Il y a aussi vos manières de table.

– Je ne mange pas souvent à table. Je grappille quand j'ai faim.

– Vous "grappillez" en dépit du bon sens.

– Ah ! nous y voilà : vous m'accusez, comme le roi, de manger trop de salade, de cornichons, de tomates, de radis. Je n'en peux plus de ces critiques. J'aime la verdure bien vinaigrée et alors ? Je peux aussi goûter les gâteaux, comme vous avez pu le voir tout à l'heure. Ce que je mange ne concerne que moi, ce sont mes oignons ! Mes excès, pour reprendre la ritournelle de mon époux, ne nuisent qu'à moi-même que je sache. »

Sur « que je sache » elle a un hoquet et vomit son goûter.

À cause de son malaise, elle ne s'est pas rendu compte que la voiture la conduisait non au Buen Retiro mais au palais de Madrid, où elle est aussitôt enfermée dans sa chambre et n'a plus pour la servir que quelques personnes nommées par Luis. La duchesse d'Altamira a l'ordre de ne pas la quitter d'une minute. Louise Élisabeth pleure, supplie, elle crie aux fenêtres qu'il faut venir la sauver. Elle écrit à son époux qu'il doit avoir pitié. Elle jure à ses beaux-parents de se corriger, mais dans le même moment où elle se dit prête à battre sa coulpe, elle déclare haut et fort de façon que ce soit rapporté à Élisabeth Farnèse : « Belle merveille qu'à treize ans je fasse des sottises et des enfances. Elle avait vingt-deux ans quand elle est entrée en Espagne, elle en a fait de plus grandes que moi. »

On lui sert à horaires réguliers des repas chauds qu'elle ne touche pas et pour boisson de l'eau qu'elle recrache.

Don Luis a du mal à rester ferme : « La Reyne après avoir beaucoup pleuré hier au soir m'a écrit ce matin et m'a envoie par le père de Laubrussel la lettre que j'envoie à Vos Majestés » (5 juillet, Retiro).

Mais roi-père et son épouse ne désarment pas : « Il faut espérer que Dieu qui voit nos intentions et nos peines lui touchera le cœur et vous rendra plus heureux à l'avenir. Je lui adresserai pour cela, je vous assure, bien ardemment mes misérables prières... » (5 juillet).

D'Élisabeth Farnèse : « Dieu veuille lui toucher le cœur, pour tout ce qui peut être pour le mieux pour elle et pour nous autres aussi, on dit beaucoup de choses à Madrid sur cela, entre autres que cela vient d'ici, et aussi que c'est moi qui en a été la cause. Je prends patience... » (7 juillet).

Louise Élisabeth a peur. Et si elle était séquestrée pour des mois, des années, pour toujours ! Elle griffonne missive sur missive. Elle n'obtient aucune réponse. On l'épie jour et nuit pour juger de sa bonne volonté à se corriger. On s'aperçoit qu'elle a réussi à subtiliser un petit tas de mouchoirs et à trouver de l'eau pour les laver. Et elle recommence! À l'aube, elle est prise en flagrant délit: pas habillée, pieds nus, elle frotte et refrotte les mouchoirs, les suspend à une fenêtre, où ils flottent tels des drapeaux de neutralité.

Mais elle n'est pas plus neutre qu'elle n'est réconciliée. Elle est de l'étoffe des petites sorcières à brûler vives, sans la mansuétude de les étrangler avant.

Luis vit dans la hantise des petits mots écrits par Louise Élisabeth. Ils le désolent. À travers les phrases incohérentes, balbutiées, c'est sa voix boudeuse d'enfant non aimée qui lui parle et il doit se faire violence pour ne pas, à l'instant, la délivrer. Il est prêt à instaurer, si roi-père les approuve, des dispositions en ce sens. Il écrit: «... La Reyne commence à prendre un bon train et à se corriger mais je crois qu'il faut faire sortir du palais la Quadra et la petite Kilmalok [*sic*]... » (8 juillet); «Le Père Laubrussel m'a dit qu'il croit nécessaire d'écarter la Duchesse de Popoli la Quadra et toutes les caméristes hors six les plus sages qui resteront auprès de la Reyne » (11 juillet); «La Reyne va fort bien et fait tout ce qu'on lui dit» (12 juillet); «Je continue à faire des perquisitions sur ces femmes» (15 juillet); «La Reyne va de mieux en mieux de sorte que je crois que d'abord que ses femmes seront arrangées je pourrai la faire revenir si Vos Majestés le trouvent bon» (16 juillet); «J'ai fait donner ce matin l'ordre à la Camarera sur toutes ses femmes et d'abord qu'elles seront sorties, je puis assurer Vos

Majestés que je rappellerai La Reyne avec grand plaisir » (19 juillet).

Roi-père approuve : « Il me semble qu'après l'exécution de vos ordres il n'y a plus rien qui doive la retenir éloignée de vous. Je me réjouis avec vous du beau coup que vous avez fait au sanglier » (20 juillet). Luis rappelle la reine. Il ne cache pas sa joie. Avec elle « il vit les galères », mais sans elle que serait-il ? Le 21 juillet il la fait libérer du palais de Madrid et l'attend dans son carrosse. Elle a perdu son bronzage, elle est couverte de plusieurs épaisseurs de corset, chemise, jupons et robes. Ses pieds sont cachés. Elle est si jolie, s'attendrit Luis, en la regardant, blanche et soumise sous une coiffure rigide.

« Je commence ma lettre par annoncer à Vos Majestés que La Reyne est déjà au Retiro […]. L'ayant trouvée à mon retour au pont vert comme je l'avais disposé. Je l'ai embrassée et mise dans mon carrosse. Il est tard j'ai beaucoup à faire et je finis par supplier Vos Majestés de me croire leur fils le plus soumis » (20 juillet).

Versailles, juillet 1724

Préparatifs

L'affaire de la séquestration de la reine passe les frontières, mais elle est relativement étouffée. À Versailles, dans un mois de juillet pas suffisamment brûlant pour porter qui que ce soit à l'incandescence mais suffisamment chaud pour que mijote le bouillon des potins, les initiés, proches de M. le Duc, se réjouissent de la punition de la fille de Philippe d'Orléans. Il y a quelque chose de pourri dans le royaume d'Espagne, pense plus d'un, mais comme Shakespeare n'est pas la tasse de thé de M. le Duc, personne ne risque le bon mot. On doute du nouveau départ du pont vert. « Incroyable que ce Louis Ier qui tire sur tout ce qui bouge se montre incapable de tirer un coup avec sa femme ! » plaisante M. le Duc. On s'esclaffe si longtemps que lui-même trouve que c'est trop.

Louis XV et l'infante sont tenus dans l'ignorance de l'épisode scabreux. L'infante prépare ses poupées pour Fontainebleau. Louis XV découvre l'ennui à Versailles, un terreau riche en explorations futures.

Dans les mois précédant l'arrivée du roi une activité fébrile agite le château de Fontainebleau. Une armée de serviteurs replace les tapis qui, en l'absence de la Cour, ont été enlevés, ainsi que les rideaux, les sièges, et même les lustres rangés à l'abri de la poussière. Les meubles sont revenus munis de leur housse. L'annonce du séjour royal déclenche une vaste opération de déhoussage. Le château déshabité retrouve ses tableaux, ses tapisseries des Gobelins, ses luisances, ses couleurs. Nettoyer et remeubler Fontainebleau, dépoussiérer un à un les panneaux de la chapelle Saint-Saturnin, les reliefs des boiseries sculptées, tout cela laisse les serviteurs fourbus et anxieux à l'idée de s'attirer ne serait-ce que l'ombre d'un reproche.

À la même période à Versailles les courtisans aussi sont aux abois, avec la différence que pour eux la tension n'est pas dans le corps mais dans l'esprit. Faire partie du voyage de Fontainebleau est l'idée fixe. Être sur la liste de « nommés » obsède. Pour la plupart, juillet est gâché par les manœuvres à réussir afin de figurer parmi les élus. Et ensuite faire en sorte de ne pas être trop mal logés – et surtout pas mal logés chez l'habitant, c'est-à-dire hors du château. Être mal logé au château est encore tolérable… tant pis ! On dormira à l'étroit, l'essentiel est de partager les lieux du roi.

Dans les nouveautés de son métier Louis XV a plaisir chaque soir à donner le mot de passe aux gardes et, pour les séjours hors de Versailles, à établir la liste des « nommés ». C'est-à-dire pour lui qui déteste la société lorsqu'elle lui est imposée, nommer revient à éliminer le plus grand nombre de ceux qu'il est normalement forcé de tolérer. Pour Marly, il peut réduire énormément, il peut fournir des listes qui rendent malade d'envie. Pour Fontainebleau, il doit ouvrir la sélection. De toute façon, ce qui meut la spirale de la vie de Cour et les passions qui naissent de son mouvement est un rétrécissement toujours possible du cercle des élus et, à l'intérieur même, la conscience régulièrement entretenue de l'arbitraire de toute position de faveur. Par son absence d'expérience, son mutisme, le profond désintérêt lié à sa mélancolie, le jeune garçon est aussi difficile à cerner que l'était Louis XIV pour des motifs tout autres : un souci de la souveraineté servi par son orgueil mégalomane et par un sens stratégique de la mise en scène. M. le Duc conseille le roi. Il souhaite, comme lui, que cet automne soit spécialement fastueux – inoubliable.

Madrid, juillet-août 1724

Sage et obéissante

La séquestration a terrorisé Louise Élisabeth. Il lui reste tout juste un quart du nombre de ses caméristes, et les sept qu'on lui a laissées – dont la Taboada, la Montehermoso, la Marin, la Brizuela, la Bernal, qui la haïssent – sont à la solde de Philippe V et d'Élisabeth. Les sœurs Kalmikov ont été mariées de force, personne n'a de nouvelles de la Quadra. Louise Élisabeth a questionné à son propos et puis elle a renoncé. La manière dont ses trois favorites ont disparu accentue sa peur et la laisse perdue. Elle est l'objet d'une surveillance serrée – et d'Ildefonso parviennent sans arrêt à Louis Ier des exhortations à la sévérité. Mais la duchesse d'Altamira s'absente parfois, et ses autres gardiennes, elle a toujours moyen de les acheter. Alors, en un éclair, elle se déshabille, se met au balcon. Elle a repris du soleil, est légèrement hâlée. Elle ouvre les rideaux et s'expose. Elle n'est vêtue que de colliers et de bracelets. L'air d'impudence dont elle rayonne, ce miroitement de l'or sur sa peau, pourraient faire croire à qui l'apercevrait dans son égarement qu'une gitane a été substituée à la reine d'Espagne et que celle-ci, incorrigible, non réconciliée, est définitivement séquestrée. Mais c'est bien elle, et ces accès sont vite jugulés. Le roi a d'autant moins de mal à les ignorer qu'il est épuisé et que Louise Élisabeth, en sa présence, est d'une parfaite docilité – docile et morne. Il n'envoie donc à son père que des courriers optimistes : « Je suis aussi content que Vos Majestés peuvent le croire de la Reyne car elle fait tout ce qu'on lui dit elle m'a demandé ce matin permission de s'aller promener », « … La reyne va a merveille », « La Reyne continue de bien aller »… Seule demeure, de plus en plus pressante, dévorante, la demande qu'Élisabeth Farnèse ne lui refuse pas sa main à baiser.

« Je supplie Vos Majestés de vouloir bien m'accorder leurs mains à baiser toutes les fois que j'aurai l'honneur d'entrer chez eux » (29 juillet).

« Je ne puis trop me plaindre de ce que Vos Majestés qui m'aiment tant ne veulent pas m'accorder leurs mains à baiser, ce qui ne leur coûte rien et me mettra à la joie de mon cœur mais au moins qu'elles me disent oui ou non pour que je ne les importune plus ayant en cela tant de justice, j'ai été aujourd'hui à Chamartin j'y ai tué soixante-dix pigeons… » (31 juillet).

Il est quasi certain de l'accord de son père, c'est l'absence de réponse d'Élisabeth qui le torture : « J'attends avec impatience la réponse de la Reyne à ma lettre d'hier… » (4 août) ; « La reyne ne me dit rien sur ce que je lui écrivis avant hier. C'est sans doute parce qu'elle le fera comme je luy ai demandé… » (5 août).

La reine, sa femme, lui refuse son corps à aimer,
La reine, sa marâtre, sa main à baiser.
Il marche, son fusil à la main. Il suit dans la nuit des traces de sang, titube, en plein midi, aveuglé de poussière.

Fontainebleau, août-novembre 1724

Pif! Paf! Pouf!

Le départ du roi se fait en musique et grand éclat. Celui de l'infante, le lendemain, ne manque pas d'allure. Poupée-Carmen a déjà revêtu son habit de chasse. Poupon-Dauphin a été «oublié» sous le lit. Quant au chœur des poupées coincées dans la malle, on pourrait croire qu'elles ne reverront jamais le jour puisque, après avoir été retirées des appartements de l'infante, elles ont été déplacées dans la portion du grenier dite «remise aux malles» – des dizaines et des dizaines de malles y sont alignées sans perspective d'être un jour à nouveau ouvertes, maniées, relancées dans la circulation bienfaisante des choses qui voyagent. Elles sont rangées dans une retraite qui ressemble à la mort. Les poupées de bois en ont des transes et, malgré leur robuste constitution, se crispent si gravement qu'elles se fendent et portent, tels des stigmates, sur les jambes ou en plein front des blessures béantes. Les poupées de maïs, leurs amies, ont péri depuis longtemps et c'est triste, et malsain, de demeurer enfermées avec leurs petits corps verdâtres, aux longues chevelures collées les unes aux autres, progressivement desséchées. Les poupées coincées dans la malle découvrent la morbidité. Celles qui gardent un peu d'humour remarquent que leur sort pourrait être pire : elles auraient pu être jetées dans des coffres à bois, et là bonjour Jeanne d'Arc !

L'infante, comme le roi, distribue faveurs et défaveurs au gré de ses humeurs. Sauf que ce sont ses poupées qui en sont bénéficiaires ou victimes. Ce n'est pas plus facile à gérer. Alors que le roi répond par le silence, l'infante noie les problèmes dans un déferlement de paroles. Il est courant de la trouver en conciliabules agités avec devant elle, assises sur plusieurs rangs comme ses dames sur leurs tabourets, des poupées dans leurs plus beaux atours mais manifestement mécontentes. Le sujet de mécontentement est de n'être pas invité à la chasse. En fait, à Fontainebleau et davantage qu'à Versailles puisque c'est vraiment l'unique et exclusive occupation, l'infante et ses favorites le sont régulièrement (ce qui crée, par la place qu'il faut leur réserver dans la voiture, des frictions parmi les dames de sa suite). Les autres tempêtent. Mais qu'y faire ? « Il y a et il y aura toujours des pas contentes, les raisonne l'infante. Je dirai vos soucis au roi. Il est généreux et m'écoute. » Sur ces mots, l'infante donne un baiser au portrait qu'elle porte en médaillon. À Fontainebleau, son vœu secret – obtenir une preuve d'amour de son mari – s'exaspère, car d'une certaine manière elle n'est pas séparée de lui, on ne l'écarte ni d'une partie de chasse ni d'un concert. Mais sa présence est toujours prise dans une multitude, sertie dans un entourage masculin lui-même contrôlé par M. le Duc.

L'infante consacre de plus en plus de temps à panser la tristesse des poupées. Elle leur demande pourquoi, tandis qu'il y a sans arrêt de la musique et des fêtes où elles sont invitées, elles n'ont pas envie de danser, tombent malades. Les poupées tristes sont impénétrables, comme les Sphinges du Grand Parterre, mi-femmes, mi-bêtes, reposées calmes et mystérieuses au-dessus de l'étang des Carpes et de son délicieux pavillon où elle n'ira jamais seule avec lui.

Un jour où la chasse passe près d'Avon, on lui fait visiter une carrière ; des ouvriers hâves et couverts de poussière, armés de burins et de marteaux, font éclater des blocs de grès. Elle se cache les yeux à deux mains et gémit qu'ils sont affreux. Elle n'écoute pas lorsqu'on lui parle de ce travail épouvantablement dur car le grès ne peut être scié mais seulement explosé. La bonne humeur lui revient quand on lui explique que d'après le son plus ou moins net que fait le marteau contre le grès les trois catégories : excellente, assez bonne, médiocre sont dénommées Pif, Paf, Pouf.

« Pif ! Paf ! Pouf ! » répète-t-elle en écho.

Pif, Paf, Pouf l'enchante.

C'est sa dernière expression d'un discours en trois parties.

Pif, Paf, Pouf sont aussi les vocables qu'elle utilise pour évaluer la qualité des jours et des bonheurs, le degré de charme d'une personne ou de bonté d'un plat.

Une matinée particulièrement Pif où l'infante sur une barque vogue à la rencontre d'un cygne, on lui crie de la rive que le roi se dirige vers ses appartements.

Il est en habit violet et chapeau sans plume. Il a le visage compassé des grands deuils. Il s'incline, lui baise la main. La ritournelle « Madame je suis heureux que vous soyez arrivée en bonne santé » va-t-elle reprendre ? Avant que la petite fille ne maîtrise son idée folle la voix mesurée, la voix retenue et qui retient, la voix qui n'a pas besoin que s'exprime par des mots l'ordre « Restez où vous êtes, ne m'approchez pas », annonce : « Madame, j'ai la douleur de vous apprendre que votre frère, Sa Majesté le roi d'Espagne, Louis Ier, est décédé. »

Durant les jours qui suivent, l'infante est l'objet des plus grands égards. Elle est au centre de l'attention lors du service funèbre rendu au pauvre jeune roi. Et il ne lui est pas nécessaire de prêter l'oreille aux conversations de couloir pour déduire par elle-même que la mort de Louis Ier va amener le retour au pouvoir de Philippe V. Elle sera à nouveau la fille du roi d'Espagne. Pif ! Pif-fissime ! La soudaineté de la mort de Louis Ier, la proximité des âges et des situations touchent Louis XV, ainsi que le fait qu'ils portaient le même nom et étaient tous deux orphelins de deux sœurs aussi étonnantes l'une que l'autre, une similitude qui allait peut-être encore plus loin qu'il ne s'en doutait. M. de Tessé à sa première entrevue avec don Luis avait remarqué : « La même difficulté ou timidité de parler qui prend à la gorge le roi notre maître est égale à celui-ci… » Louis XV prie beaucoup. Ils prient ensemble, lui et elle. L'infante demande à son frère d'intercéder auprès du Seigneur, qu'il lui souffle, fort de ce voisinage neuf : « Mon Dieu faites que le roi de France, mon cousin, aime Anna Maria Victoria, ma petite sœur, très sage et gentille, faites qu'il l'aime comme elle l'aime, de toute son âme. Ainsi soit-il. »

En même temps que la nouvelle de la mort de Louis Ier circulent des récits sur le comportement édifiant de la « reina Luisa Isabel d'Orléans ».

Madrid, 15 août-31 août 1724

« Ce soir je serai au paradis » (Louis Ier)

Au jour de l'Assomption, dans Madrid qui carillonne à toute volée et tandis que la population couvre de bleuets, d'arums et de roses blanches les statues de la Vierge, le roi perd connaissance. Il en informe aussitôt son père : « J'ai eu un petit évanouissement ce matin à la seconde messe, et la reine a été si effrayée qu'elle s'est trouvée mal et a vomi, mais, grâce à Dieu, je ne sens rien. » Quelques jours plus tard, dans une messe encore, Louis s'évanouit à nouveau. Brièvement, mais il s'alite. Il se sent malade, sans symptôme alarmant. « Je viens de me coucher, je suis enrhumé ; j'ai eu ce matin un petit évanouissement, mais je suis mieux depuis que je suis au lit, et je finis par supplier Vos Majestés de me croire leur fils le plus soumis. » Quand les maux de tête, la fièvre, des sueurs abondantes commencent de le prendre, on le saigne à la cheville, c'est alors qu'on découvre sur son corps quelques boutons de petite vérole. On éloigne les infants. On garde Louise Élisabeth. Dès que le terme de petite vérole est prononcé, elle flaire le danger. Elle pressent par la brutalité avec laquelle on la traite que, venues du roi ancien et de l'épouse sournoise, des consignes se concrétisent pour une double mise au tombeau. Louis va succomber, mais elle ne va pas y échapper. Elle ne bouge pas de ses appartements. Elle voudrait se faire oublier. Aujourd'hui elle se plierait volontiers à un ordre de séquestration dans un autre château, palais d'Aranjuez, d'Escurial, Alcazar royal de Séville… Pas question, on la veut sur place, au Buen Retiro, au chevet de son époux. Les ordres de roi-père sont nets, lui-même à l'annonce de la maladie se terrant à San Ildefonso. « La Reine malgré les exhortations du Roi a voulu demeurer au Buen Retiro, elle est presque toujours dans la chambre de ce Prince », informe la *Gazette*. Louise Élisabeth est quasi seule auprès de son époux et, quand l'état de celui-ci s'aggrave, elle a l'impression à chaque pas dans la chambre de marcher vers sa propre tombe. Les boutons couvrent tout le corps à l'exception des yeux. Il est déclaré que le roi est « sans aucune espérance qu'un miracle » et, tandis que l'on coupe ses longs cheveux blonds dont Louise Élisabeth découvre la beauté, il utilise ce qu'il lui reste de souffle à dicter un testament dans lequel il remet tout pouvoir à son père et le supplie de prendre soin de la jeune reine. Il a encore quelques moments de lucidité, le temps d'annoncer « Ce soir je serai au paradis ». Louise Élisabeth ne le quitte plus. On loue au-dehors sa conduite exemplaire, elle seule sait de quelles menaces égales à la petite vérole ou pire on la condamne au sacrifice. « Il n'y a rien que l'on n'ait fait pour lui faire prendre la petite vérole », écrit M. de Tessé en France.

Le comte d'Altamira, « sommelier du corps », prend la décision de faire venir cinq médecins, lesquels, à l'issue de trois heures de délibération, se prononcent pour une saignée supplémentaire. Cette fois non plus au pied mais au bras : le coup de lancette qui fend la chair dans le bras si maigre, le sang qui s'écoule, les battements de cœur qui s'espacent. Les doigts de Luis crispés sur un crucifix, ses yeux hagards en quête de Louise Élisabeth. Pour le père de Laubrussel, homme non seulement de bonté mais aussi de bon sens, la saignée paraît dangereuse : la petite vérole qui en était à son stade de suppuration risque de rentrer : « Nous tremblons, écrit-il à Tessé dans une lettre du 29 août, mais nous n'avons pas voix dans ce chapitre-là, et notre seul recours est de prier Dieu de tout notre cœur que le remède réussisse contre nos préjugés. » Le remède ne réussit pas et Dieu s'abstient.

Elle est au chevet du mourant. Un pan des rideaux est ouvert. Le roi, la tête sur des oreillers trempés de sueur, gémit – un gémissement, doux et profond, un chant d'étranglement pris dans l'irrespirable des Ténèbres. Louise Élisabeth se ronge les ongles. Soudain, c'est plus fort qu'elle, elle bondit, bouscule religieux et gardes, renverse consoles et statuettes, elle court, les tapis se font élastiques sous ses pieds, elle court, elle est jeune et forte, elle a tout l'avenir avec elle, n'a rien à voir avec ce gisant, rien de commun avec ce fantôme d'époux en train de la tirer vers la tombe, elle court. Son but : les écuries, sauter sur un cheval, rejoindre la France au galop, atteindre Paris, le Palais-Royal, elle est presque à l'entrée des écuries, elle aperçoit son cheval noir, mais deux hommes lui barrent le passage, ils la ramènent de force, ils la traînent dans l'antichambre des appartements royaux. « Reprenez, Madame, s'il vous plaît, votre place auprès de Sa Majesté, cette... sortie n'est due qu'à votre généreuse sensibilité, ce n'est pas moi qui vous la reprocherai », lui dit d'un ton aimable le sommelier du presque mort. Avant qu'elle puisse répondre un mot, plusieurs paires de gifles lui sont assénées par ses accompagnateurs. Ils la frappent à tour de bras à côté du comte d'Altamira qui, distrait, redresse du bout des doigts une fleur d'orchidée. À son signe les bourreaux s'arrêtent et la duchesse d'Altamira se faufile dans l'antichambre ; c'est elle qui ramène Louise Élisabeth, étourdie et meurtrie, un œil gonflé, la bouche en sang, au chevet de Louis Ier prêt à partir pour le paradis.

« La nuit du 28 au 29 du mois dernier, la maladie du Roy ayant considérablement augmenté, Sa Majesté se confesse le 29, et vers le soir elle reçut le Viatique par les mains du Cardinal Borgia. On lui donna deux heures après quelques potions qui avaient été ordonnées par les Médecins appelés en consultation, et l'on ordonna des prières dans toutes les églises : on exposa à la vénération des peuples les Reliques de saint Jacques, celles de saint Isidore et les images miraculeuses de Notre-Dame d'Atocha et de Notre-Dame de la Soledad, et l'on distribua des aumônes extraordinaires aux pauvres. [...] le Roy mourut le 31 à deux heures et demie du matin dans le huitième mois de son règne, après avoir donné toutes les marques d'une parfaite résignation à la volonté de Dieu [...]. Le 1er de ce mois, le Roy Philippe et son épouse se rendirent de Saint Ildephonse au Palais de cette Ville, où le Conseil de Castille assemblé supplia Sa Majesté de reprendre la Couronne pour consoler le royaume de la perte qu'il venait de faire. Le même jour, on embauma le corps du feu Roy, après quoi il fut exposé dans sa chambre jusqu'au 3 du soir qu'il fut porté avec les cérémonies accoutumées, du Buen Retiro à l'Escurial, accompagné des Grands, des principaux Officiers et des Seigneurs de la Cour. La Reine sa veuve qui ne l'a presque point quitté pendant sa maladie s'est retirée dans un appartement séparé de celuy du feu Roy son époux, avec une douleur proportionnée à la perte qu'elle a faite de ce Prince qui l'aimait tendrement » (la *Gazette*, de Madrid, le 5 septembre).

Élisabeth Farnèse soutiendra que Louise Élisabeth a hurlé de joie quand l'époux virginal et tourmenté, le fils trop docile, le roi de sept mois et demi, le pauvre Luis, a rendu son âme à Dieu. La reine ancienne redevenue reine actuelle a aussi affirmé que sa belle-fille avait alors prononcé des horreurs qui ne se répètent pas. Serait-il possible qu'en cet instant des morceaux des litanies d'abomination soient remontés aux lèvres de la jeune fille, qu'elle les ait éructés bien salement, sans aucune gêne, insoucieuse des visages épouvantés qu'on lui opposait ? Mais cette explosion d'une euphorie si outrageusement déplacée, c'est peut-être Élisabeth Farnèse elle-même qui n'a pu s'en empêcher, tant était inespéré pour elle, grâce à la mort de roi-fils, le retour au trône de roi-père et donc le sien.

Louise Élisabeth attrape les germes de la maladie. Élisabeth Farnèse ne cache pas son soulagement – si elle devait survivre en tant que reine douairière, elle prévoit d'autres scandales. L'ex-reine, cette fille dépravée, se met n'importe quoi dans la bouche, elle fait de même avec son sexe. « Ce sera une belle nouvelle et pour la France et pour l'Espagne, écrit Élisabeth Farnèse, quand un beau matin on viendra nous dire que la reine est grosse, qu'elle a accouché. » En dépit du manque de soins (c'est peut-être ce qui la sauve) et de l'hostilité violente qu'on lui montre – ses femmes la traitent avec méchanceté –, Louise Élisabeth guérit.

Pour Philippe V et Élisabeth Farnèse elle est responsable de la mort de Louis Ier. Ils souhaitent s'en débarrasser, la renvoyer en France, non seulement comme source de scandales, mais comme on chasse de sa vue une criminelle, faute de pouvoir l'éradiquer de la surface de la terre.

Louise Élisabeth, Mlle de Montpensier, princesse des Asturies, « reina Luisa Isabel de Orléans », a quinze ans. Elle est honnie de sa belle-famille, elle est veuve, elle porte le titre de reine douairière seconde (puisque la première, Marie Anne de Neubourg, vit toujours à Bayonne), elle n'a pas de secours à recevoir de son pays, où, selon l'expression d'un diplomate, elle est aussi désirée qu'un « paquet de linge sale ».

Fontainebleau, 3 novembre 1724

La Saint-Hubert

L'humeur chasseresse est au zénith. Diane est encensée. La Saint-Hubert est motif à un incroyable déploiement de couleurs, de musique. Les équipages du roi, de M. le Duc, du comte de Toulouse, de Conti, et d'autres princes du sang, se réunissent. La chasse mobilise une centaine de sonneurs de cor, plus de neuf cents chiens, un millier de chevaux. « Le vin, la chasse et les belles, voilà le refrain de Bourbon » : les paroles de la fanfare « La Bourbon » de la maison de Condé volent dans l'air.

L'infante s'entiche d'un hérisson.

Madrid, 3 novembre 1724

Le regard d'un homme de Cour

M. de Tessé écrit à M. de Morville après une visite à Louise Élisabeth :
« J'ai eu l'honneur de lui baiser la main, j'ai trouvé sa personne très grandie, plus négligée et plus malpropre que ne serait une servante de cabaret. Je me souviens que feu madame la dauphine disait que, dans toutes les descriptions, les princesses étaient si belles que, quand on en approchait, on ne trouvait pas que ce fût la même chose. Entre vous et moi, monsieur, si pareille personne était établie à un troisième étage de la rue Fromenteau ou de la rue des Boucheries, je doute qu'il y eût presse à lui porter son denier » (3 novembre).
Reine douairière seconde mais pute de premier ordre. Il a l'imagination frileuse, le vieux M. de Tessé, lequel juge Louise Élisabeth trop sale et négligée pour attirer la clientèle dans un bordel bas de gamme, pour l'attirer peut-être, mais pour la satisfaire elle a les moyens.

Fontainebleau, fin novembre 1724

Douceurs de citrouille

Fontainebleau s'éveille dans la brume. Une nappe blanc laiteux efface les étangs, les jardins, les bois. L'infante est à sa fenêtre, elle adore ce monde pris dans un nuage, et bientôt, avec le soleil, la façon dont il s'effiloche. Elle se laisse habiller en gazouillant puis, tout en poursuivant son monologue, entreprend son tour matinal. Les salles sont encore dans la pénombre, seulement éclairées par des flambées dans les cheminées. Elle se fait aider pour escalader un coffre en bois et s'y assoit, les jambes dans le vide. Les coffres en bois ont ici la fonction de son escabeau à Versailles. Ils la mettent à bonne hauteur pour observer les divers déplacements des courtisans, et surtout anticiper, à des mouvements d'agitation spécifiques, un passage du roi. Alors elle descend de son coffre en bois et se hâte vers ses appartements pour être maquillée et mieux parée.

Elle se sent bien à Fontainebleau. Elle est à nouveau la fille du roi et de la reine d'Espagne. Elle reçoit d'eux, par l'intermédiaire de maman Ventadour, des lettres dont elle est fière. De plus, le château, par ses dimensions, fait qu'il ne se passe pas de jour sans la chance ou bien de recevoir une visite du roi, ou bien de le croiser. Elle a même découvert un secret de son petit mari. Elle l'a vu s'arrêter devant la statue de la *Nature*, tourner autour et regarder de tout près cette créature dont le corps est constitué de plusieurs rangs de seins. Il était reparti rêveur... Et elle a eu la certitude que cette femme si abondamment nantie de tétons, cette débordante *Nature* provoquait en lui, comme en elle, une perplexité. Et elle avait été particulièrement contente, une autre fois où il passait devant la *Nature*, non plus seul mais avec des amis, de noter qu'il ne s'associait pas aux plaisanteries suscitées chez les garçons par cette espèce de formidable nourrice.

Ce bonheur de début novembre, ce plaisir de châtaignes, de fumets de gibier et de vins capiteux qu'on lui permet de goûter du bout des lèvres, est d'autant plus prenant qu'elle est également la proie d'une inquiétude, du pressentiment d'une menace : elle la ressent très exactement quand M. le Duc, tout en s'adressant à Mme de Ventadour, lui caresse le haut de la tête. Ça la rend absolument furieuse. Mais quand M. le Duc n'est pas là et qu'elle réussit à l'oublier, l'infante est contente : elle prend soin de son hérisson, elle marche en canard derrière les canards qui vont se dandinant le long de l'étang des Carpes, elle saute dans les feuilles mortes, elle s'accroupit au niveau des courges, obèses choses occupées à ramper sous leur feuillage, à se toucher et se mêler, à s'empiler les unes sur les autres dans une énormité qui la fascine.

Poupée-Carmen porte une cape orange tricotée au crochet, avec une capuche. L'infante lui sculpte dans une citrouille un habitacle de fée. Elle l'équipe du mobilier d'argent d'une maison de poupée offerte par la duchesse d'Orléans. Le déménagement effectué, elles prennent ensemble, elle et Poupée-Carmen, un chocolat à la chantilly. Les parois de la citrouille sont douces comme de la soie.

L'infante a deux arbres préférés : dans la forêt le chêne centenaire magnifique dit « bouquet du roi », qu'elle vénère ; et pour elle, dans le parc, un plus jeune et frêle chêne sous lequel elle a fait poser un petit banc. Elle va tous les jours s'y asseoir. La veille du départ elle refuse de le quitter, elle l'entoure de ses bras. Elle montre le tronc bosselé, caresse le renflement de l'écorce, elle dit : « L'arbre pleure » et, touchant la bosse : « Là c'est l'épaisseur des larmes ».

Madrid, fin novembre 1724

Supplique

Le père de Laubrussel est ému par l'état de Louise Élisabeth et bien conscient du fait qu'en France un retour d'elle n'est souhaité ni par la famille d'Orléans ni – encore moins ! – par le duc de Bourbon. Il rédige pour elle une lettre au roi et à la reine d'Espagne :

« Je suis très redevable à Vos Majestés de leur attention à soulager mes peines, qui sont bien plus réelles qu'elles ne paraissent à qui ne me connaît pas. Ma confiance en Elles ne laisse aucun doute qu'Elles ne disposent de moi de la manière la plus conforme à mon bien. J'attendrai donc de leurs mains, comme de celles de Dieu, ce qu'il leur plaira de régler sur ma destinée. »

Elle n'a plus qu'à recopier. Chaque fois Louise Élisabeth fait un affreux pâté, ou bien écrit un mot de travers, et il lui faut recommencer. Elle s'impatiente, renonce. Elle enverra le modèle de lettre du père de Laubrussel, après avoir ajouté dans un coin en bas sa signature, sorte de biffure tortillée, d'où le *l* d'Élisabeth émerge comme un piton déjanté.

Versailles, hiver 1724

Les jeux sont faits

De Fontainebleau, Louis XV, revenu très grandi et forci, conserve un emploi du temps malléable, le goût de se coucher tard, le droit de bousculer à sa guise l'heure de son lever. Mais à quoi s'occupe-t-il pendant ces longs soirs d'hiver ? Ni à lire, ni à écouter de la musique, ni à aller au théâtre. Il joue. Il a découvert les jeux de hasard. S'en remettre à la chance et accepter la malchance convient à sa conviction de mélancolique, à son fatalisme religieux : agir ne sert de rien. Les jeux sont faits. De toute éternité. Comme il n'a aucune notion de la valeur de l'argent, Louis perd les louis avec insouciance. « Bagatelles, bagatelles ! » Sous leur fard les autres joueurs passent par toutes les couleurs. Ils regrettent le temps pas si lointain où le garçon s'amusait avec ses soldats de plomb.

L'infante a beau, selon l'usage, avoir suivi le roi de près (« L'Infante-Reine partit d'ici le 27 du mois dernier, pour retourner au château de Versailles où elle arriva le même jour », la *Gazette* du 1er décembre 1724), et avoir bien réintégré Versailles, ce palais de Gloire qu'elle partage avec lui, elle ne le rejoint pas dans son mode de vie. Plus il grandit, plus il lui échappe. Elle ne participe pas de son quotidien, est coupée de tous ses plaisirs et activités. Sans la messe, elle ne le verrait jamais. Mais il y a *les* messes, et il y en a beaucoup. La chapelle du château est extrêmement fréquentée. Le fauteuil de l'infante à la tribune est toujours prêt à l'accueillir, celui du roi face à l'autel remplit fidèlement son office. Ainsi, son époux ne lui apparaît quasiment plus qu'en prières : une vision si belle qu'elle la console de toutes ces heures où il vit sa vie en étranger. Si sur la scène profane de la Cour l'aura de Marie Anne Victoire faiblit, dans la maison du Seigneur la mignonne infante, la petite fille reine de France, l'épouse mystique rayonne. Et cela d'autant plus que l'infante se prépare à l'immense événement de sa première confession.

Elle a pour confesseur le père de Linières, également confesseur du roi. Lui parlant, tâchant de se concentrer sur l'esprit de la confession, s'efforçant de n'omettre aucun péché aussi véniel soit-il, traquant en elle ne serait-ce que la tentation d'une tentation, elle est subjuguée par des images du bien-aimé, des détails de son être absolument beau, des subtilités à ravir : l'ombre de ses cils sur ses joues claires, ses lèvres dessinées à la perfection, ses yeux sombres et lumineux, son port altier, ses mollets musclés pris dans des bas rouge vif, vert pomme, jaune jonquille. « Ses mollets sont des parterres de fleurs », chuchote-t-elle à son confesseur, peut-être avec le fol espoir qu'il en fasse part à l'intéressé. Le père de Linières, qui l'écoutait les mains jointes, un sourire d'absolution sur les lèvres, sursaute. Il s'adresse à l'infante avec fermeté. Il la sermonne sur l'amour conjugal, souligne qu'il s'agit avant tout d'un amour dans l'obéissance à Dieu et la dignité, avec pour finalité la continuation d'une lignée, et pour elle la perpétuation de la royauté. Ce n'est pas une affaire de mollets, conclut le père.

Madrid, 11 décembre 1724

Les loups

La ville, la campagne gisent sous la neige. Les gens se terrent chez eux. Pour se protéger du froid, pour échapper aux loups. Ils ont quitté les bois, font d'affreux dégâts parmi les troupeaux, attaquent les bergeries. Ils poussent jusqu'aux champs qui bordent Madrid, à la nuit s'aventurent dans les ruelles désertées, se jettent sur des passants isolés.

Cloîtrée dans sa chambre, Louise Élisabeth fixe l'horizon blême. Le feu est éteint. Elle sonne. Personne ne vient. Il y a longtemps qu'elle ne s'est pas regardée dans un miroir. Elle pense : « Si un domestique m'apporte des bûches, j'en profiterai pour demander un miroir. » La petite voix d'une mécanique détraquée lui susurre : « Tu feras aussi bien de te mirer dans une bûche, ma fille... » Il y a longtemps aussi qu'on n'a pas échangé avec elle une conversation, ne serait-ce que quelques mots sur le temps qu'il fait. Comme contacts avec le monde elle n'a que les brèves visites de la famille royale. Des intrusions plutôt. Ils arrivent sans se faire annoncer. Le roi spectral, traînant les pieds, le regard habité de visions lucifériennes, Élisabeth Farnèse au visage et au cou luisants de crème, son double menton annonçant les lourds colliers qui ondulent sur son ventre de femme toujours enceinte, Élisabeth Farnèse au nez trop long, au sourire fourbe, forte d'une santé qui ne fait qu'une avec sa méchanceté, Élisabeth Farnèse pour qui il est délectable de passer prendre des nouvelles de la reine douairière seconde, « Quelles nouvelles à moi, prisonnière au Buen Retiro, complètement à votre merci, croyez-vous qu'il puisse advenir ? » voudrait pouvoir dire Louise Élisabeth qui s'extrait du sofa où elle sommeillait pour faire la révérence à Leurs Majestés. Don Fernando, le prince des Asturies, la salue. Il est muet, résolu dans son désir de vengeance. Lui aussi déteste Élisabeth Farnèse, mais cette haine le renforce, tandis que Louise Élisabeth, angoissée sur son sort, hébétée de solitude, tombe en miettes. La petite voix qui lui ordonnait de laver des mouchoirs, toujours davantage de mouchoirs, et lui conseillait, pour être plus à l'aise, de se déshabiller, oscille entre une relative discrétion et une extrême présence, et alors elle la bombarde d'objurgations telles que « Vas-y, sors de chez toi, va te faire baiser, va aux cuisines, aux écuries, à la chapelle, il y aura bien un moine, un gâte-sauce prêt à t'enfiler, vas-y ma garce, ma reine, à tous tes malheurs n'ajoute pas la chasteté », alors la jeune fille sonne et sonne encore, essaie de se faire ouvrir, et quelquefois, à sa surprise, il arrive que réponde un domestique. Il n'a pas le temps de s'informer du service attendu, elle lui a déjà sauté dessus, c'est un plaisir furtif et violent, une jouissance qui la sauve du marasme, il faudrait que l'homme soit suivi d'un autre, et qu'il s'engouffre en elle comme le précédent, avec la même voracité, le même aveuglement, le même vertige de la tuer. « Si je puis te conseiller, ma pauvre chose, lui serine la petite voix de boîte à musique sans musique, ne t'accroche pas aux quelques brins de raison qui te poussent encore dans le cerveau, fais confiance aux herbes folles qui abondent sous ta toiture. »

Peut-être parce que leur chemin de retour de chasse passe non loin du Buen Retiro, le roi et la reine s'arrêtent afin de lui rendre visite. Ils viennent d'une battue aux loups. Leurs habits, leurs bottes ont des traces de sang. Ils lui paraissent curieusement excités, les yeux brillants.

Versailles, 17 décembre 1724

Confession de l'infante

On apprend par la *Gazette* : « L'Infante-Reine se confessa pour la première fois au Père de Linières, Confesseur du Roi, et le lendemain cette princesse se rendit à l'église de la Paroisse, où elle entendit la messe. » L'infante a avoué des fautes vraisemblables, des vétilles de péchés véniels tels que gourmandise, mouvement d'impatience envers maman Ventadour, une distraction pendant l'étude, deux bourrades méchantes dans les côtes de son bouffon. Elle a cessé de découper en blasons le corps délicieux du roi d'absence dont elle est l'épouse. En tout cas elle le garde pour elle-même. « Ses mollets sont des parterres de fleurs, les lobes de ses oreilles des cerises, ses cheveux au soleil des étincelles, ses joues une paire d'hosties. »

Madrid, décembre 1724

« *Chères Ordures de Majestés…* »

Louise Élisabeth est dégoûtée des formules jésuitiques. Elle commence dans sa tête une lettre pour le roi et la reine : « Chères Ordures de Majestés, Vos Dilections de Saloperies, Charognards, vous avez tué don Luis, mon époux, vous l'avez écrasé sous le poids de la couronne, elle lui est retombée dessus en pierre tombale. »

Louise Élisabeth chiffonne la lettre. Trois chatons se la disputent comme une pelote. De toute façon, elle a bu toute l'encre. Ses mots sont transparents. Des griffures.

Versailles, 20-23 février 1725

Quand le voile se déchire

Il n'a pas le temps de se dire «Je suis mort, je rejoins don Luis au paradis» qu'il est pris par un assoupissement profond et une fièvre. Louis XV a failli tomber de cheval. Presque porté dans son lit, il s'est endormi d'un sommeil comateux. Il geint parfois, et ses gémissements sont répétés, amplifiés par M. le Duc. Celui-ci passe une nuit blanche. Il s'agite entre ses appartements et la chambre du roi. Ses longs bras, ses longues jambes activent un vent de panique. Il s'exclame : «Que vais-je devenir ? Et moi dans tout ça, qu'est-ce que je deviens ?» On saigne le roi au pied, sans grand résultat. M. le Duc secoue le malade, le supplie de vivre. On tente une deuxième saignée, encore au pied. M. le Duc, comme une trombe, se propulse hors de la chambre : «S'il en réchappe, il faut le marier !» Il assaille les médecins, donne des coups aux chiens, aux domestiques. Il est à deux doigts d'envoyer une baffe au jeune duc d'Orléans, qui attend, pétrifié, l'évolution du malaise de son cousin. Après la deuxième saignée la fièvre diminue, cependant le roi semble encore souffrir dans son sommeil. Mais le 21 février au matin, le roi « se trouve la tête très libre, l'assoupissement cesse, la fièvre diminue toujours ». Dans l'après-midi les progrès continuent. Le roi « s'endort le soir d'un sommeil fort doux, qui dure neuf heures sans interruption ». Au matin du 22 février, joie totale. M. le Duc, à bout de nerfs, descend une bouteille de champagne. L'infante et maman Ventadour, qui ont vécu ces deux jours et deux nuits entre la prière et les larmes, s'endorment épuisées. D'un sommeil fort doux, elles aussi. Elles aussi.

Le lendemain, aux premières nouvelles que la santé du roi est revenue, qu'il peut recevoir des visites, l'infante ne tient plus en place. Elle *doit* voir le roi. On essaie de la calmer, on prétexte la fatigue du convalescent, rien n'y fait. Elle répète en tapant du pied que son mari l'attend, qu'elle *doit* voir le roi. Mme de Ventadour la conduit elle-même. Mais elle ne franchit pas le seuil de la chambre, elle laisse la petite fille en tête à tête avec son aimé. Pour qu'elle savoure mieux son bonheur? C'est plutôt qu'elle se doute de l'accueil. L'écran des mots mensongers qui, depuis le début, courent de lettre en lettre, nourrissent ses propos, suscitent ses émois, et obstinément la confortent dans l'élaboration de sa fiction, soudain se révèle insuffisant. Il ne fonctionne plus. Elle a écrit, écrit, envoyé des dizaines et des centaines de lettres pour faire reculer la vérité, mais celle-ci, soutenue par l'explicite détermination de M. le Duc d'un remariage du roi, ne peut plus être éludée. Les sophismes tels que « Votre mari ne vient pas chez vous parce qu'il est entièrement absorbé par de graves affaires, parce qu'il a un respect sacré pour votre repos, il ne vous parle pas mais le silence est de sa part une marque spéciale d'intérêt » se révèlent pour ce qu'ils sont : de piètres habillages d'un degré zéro du sentiment et du seul désir d'en finir avec les simagrées. Mme de Ventadour capitule dans sa fébrile et suractivée entreprise d'auto-illusion. Elle voit ce qui est : une petite fille électrisée d'amour pour un garçon crispé d'antipathie, une romance conjugale à sens unique favorisée pour masquer le cynisme d'un arrangement politique. « La barbarie à sourires polis », se dit la marquise frappée d'une formule qui lui tombe dessus comme si quelqu'un d'autre la lui soufflait ; et dans ce bref déchirement de tous les voiles, leurres et menteries dont elle a fait son abri journalier et sa condition de survie, resurgit, indemne dans son pouvoir d'horreur, l'instant où, jeune mariée d'une beauté radieuse et d'un tempérament idéaliste, nouvellement unie au duc de Ventadour, nabot difforme et pervers, elle avait dû s'avouer : « J'ai épousé un monstre. »

    L'infante sort presque aussitôt entrée, elle se précipite vers Mme de Ventadour : « Maman, il ne nous aimera jamais ! » Elle étreint le bas de sa robe, sanglote à hauteur de ses genoux, s'enfonce le visage dans le tissu de gros tour.
    Au bout de sa longue courte histoire elle a buté sur ce constat. Elle a admis l'évidence et prononcé les mots qui la tuent.

    Son renvoi est décidé. Ce n'est qu'une question de semaines. M. le Duc utilise le malaise du roi pour que la décision soit effective au plus vite. Le roi a déclaré qu'il ne voulait pas se marier à nouveau. Personne ne le contrarie, mais la recherche d'une épouse est lancée.

M. le Duc tente de placer sa sœur, Mlle de Sens, elle est refusée car, dit-on, il serait malséant qu'un roi épouse une de ses sujettes. On retire Mlle de Sens, et commence d'étudier les avantages et inconvénients de diverses candidates. Religion ? Héritière de quel royaume ? Fortune ? Âge ? La princesse Amélie, la princesse d'Angleterre, la princesse de Lorraine, la princesse de Prusse, une grande fille, elle a dix ans et demi ? Non vraiment, répète le roi, je ne souhaite pas me marier de sitôt. La princesse Stanislas, l'infante du Portugal, une princesse allemande ?

On écrit, au nom du roi, une lettre pleine de détours et de diplomatie où il dit le navrement qu'est pour lui la nécessité de se séparer de l'infante-reine. Le roi la signe. M. le Duc triomphe. Le cabinet du conseil bruisse de propos de satisfaction. Le roi ne quitte pas son air absent. Il ne répond pas au duc d'Orléans, lequel constate avec aigreur : «Ainsi tout ce qui a été conçu par mon père sera détruit.» Entre les quatre murs de sa chambre, Saint-Simon ne pense pas autrement. Lui qui a été l'artisan de deux unions matrimoniales décisives et a pu se rêver, à Versailles ou à Madrid, dans un poste important, est définitivement renvoyé à la seule vie de ses Mémoires, à la danse avec ses fantômes.

*

Madrid, début mars 1725

Il est tard dans la matinée. Le roi et la reine sont au lit. Elle est penchée sur sa tapisserie, il dit son chapelet.

On habille les infants pour la visite aux parents. Quelque part dans le palais, des musiciens répètent le concert du soir. La reine chante en brodant. Ils reçoivent un courrier. Le parcourent ensemble. Le roi semble atterré, la reine folle furieuse. Ils relisent. La reine se précipite dans son cabinet, arrache des tiroirs, jette au sol les liasses de lettres reçues de France depuis le départ de leur fille. Elle saute dessus, les piétine. En reprend tout haut des passages. Elle crie à la trahison, insulte la France, les Français. Elle dit à Philippe V :

« Expulsez dans l'instant tous les Français résidant en Espagne.

— Je devrai donc, Madame, moi en premier quitter le royaume. »

*

Versailles, début mars 1725

La peine de Mme de Ventadour est si véhémente qu'elle fait tout pour échapper aux questions de l'infante. Elle craint que sa Mariannine, à son visage défait, ne devine ce qui l'attend. La gouvernante prétexte la migraine, une fièvre maligne, des pertes de jeu. Dans les cafés à Paris, en province, on arrête les bavards incapables de retenir leur langue sur le renvoi de l'infante et ses conséquences. La loi du roi silence qui règne sur Versailles est étendue à tout le pays. L'image d'une infante adorable se fissure. Elle est remplacée par des caricatures formées, ou plutôt déformées par ses ennemis. L'avocat Mathieu Marais, au départ totalement conquis par l'infante-reine, écrit : « En effet, elle est trop jeune (sept ans le 31 mars) ; elle est petite, et ne croît pas d'une ligne en un an ; elle est nouée dans les reins et n'est pas propre à avoir des enfants, et toutes ses petites grâces et son esprit ne servent de rien pour cet ouvrage-là. »

*

Madrid, mi-mars 1725

Le roi d'Espagne s'occupe de préparatifs de guerre avec son pays de naissance. Il envisage à nouveau une guerre fratricide. Dans l'effroi, l'horreur, l'abattement le plus complet.

*

Versailles, mi-mars 1725

Des averses torrentielles inondent l'Île-de-France. Louis XV, après avoir entendu le sermon, part pour Marly. Le roi zigzague entre les flaques. Le valet qui tend le parapluie au-dessus de sa tête a du mal à le suivre. Le roi a l'air de courir à cause de la pluie, en fait il fuit. Il fuit l'infante. Il redoute une dernière entrevue avec elle. M. le Duc a pris l'initiative de ce séjour pour lui éviter la corvée d'un adieu.

*

Madrid, fin mars 1725

Philippe V renonce à une guerre qui serait, en son âme déjà suffisamment torturée, l'équivalent de lancer ses propres armées contre lui-même. La reine doit se contenter du renvoi de Louise Élisabeth. Elle s'en contente vraiment. Pour date du départ de la belle-fille détestée elle choisit le jour anniversaire de la naissance de son fils. La jeune veuve s'en va accompagnée « de la duchesse de Montellano sa Camarera-Major, et du Marquis de Valero, Président du Conseil des Indes et Sumelier du Corps qui commande en qualité de Mayor Dome-Mayor le détachement des Officiers de la Maison du Roy, qui a été commandé pour accompagner cette Princesse jusqu'à la frontière de ce Royaume. Le même jour 15, il y eut fête au Palais à cause de la naissance de l'Infant Don Philippe, qui entrait ce jour-là dans sa sixième année [...] : Les Ministres et les Grands du Royaume eurent l'honneur de baiser à cette occasion la main au Roy et à la Reine ; après quoi le Bailly Don Pierre de Avila, Ambassadeur de la Religion de Malte en cette Cour, présenta à Sa Majesté de la part du Grand Maître plusieurs oiseaux de proie [...] et à la Reine, un bouquet de filigrane d'or et d'argent travaillé avec toute la délicatesse imaginable » (de Madrid, le 20 mars 1725). Élisabeth Farnèse est comblée.

Le « paquet de linge sale » est expédié aux accents joyeux d'une fête. Louise Élisabeth refait par beau temps et en sens opposé le trajet d'hiver désastreux de son arrivée en Espagne. Malade, elle n'avait rien vu alors. Ça continue. Son corps n'est pas souffrant, mais dans sa tête ça dit des choses qui ne lui plaisent pas spécialement mais exigent d'être exécutées – la voix nichée entre ses deux oreilles lancine : « Regarde le ruisseau à ta gauche, regarde comme il est rapide et clair, vas-y plonge, ça te rafraîchira, souillasse, fais arrêter, déshabille-toi et jette-toi à l'eau, vas-y pauvre fille, pauvre douairière ! »

Louise Élisabeth retrousse sa robe, tire sur une jarretière. La duchesse de Montellano, aidée d'une suivante, la maîtrise.

*

Versailles, fin mars 1725

L'infante se débat dans une atmosphère d'étouffement. Personne n'ose l'affronter. Mme de Ventadour n'arrête pas de pleurer et reste enfermée dans son appartement. Elle écrit à Madrid : « Pour moi Madame, la mort de mes petits enfants me coûterait mille fois moins de chagrins que la séparation de ma Reine. Elle le sera toujours pour moi, et mon Dieu ! Madame, depuis la mort de Louis XIV, combien de révolutions n'avons-nous pas vues, qu'il y en aura encore ! La main de Dieu s'appesantit sur nous. Pour ce royaume-ci c'en est une grande que de nous ôter pour le présent votre chère enfant. Madame, notre roi n'est pas en l'état de connaître la perte et on ne peut lui savoir mauvais gré de bien des choses. Ayant l'honneur d'écrire à de saints rois, je n'ai pas besoin de leur rien dire sur la soumission à la volonté de Dieu. »

Les dames d'honneur et de compagnie de l'infante craignent en sa présence de laisser échapper la vérité. L'infante est évitée. Ses appartements sont déserts. Aller baiser sa petite main est devenu pour qui désire être bien vu de Sa Majesté – et qui ne le désire pas ? – un geste proscrit. Les courtisans tâchent de ne pas se trouver sur le chemin de la petite fille, ils ne caressent plus ses petits chiens, ne flattent plus ses poupées, ne se battent plus pour jouer avec elle à colin-maillard, à la queue du loup, ils n'intriguent plus à qui aura l'honneur de pousser son escarpolette ou d'atteler des souris blanches à son carrosse d'argent. Les figurines de papier qu'elle s'applique à découper avec ses ciseaux à broder, ils marchent dessus. Poupée-Carmen s'est collé sur sa bouche framboise un bâillon d'organdi. La dame des atours l'avertit : les bâillons, ce printemps, se portent en feutrine, et de couleur foncée.

L'infante ne grandit pas, et elle maigrit. Elle a perdu son appétit de manger, de vivre. Un jour, Bébé IV, resté son seul compagnon, lui montre un plat de crèmes frites au coulis d'abricots. Il lui dit qu'elles ont bonne mine et qu'il faut les manger chaudes, Sa Majesté voudrait-elle en goûter ?

« Oh ! dit-elle en montrant sa bouche, quand on en a jusque-là et par-delà, on ne saurait manger. »

Un Espagnol qui appartient à l'ambassade assiste à un souper de l'infante. Il lui dit que son père et sa mère sont tristes de ces années sans leur fille et aimeraient la revoir.

« Comment le savez-vous ? »

Il sort une feuille, la lit à la lumière du feu de bois. C'est une nouvelle d'Espagne, on apprend que le roi et la reine vont visiter leur royaume, qu'ils viendront près de Bayonne et seraient bien aises, puisqu'ils seront à la frontière de France, d'embrasser l'infante.

« Est-elle d'accord pour partir ? » demande l'Espagnol.

L'infante ressent un trouble. Pourquoi est-ce cet homme qu'elle connaît à peine qui lui fait cette proposition, pourquoi n'est-ce pas maman Ventadour ? Maman Ventadour n'est plus la même. On dirait qu'elle se cache, ou cache quelque chose… Mais bien sûr qu'elle accepte, ses parents, ses frères lui manquent. De plus, dans la manière dont la chose est présentée, ce serait pour un court séjour. Elle dit : « Oui à moi aussi cela me ferait très plaisir de les revoir », mais elle n'éprouve aucun plaisir. Sur ces mots, dont elle perçoit le déclic de piège se refermer sur elle, elle quitte la table. Poupée-Carmen s'éloigne pour travailler au grand rassemblement des poupées. Dans Versailles, même si la plupart habitent normalement l'appartement de l'infante-reine, cela n'empêche pas certaines de fureter hors de ce territoire. Il est possible d'en retrouver en train de s'encanailler dans les cuisines du Grand Commun ou les abords des Petites Écuries. Poupée-Carmen fait vite. Elle expédie des messagères dans tous les châteaux où a séjourné l'infante. À Fontainebleau les oubliées ont déjà été mises sous housse. En soudoyant le garde-meuble elle arrache leur libération.

Poupée-Carmen est acharnée à ce qu'il n'en reste pas une sur le sol de France. Les poupées coincées dans la malle n'en croient pas leur bonheur. Elles se font discrètes. L'important est de faire partie des bagages.

*

Burgos, avril 1725

Louise Élisabeth compte les jours. Le palais où on l'a reléguée ressemble à une prison. C'est peut-être son dernier logement. Elle n'est pas autorisée à se promener dans Burgos, et, d'ailleurs, n'en a pas l'idée. Elle mange tout ce qu'elle peut, devient grasse et molle. Une perpétuelle expression d'effarement la fait prendre pour une imbécile. La reine douairière, disent d'elle ses rares visiteurs, « n'a pas plus de résolution qu'un enfant de sept ans » ; alors même que l'infante, avec ses sept ans, continue d'étonner par des remarques dignes d'une jeune fille de dix-huit ou vingt ans, mais cela, loin de jouer à son avantage, est interprété comme une bizarrerie un peu monstrueuse. Débile ou trop précoce, trop grosse ou trop maigre, sans volonté ou trop décidée, déjà usée ou trop jeune, ni l'une ni l'autre désormais ne peuvent plaire.

Lorsque enfin l'ordre est donné de son départ pour la France, Louise Élisabeth n'est pas rassurée. De l'autre côté, que va-t-il se passer ? Comment sera-t-elle traitée ? « Mal, très mal, répond pour elle la voix atone et métallique, la voix douce et forcenée de sa cinglerie, veux-tu vraiment en savoir plus, déchet, pourriture, eh bien commence par me laver quelques mouchoirs, après je verrai… » Louise Élisabeth, couchée en plein jour, la tête sous une couverture, se dérobe. Ce n'est pas qu'elle ait la force de lutter, c'est qu'elle n'a aucune force, ni pour résister ni pour obéir. Elle n'a l'énergie de rien, pas même de ses lubies.

Pendant le voyage, rideaux baissés, elle semble ne pas reconnaître son entourage. Elle est un paquet facile à réexpédier.

*

Versailles, 5 avril 1725

Il est tôt le matin. Le palais du Soleil se détache dans une lumière froide. Dans la plupart des appartements du château les volets sont encore fermés. Mme de Ventadour, ravagée de chagrin, se montre à peine. Il est manifeste que l'infante a des doutes sur la prétendue demande de ses parents. On a compté pour adoucir la violence du départ sur un état d'ensommeillement. Mais elle est très vive, à son habitude. Elle pose sur ce qui l'entoure un regard attentif et précis, comme si tout en regardant elle commençait déjà de se souvenir. Sa vivacité met mal à l'aise. Les au revoir et les projets pour son proche retour sonnent faux. Elle se contient et fait semblant d'y croire. À l'instant de monter dans le carrosse elle ne demande pas même où se trouve le roi. Grandeur infante.

À la frontière, mi-mai 1725

Elles se croisent à nouveau, ne s'embrassent pas au passage. L'échange s'effectue en sens inverse. La reine douairière d'Espagne contre l'infante-reine de France, une demi-folle contre une enfant déchue.

Note de l'auteur

Tous les extraits de correspondance cités sont authentiques. Les lettres ou extraits de lettres d'Elisabeth Farnèse, Louis 1er, Louise Elisabeth d'Orléans, Marie Anne Victoire de Bourbon, Philippe V et Madame de Ventadour proviennent pour l'essentiel des Archives historiques de Madrid et sont, pour la plupart, inédits.

Les extraits de presse sont tirés de la *Gazette*, laquelle s'appelle, à partir de 1762, la *Gazette de France*.

Personnages principaux

Anna Maria Victoria de Bourbon, Marie Anne Victoire, infante d'Espagne, appelée, après son mariage avec Louis XV, l'infante-reine de France.
Elle naît le 31 mars 1718. Elle épouse finalement, en 1729, le prince du Brésil qui deviendra roi du Portugal sous le nom de Joseph Ier. Celui-ci étant malade, elle assurera la régence de ce pays de 1776 à sa mort en 1781. Elle fut la marraine de Marie-Antoinette.

Louis XV, roi de France.
Il naît le 15 février 1710 à Versailles. Ses épousailles avec Marie Anne Victoire rompues, il se marie en septembre 1725 avec Marie Leszczynska (elle a sept ans de plus que son époux, l'infante-reine en avait sept de moins, un équilibre est rétabli!). Il meurt le 10 mai 1774 à Versailles après un règne de presque soixante ans.

Louise-Elisabeth d'Orléans, Mlle de Montpensier, qui devient par son mariage avec don Luis, prince des Asturies, princesse des Asturies, puis reine d'Espagne – reina Luisa Isabel de Orléans.

Elle naît le 11 décembre 1709 à Versailles et meurt à Paris le 16 juin 1742, complètement délaissée. Reine douairière d'Espagne à quinze ans, elle ne s'est jamais remariée.

Don Luis, prince des Asturies, puis roi d'Espagne sous le nom de Louis 1er. Son règne a duré sept mois et demi.
Il naît le 25 août 1707 et meurt le 31 août 1724, à dix-sept ans, à Madrid. Son tombeau se trouve à l'Escurial.

Table

I. Une excellente idée 11
II. Les premiers pas sur un sol étranger 83
III. Forteresses du mensonge 149
IV. Malheur aux vaincus! 241

Du même auteur

Sade, l'œil de la lettre
essai
Payot, 1978, rééd. sous le titre :
Sade, la dissertation et l'orgie
« Rivages Poche », n° 384, 2002

Casanova. Un voyage libertin
essai
Denoël, « L'Infini », 1985
et « Folio », n° 3125

Don Juan ou Pavlov
Essai sur la communication publicitaire
essai
en collaboration avec Claude Bonnange
Seuil, « La couleur des idées », 1987
et « Points Essais », n° 218

La reine scélérate.
Marie-Antoinette dans les pamphlets
essai
Seuil, 1989
et « Points Histoire », n° 395

Thomas Bernhard
essai
Seuil, « Les contemporains », 1990, rééd. sous le titre :
Thomas Bernhard, le briseur de silence
Seuil, « Fiction & Cie », 2007

Sade
essai
Seuil, « Écrivains de toujours », 1994

La Vie réelle des petites filles
nouvelles
Gallimard, « Haute Enfance », 1995
et « Folio », n° 5119

Comment supporter sa liberté
essai
Payot, 1998
et « Rivages Poche », n° 297, 2000

La Suite à l'ordinaire prochain.
La représentation du monde dans les gazettes
Livre collectif codirigé avec Denis Reynaud,
Presses universitaires de Lyon, 1999

Les Adieux à la Reine
roman
Seuil, « Fiction & Cie », 2002
et « Points », n° P1128
Prix Femina 2002

Le Régent, entre fable et histoire
Livre collectif codirigé avec Denis Reynaud
CNRS Éditions, 2003

La Lectrice-Adjointe,
suivi de Marie-Antoinette et le théâtre
théâtre
Mercure de France, 2003

Souffrir
essai
Payot, 2003
et « Rivages Poche », n° 522, 2004

L'Île flottante
nouvelle
Mercure de France, 2004

« Où sont les poupées ? » in Poupées
Sous la direction d'Allen S. Weiss
Gallimard, 2004

Le Palais de la reine
théâtre
Actes Sud-Papiers, 2005

Jardinière Arlequin
Conversation avec Alain Passard
Mercure de France, 2006

Chemins de sable
Conversation avec Claude Plettner
Bayard, 2006
et « Points Essais », n° 596, 2008

L'Invention de la catastrophe au XVIIIe siècle
Du châtiment divin au désastre naturel
Livre collectif codirigé avec Anne-Marie Mercier-Faivre
Droz, 2008

Cafés de la mémoire
récit
Seuil, « Réflexion », 2008

Le Testament d'Olympe
roman
Seuil, « Fiction & Cie », 2010
et « Points », n° P2674

Dictionnaire des Vies privées (1722-1842)
Codirigé avec Olivier Ferret
et Anne-Marie Mercier-Faivre
Préface de Robert Darnton
Oxford, Voltaire Foundation, 2011

L'Esprit de conversation. Trois salons
essai
Payot, « Rivages Poche », n° 706, 2011

Casanova, la passion de la liberté
ouvrage collectif illustré
codirigé avec Marie-Laure Prévost
Bnf/Le Seuil, 2011

RÉALISATION : PAO ÉDITIONS DU SEUIL
IMPRESSION : LABALLERY À CLAMECY
DÉPÔT LÉGAL : AOÛT 2013. N° 111913-11 (101027)
Imprimé en France

Dans la même collection

Natacha Michel, *Circulaire à toute ma vie humaine*
Jean-Luc Benoziglio, *Louis Capet, suite et fin*
Éric Rondepierre, *La Nuit cinéma*
Hervé Chayette, *76, avenue Marceau*
Pierre Guyotat, *Ashby* suivi de *Sur un cheval*
Lydie Salvayre, *La Méthode Mila*
Robert Coover, *Les Aventures de Lucky Pierre*
Maryline Desbiolles, *Primo*
Jean Hatzfeld, *La Ligne de flottaison*
Thomas Compère-Morel, *La Gare centrale*
Alain Robbe-Grillet, *Préface à une vie d'écrivain* (avec CD-MP3)
Patrick Roegiers, *Le Cousin de Fragonard*
Emmanuelle Pireyre, *Comment faire disparaître la terre ?*
Robert Coover, *Le Bûcher de Times Square* (rééd.)
Antoine Volodine, *Nos animaux préférés*
Fabrice Gabriel, *Fuir les forêts*
Patrick Deville, *La Tentation des armes à feu*
Anne Weber, *Cendres & métaux*
Anne Weber, *Chers oiseaux*
François Maspero, *Le Vol de la mésange*
François Maspero, *L'Ombre d'une photographe, Gerda Taro*
Patrick Kéchichian, *Des princes et des principautés*
Éric Marty, *Roland Barthes, le métier d'écrire*
Patrick Froehlich, *Le Toison*
Chantal Thomas, *Thomas Bernhard, le briseur de silence* (rééd.)
Gérard Genette, *Bardadrac*
Raymond Jean, *Cézanne, la vie, l'espace* (rééd.)
Alain Fleischer, *L'Amant en culottes courtes*
Pavel Hak, *Trans*
Julien Péluchon, *Formications*
Patrice Pluyette, *Blanche*

Norman Manea, *Le Retour du Hooligan*
Jean-Pierre Martin, *Le Livre des hontes*
Xabi Molia, *Reprise des hostilités*
Maryline Desbiolles, *C'est pourtant pas la guerre*
Maryline Desbiolles, *Les Corbeaux*
Emmanuel Loi, *Une dette (Deleuze, Duras, Debord)*
Éric Pessan, *Cela n'arrivera jamais*
Emmanuel Rabu, *Tryphon Tournesol et Isidore Isou*
Fabrice Pataut, *En haut des marches*
Sophie Maurer, *Asthmes*
Centre Roland-Barthes, *Le Corps, le sens*
Jacques Lacarrière, *Le Pays sous l'écorce* (rééd.)
Jacques Henric, *Politique*
Alain Tanner, *Ciné-mélanges*
Thomas Pynchon, *L'Arc-en-ciel de la gravité* (rééd.)
Antoine Volodine, *Songes de Mevlido*
Lydie Salvayre, *Portrait de l'écrivain en animal domestique*
Charly Delwart, *Circuit*
Alain Fleischer, *Quelques obscurcissements*
Jean Hatzfeld, *La Stratégie des antilopes*
Denis Roche, *La photographie est interminable*
Norman Manea, *L'Heure exacte*
Jean-Marie Gleize, *Film à venir*
Michel Braudeau, *Café*
Jacques Roubaud, *Impératif catégorique*
Jacques Roubaud, *Parc sauvage*
Charles Robinson, *Génie du proxénétisme*
Christine Jordis, *Un lien étroit*
Emmanuelle Heidsieck, *Il risque de pleuvoir*
Avril Ventura, *Ce qui manque*
Emmanuel Adely, *Genèse (Chronologie)*
et *Genèse (Plateaux)*
Jean-Christophe Bailly, *L'Instant et son ombre*
Maryline Desbiolles, *Les Draps du peintre*

Catherine Grenier, *La Revanche des émotions. Essai sur l'art contemporain*
Robert Coover, *Noir*
Patrice Pluyette, *La Traversée du Mozambique par temps calme*
Olivier Rolin, *Un chasseur de lions*
Christine Angot, *Le Marché des amants*
Thomas Pynchon, *Contre-jour*
Lou Reed, *Traverser le feu. Intégrale des chansons*
Centre Roland-Barthes, *Vivre le sens*
Chloé Delaume, *Dans ma maison sous terre*
Patrick Deville, *Equatoria*
Roland Barthes, *Journal de deuil*
Alain Veinstein, *Le Développement des lignes*
Alain Ferry, *Mémoire d'un fou d'Emma*
Allen S. Weiss, *Le Livre bouffon. Baudelaire à l'Académie*
Gérard Genette, *Codicille*
Pavel Hak, *Warax*
Jocelyn Bonnerave, *Nouveaux Indiens*
Paul Beatty, *Slumberland*
Lydie Salvayre, *BW*
Norman Manea, *L'Enveloppe noire*
Norman Manea, *Les Clowns*
Antoine Volodine et Olivier Aubert, *Macau*
Jacques Roubaud, *'le grand incendie de londres'* (nouvelle édition du grand projet)
Alix Cléo Roubaud, *Journal (1979-1983)* (rééd.)
Herbert Huncke, *Coupable de tout et autres textes*
Lou Reed, Lorenzo Mattotti, *The Raven/Le Corbeau*
Patrick Roegiers, La Nuit du monde
Maryline Desbiolles, La Scène
Christian Boltanski et Catherine Grenier, *La Vie possible de Christian Boltanski* (rééd.)
Olivier Rolin, Bakou, derniers jours
Charly Delwart, *L'Homme de profil même de face*

Christine Angot, *Léonore, toujours*
Louis-Jean Calvet, *Le Jeu du signe*
Jean-Pierre Martin, *Eloge de l'apostat. Essai sur la vita nova*
Franck Smith, *Guantanamo*
Roberto Ferrucci, *Ça change quoi*
Alain Veinstein, *Radio sauvage*
Robert Coover, *Ville fantôme*
Fabrice Gabriel, *Norfolk*
Thomas Heams-Ogus, *Cent seize chinois et quelques*
Thomas Pynchon, *Vice caché*
Chantal Thomas, *Le testament d'Olympe*
Antoine Volodine, *Écrivains*
Marilyn Monroe, *Fragments. Poèmes, écrits intimes, lettres*
Charles Robinson, *Dans les Cités*
Frédéric Werst, *Ward, Ier-IIe siècle*
Jean-Marie Gleize, *Tarnac, un acte préparatoire*
Jacques Henric, *La Balance des blancs*
Éric Marty, *Pourquoi le XXe siècle a-t-il pris Sade au sérieux ?*
Norman Manea, *La Tanière*
Jean-Christophe Bailly, *Le Dépaysement, voyages en France*
Georges-Arthur Goldschmidt, *L'Esprit de retour*
David Byrne, *Journal à bicyclette*
Alain Veinstein, *Voix seule*
Patrice Pluyette, *Un été sur le Magnifique*
Lydie Salvayre, *Hymne*
Xabi Molia, *Avant de disparaître*
Patrick Deville, *Kampuchéa*
Olivier Rolin, *Circus 1*
Pascale Casanova, *Kafka en colère*
Chloé Delaume, *Une femme avec personne dedans*
Franck Magloire, *Présents*
Gérard Genette, *Apostille*
Julien Péluchon, *Pop et Kok*
Maryline Desbiolles, *Dans la route*

Alain Veinstein, *Scène tournante*
Éric Nonn, *Par-delà le Mékong*
Xabi Molia, *Grandeur de S*
Emmanuel Loi, *Le jeu de Loi*
Mauricio Ortiz, *Du corps*
Marilyn Monroe, *Girl Waiting*
Charly Delwart, *Citoyen Park*
François Bon, *Autobiographie des objets*
Patrick Deville, *Peste & Choléra*
Olivier Rolin, *Circus 2*
Thomas Pynchon, *L'homme qui apprenait lentement* (rééd.)
Thomas Pynchon, *V* (rééd.)
Jocelyn Bonnerave, *L'homme bambou*
Alain Mabanckou, *Lumières de Pointe-Noire*
Philippe Artières, *Vie et mort de Paul Gény*
Tiphaine Samoyault, *Bête de cirque*
Sophie Maurer, *Les Indécidables*
Jean-Christophe Bailly, *La Phrase urbaine*
Norman Manea, *La Cinquième Impossibilité*
Benoît Casas, *L'Ordre du jour*
Kevin Orr, *Le Produit*